文春文庫

山が見ていた

新田次郎

文藝春秋

山が見ていた　目次

山が見ていた

山靴

「女の言うことなんか信用おけない。女はその場かぎりで、自分の言ったことに責任を持たないものだ」

地村健司《ちむらけんじ》は新宿《しんじゅく》の喫茶店ケルンで、岡宮一夫《おかみやかずお》と落ち合うとすぐそんなことを言った。

健司の言う女とは、一般的な意味の女ではない。彼の妻の布貴子《ふきこ》をとおして見た女性観が、彼に女という言葉を使わせたのである。だが岡宮一夫は、そのことを別に変とは思っていない。健司が妻の布貴子以外に女を知らないし、今後もそうであろうと想像される以上、彼が妻の布貴子をとおして、一般的な意味で女と言っても、そうおかしくはなかった。

健司が言っている女の言うことに信用がおけない、つまり妻の布貴子が自分の言ったことに責任を持たないという意味はごく狭い範囲に限られたことである。結婚前まで布貴子は、結婚後も山へ行ってかまわないと彼に言っていながら、結婚後一年もたたないうちに、冬山へは絶対に行ってはならないと言い出したことにある。

「もう四月だぜ、冬山にくらべたら危険は少ない……」

「知っているんだよ布貴子は、結婚前に俺が、高山《こうざん》の季節は夏と冬しかない、七月、八月が夏で、あとの月は冬だと思った方が間違いがない、と言ったことを布貴子はちゃんと覚えているんだ」

健司はそう言って、岡宮一夫の頭の上に吊り下げてあるランターンに眼をやった。そのすぐ隣りにザイルがある。壁には山の写真、部屋全体は山小屋に似せて作ってあり、テーブルには五万分の一の山の地図、地図の上にはガラスの板が置いてある。

「君が行かないとなれば誰か探そう、ほんとは君と行きたいんだが」

岡宮一夫はあきらめかねたような顔で、テーブルの地図の上にゆびを持っていって、

「鹿島槍《かしまやり》だ。来週の金曜日に出かけようと思っている」

それから二人は、同じような姿勢で腕を組んだまましばらくは黙っていた。

「岡宮、君、鋲靴《ナーゲル》があったね」

「あるよ、最近、使わないから、そのままにしてあるが……」

ナーゲルがどうしたんだと聞こうとしていると、健司は、頭に浮かんだことを急いで打ち消すように首をふって言った。

「いいんだ岡宮、どうせ俺はだめなんだ」

「結婚と山とは両立しないとでも思いつめたのかな」

岡宮一夫のなんの気なしに言った言葉が、健司の胸につめたく響いた。山へ行きたい気持ちと山へ行ったがために布貴子との結婚生活にひびを入らせたくない気持ちとの矛盾に、あわてふためいたように彼は、コップの水を飲んだ。

岡宮一夫と別れてから健司はすぐ自宅へは帰らず、荻窪《おぎくぼ》の生家へ行った。

「また、山へ行きたくって、行けない不平でも言いに来たのでしょう」

母のつねが言った。

「どうしてあの親娘《おやこ》は分からないのかな、山へ行くということを、死にに行くことのように考えこんでいるんだ。いくら説明しても分かりゃしない。布貴子もそうだが、布貴子より、布貴子のおふくろの方が分からない。ゆうべなんか、一時間も説教するんだ、あなたはうちの人ですからうちでいやがることはしてもらっては困るっていうんだ……養子になんかゆくんじゃあなかったよ母さん」

健司は行きたい山へ行けない不満を母に並べ立てていた。こういう場合、たいていつねは、そうわがままを言うものじゃあないと、なぐさめてくれるのだが、その夜はちょっと違っていた。

「市子さんがそんなことを言ったの」

市子は布貴子の母である。市子さんがと母のつねの言った言葉には針があり、眼がいつもと違って光っていた。

「ねえ、健司、いくらお前が婿《むこ》だからといって、なんでもかんでも、あちら様の思うとおりにしようってのは、ちょっとおかしいじゃないの。養子に迎えるまではご機嫌をとっていて、今になると、急にお高くとまりたがる。市子さんてひとは、女学校の時からそういうずるい女だったのよ」

母のつねと市子が女学校の同級だったことを知っている健司も、母の口から直接市子の悪口を聞いたのは初めてだった。

「行ったらいいじゃあないか健司、かまわないから、山へ行っておいで。向こうでぐずぐず言うなら、わたしが出ていって市子さんに話をつけてあげる」

母がなぜ急に怒り出したか、健司には見当がつかなかった。

「それほどにしてもらわなくても」

「じゃあ、市子さんの前で、はっきり山へ行きますと言い切れるんですね。健司、お前は気が弱すぎるんですよ、男のくせにそんなことが言えなくてどうするんです」

市子に言っても無駄なことは分かっていた。無理に行くとすれば、かくれて飛び出すしか方法はない。下手《へた》をすると、つねと市子が正面衝突をするかもしれない。健司はそういう原因で布貴子との間に溝《みぞ》を作りたくはなかった。

「山へ行きたいの、行きたくないの?」

母に追いこまれると、健司はもうどうすることもできなかった。

「お金のことでしょう、それはわたしが出してあげる」

つねは明らかに市子を意識していた。つねは健司の登山行を理解しているのではなく、市子に負けたくない気持ちだけでものを言っているようだった。この登山行が原因になって、彼の踏み出したばかりの人生がめちゃめちゃになるような事態に、なりはしないかという、おそれが、健司をこの場になって逡巡《しゅんじゅん》させた。

「ほんとは山より布貴子さんの方が大事なんでしょう。それなら、それでいいじゃないの、なにもここまで苦情を持ちこまなくても」

山行きの決心を渋っている健司に対するつねの一言はぴしゃりと効《き》いた。

「金曜日に岡宮一夫と二人で鹿島槍へ出かける」

母の前でそう言った直後、彼の頭から布貴子のことが去って、岡宮一夫の鋲靴のことが浮かび上がった。

行くとすれば、布貴子にかくれて出発するしかない。山道具は全部揃っているが、それを持ち出すことは頭を要する。おそらく布貴子に感づかれるだろう、そうなると、他から借用するか買わねばならない。岡宮の登山靴がうまく合えばいいが、そうでなかったらまずい。山では靴が生命の綱だ。それに四月初めの鹿島槍はまだ雪だ。鉄の鋲《びょう》を打ってある鋲靴より彼自身のビブラム靴の方がいい。その靴をどうして持ち出すかが問題だった。

「わたしにかくれて山へ行くつもりなの」

健司が山道具に手をかけると、すぐ布貴子が言った。

「山へ行くんじゃあない、貸してやるんだ」

彼は嘘を言った。友人に貸してやることにして、生家へ持ち出し、母のもとから出発するつもりでいた。だがその嘘も、彼が、彼の靴に手をかけたとき、布貴子に見破られたようだった。

「あなたは前々から登山靴は他人に貸したり他人から借りたりするものじゃあないと言っていたでしょう、その大事な靴をどうして人に貸してやるのかしら」

およしなさいと、布貴子は、健司のよく手入れのしてある、ビブラムの登山靴を、下駄箱の奥にしまって、

「わたしには分かるのよ、あなたがなにを考えてるのか、そして、もし、わたしがあなたに容易な妥協を許したら、あなたはきっと山で遭難するわ」

「お前が妥協してくれなくても遭難が起きることだってあるだろうさ」

「それはどういう意味なの」

「山へ行きたいという気持ちは、いかなる方法をもってしても押えつけられるものではないということだ」

「行くつもりなのね」

布貴子の顔がさっと変わった。やっぱり山へ行くつもりで、こそこそ山道具を持ち出していたんだわねと布貴子はひとりごとを言ってから、

「わたしをだましてまで山へ行きたいなら行けばいいわ、でもわたしはビブラム靴は出してあげません、ビブラム靴を穿《は》かないで行ける山ならどこへでも行くがいいわ」

布貴子の言い方は根を持った言い方だった。健司の山行きに反対するというよりむし

ろ妨害するような口調だった。彼女は一度下駄箱にしまったビブラム靴を猫の子のように吊り下げて奥の部屋へ入っていった。

一日おいて金曜の夜、いつになく健司の帰宅が遅かった。

「変だねえ、ひょっとするとこっそり山へ出かけたんじゃあないの」

市子が布貴子に聞いた。

「行ったんでしょう、たぶん十時四十五分の新宿発アルプス号よ」

「まあ布貴子、お前はなんてことを言うの、山はまだ雪があるのよ、今朝の新聞に遭難記事が載っていたのを、あなたも見たでしょう」

しかし布貴子は唇をかみしめたままなにも言わなかった。

翌朝市子は会社へ電話をかけた。予測したとおり、健司は休暇を取って山へ出かけていた。

「荻窪の家にも黙って行ったのかしら」

という市子に、

「荻窪の家から出かけたのよ、あの人は」

布貴子はなにもかも見通したようなことを言った。

「まさか、つねさんが、知っていて黙っているはずはないでしょう」

とにかく行ってくると、外出の支度をしている母に向かって布貴子は、行っても無駄よ、腹が立つだけだわと声をかけた。

「わたしには鹿島槍へ行くといって出かけていきましたが、そちら様にはなんにも言わずに……どうしてそういうことをするんでしょうね健司は」

つねの言ったそちら様という言葉が市子の腹にこたえた。山へ出かけていった健司を心配して来た市子を、そちら様という表現で突っ放した言葉に聞こえた。実母のわたしにはちゃんとことわって山へ行ったが、そちら様には言っても無駄だから言わなかったのでしょうとも聞こえる。

「すると健司さんの今度の山行きは、こちら様だけでこっそり計画して、布貴子にも知らせなかったというわけね」

つねがそちら様と言ったから、市子もこちら様と受けて出た。

「市子さん、男には男の世界があるものですよ、山は危険だから行っちゃあいけないと頭からぴしゃりと押えつければ、健司だって、たまには黙って山へ行きたくなるでしょう」

「山男ってそういうものでしょうか、親には本当のことをいって妻には嘘をつくのが山男というものかしら。でもね、つねさん、もし健司さんが遭難でもしなさったらどういうことになるでしょう」

「あの子は遭難するようなへまなことはいたしません、でももし間違いが起こったら、自分のやったことの責任は自分でとるでしょう。そちら様にはご迷惑をおかけしません」

「つねさん、健司さんは布貴子の夫ですよ、健司さんはうちのひとです。あまりおかしなことを言わないでください」

鹿島部落を出て二時間、大冷沢出合《おおつめたざわであい》の残雪の中に足を踏みこんでから健司は、岡宮一夫から借用した鋲靴《ナーゲル》がきつすぎることに気がついていた。その感じは一の沢《さわ》ノ頭《あたま》でツェルトザックを張って、雪中ビバークをするまで彼について回った。靴の手入れが悪いために、靴下まで水がとおってびしょびしょになっていた。

翌日は朝から曇っていた。南東の風が吹き始めていた。二人がこの沢ノ頭を通り三の沢ノ頭の急斜面を、雪崩《なだれ》の恐怖にさらされながら登りつめて、三の沢鞍部《コル》に達した時には視界は濃霧で閉ざされていた。

「どうする。ジャンクションピークまでいくか」

岡宮一夫が言った。

「ここまで来て引っ返す手はあるまい」

健司はリュックサックをゆすり上げて答えた。

雪稜に出てから、吹雪になった。水分を含んだべたつく雪が風と共に彼らの頬《ほお》を打った。天候の急変は二人の登山者を危険に置いた。

二人がジャンクションピークの北側に雪洞を掘って、もぐり込んだのは、午後五時を過ぎていた。天候の変化と時間を競《きそ》って登って来たことが、彼らをひどく疲労させていた。彼らは食べた。食べるだけがやっとで、身の回りの処置には手の回らないほど、疲労していた。

健司は寝袋《シュラーフザック》の用意をしたが、靴がぬげなかった。登山靴につけた八本爪のアイゼンは雪で団子《だんご》になっていた。オーバーシューズはかちかちに凍《こお》っていた。足全体が氷の棒のような感じであった。

アイゼンにはまりこんでいる雪の団子は、ピッケルでどうやらたたき落とすことができたが、アイゼンの紐《ひも》は、はがねのように凍っていて取れなかった。アイゼンが取れないと、オーバーシューズも取れないし、靴を脱ぐこともできなかった。

健司は一度ナイフを出した。しかし、アイゼンの紐の予備を持っていない彼にとっては、紐を切ることは、帰途の危険を高めることであって、それもできなかった。彼はアイゼンを穿いたままで、寝袋の中に入った。準備の不足がまねいた冷たい夜であった。疲労しきっているのに、すぐ眠れなかった。右足の疼痛を通して、彼のビブラム靴のことを考えていた。十分油を吸いこんで手入れがよく行き届いていて、ヨウカン色に輝いている、彼の靴を穿いて来たとすれば、たとえアイゼンをつけたまま寝たとしても足に別状はないだろう、岡宮一夫から借りた靴は小さいから、夏靴下の上に毛糸の靴下が一枚しか穿けない。普通、夏靴下一枚の上に毛糸の靴下二枚穿くのだが、それができなかった。それにこの靴は手入れが悪いために水がとおる。彼は右足ゆびの疼痛をこらえながら、彼のビブラム靴を吊り下げて奥の間へ入っていった布貴子の後ろ姿を思い出した。

(俺の靴を持って、俺に背を向けた時から、あの女とは他人になってしまったのだ)

翌日は一日吹雪、そしてその翌日、天気が恢復《かいふく》した。

右足ゆびのつけ根の痛みは下山する間中、彼を苦しめた。もはや、彼の右足先が尋常でないことを彼は察知していた。

彼は大町《おおまち》の医者の応急処置を受けた足を引きずりながら帰京した。布貴子のところへは帰らず、実家へ帰って旅装を解き、病院で処置を受けた。

「たいしたことはないですよ、お母さん、時間がたてば、また爪が生えるそうです。二カ月も病院にかよえば完全に治るそうです」

彼は母のつねにそう言った。右足に受けた凍傷の、くわしいことは話さなかった。彼は生家のすぐ近くの外科病院に一週間入院しただけで杖にすがって帰宅して、母には爪を剝《は》ぎ取ったのだと言った。彼はあらゆる苦痛を我慢していた。実家から病院にも近いし、会社へも近いという理由で大森《おおもり》の布貴子のところへは帰らなかった。

「お宅にばかり迷惑をおかけしてはいけませんから、もうそろそろ大森の方へ……」

と市子が来てつねに言った。

「こちらはちっともかまいませんわ、健司が自分でやったことですから、治るまでは健司のいいようにさせた方がいいでしょう」

つねはぽんと突き放すように言ってから、市子が帰ると、

「だいたい、今度健司が足に凍傷したのも、もとをただせば、市子さんがいけないのよ。ただ山はいけない、山はいけないで、頭から押えつけるからこういうことになったのよ。いい薬だわ、これからは健司のいうことを聞くようになるでしょう」

つねは健司の足の負傷の原因を全部市子と布貴子のせいにしていた。

六月になって健司の足は完癒した。すこし足を引きずるような癖《くせ》が残っているだけで、歩行には別状はなかった。病院にも行かなくなったのに彼はまだ繃帯《ほうたい》で右足先を巻いていた。治ってもしばらくは、こうしておいた方がいいと医者に言われたのだと、母は市子や布貴子に言っていた。

健司の会社へ布貴子から電話がかかって来たのは、六月の半ばを過ぎたころだった。三《み》鷹《たか》の駅前の喫茶店で二人は会った。

「いつ家へ帰ってくるの」

布貴子はずっと前から思っていて言えなかったことを言った。

「荻窪の方が会社へ通うのに楽だ。まだ足の方もよちよちだから」

それが布貴子には明らかに健司の言いのがれに思えた。帰るのがいやで、無理にこじ

つけた口実に思えた。山から帰って来てからの健司の態度に、布貴子は冷たいものを感じていた矢先だったから、健司が帰ることを渋っている理由を夫婦の愛情の問題にまで発展して考えた。

「ずっと帰らないつもりなの、わたしたちの間がもう駄目になったというのかしら」

「それほど深くは考えていない、ただ、今のところは帰りたくないのだ」

「なぜ帰りたくないのよ」

布貴子が噛みつくような眼をした。

(そうだ、この眼だ。ビブラムの靴を下駄箱から引っ張り出して、奥の部屋へ行く時に俺を睨みつけた眼だ)

その時を思い出すと、右足の手術したあとが痛んだ。もう完全に治癒しているはずの足が、鹿島槍の雪洞の中で経験した時と同じようにずきんと痛んだ。

「なぜか俺には分からないんだ」

彼は正直のことを言った。ビブラム靴のことを布貴子に話しても、布貴子は布貴子で、意地悪をしたのではない、夫を危険な目に会わせたくない一心だったと言うに違いないが、彼には、その時以来、布貴子が、彼から遠いところにいる女に見えた。

「あのビブラム靴はちゃんとしてあるだろうね」

彼は話を頭の中にある靴に持っていった。

「あるわ、押入れにあのまましまってあるわ」

「それはいけない、梅雨《つゆ》時はカビが生えるんだ。靴にはカビが一番いけないんだ。ちゃんと手入れをしておかないと、今度ひどい目に会った岡宮一夫の鋲靴《ナーゲル》のように、こちこちになってしまう、いざという時に役に立たないのだ」

「それなら、あなたが帰って来て、手入れをなさればいいじゃあないの」

布貴子は笑った。笑いのなかに彼を誘いこむようなずるさが見えた。布貴子の家へ帰れば靴だけでは済まされない、一夜布貴子と共にすれば、またもとのままに戻る。布貴子との夜を考えると、また右足が痛んだ。彼は顔をしかめて苦痛にたえた。

「靴を荻窪の家へ持って来てくれないか」

「なぜなの、なぜそんなことをするの」

健司は答えなかった。彼は布貴子の顔を見詰めたまま、完癒した右足が、なぜ今日にかぎってこう疼《うず》くのか、そのわけを考えていた。

市子が布貴子をつれて、荻窪の家へ来たのは、その次の日曜日だった。

「健司さんの足も治ったようですから、そろそろ大森の家の方へ戻っていただかないと、なにかこうまとまりがつかないようで」

市子は最初から下手《したで》に出ていた。

「わたしもそう健司に申しているのでございますよ」

つねは健司を間に置いての勝負は自分の勝ちだと思いこんでいた。健司を布貴子のところへ帰すについて、一言だめをおしてやりたかった。

「ねえ、市子さん、健司のことですが、この子はもともと山が好きで、そのことをご承知で、そちら様とご縁を結んだのでございますから、少しは健司のわがままを聞いてくださらないと困ります」

わかっております、と市子は頭を下げた。つねに一本やられたけれども、この場は低姿勢にでて健司を連れて帰る方が得であると判断した。

「布貴子さんも健司の山の趣味のことはある程度理解していただかないと、ねえ」

つねは図に乗って布貴子に言った。布貴子が頭を上げてなにか言おうとした時に、横から健司が口を出した。

「ビブラム靴は持って来たでしょうね」

「いいえ持って来ませんでした。持って来ると、あなたはまただまって山へ出かけるといけませんから、わたしがちゃんと手入れをしておきました」

健司と布貴子の眼がからまり合ったまましばらくは離れなかった。

健司が息を抜くように肩を落として静かに言った。

「足の凍傷がどんなふうに治ったかお目にかけましょう」

そして健司は繃帯を解いた。右足の外側三本のゆびが揃って切りおとされていた。女たち三人が色を失っている前で健司はすでになくなったゆびのあたりを指して言った。

「このゆびは布貴子、このゆびは布貴子のお母さん、そしてこのゆびはうちのお母さんに切り取られたと同然なんです。三人は三人とも、私の気持ちを本当に理解していないのです」

健司はそう言って三人を尻目に立ち上がると、

「今夜から岡宮一夫の下宿にころげこむことにしましたよ」

健司は右足を引きずりながら、外へ出ていった。

沼（ぬま）

一

沓川輝彦《くつかわてるひこ》はめったなことでは感情を顔に出さなかった。二十八歳という年齢よりはずっとふけて見えるのは、なにごとにつけても、慎重な態度をとる彼の癖がそのまま顔に現われたのかもしれない。

沓川輝彦は久保沢進一《くぼざわしんいち》がこの村に来た時から警戒していた。沼の研究をしにやって来た研究所員という久保沢進一の肩書は立派であったし、彼が用意して来た調査用具や参考書や、それにもまして豊富な湖沼《こしょう》学の知識はなにひとつとして、久保沢進一の品位を落とすものではなかった。彼は村人に対して慇懃《いんぎん》であった。彼は観測をしているところに寄って来るこどもたちに、ポケットに忍ばせたキャラメルを与えて、体《てい》よく追い払うことを心得ているほど如才ない男だった。

久保沢進一は村の上部にあるたった一軒の旅館花湯に泊まっていた。彼が定刻に身支度をととのえて、旅館を出るのを、誰かが見守っていた。それらの村人にひっそりした微笑と共に朝の挨拶をしかけるあたりはそつがない社交家でもあった。

宿帳に三十二歳と書いてある。

沓川輝彦は、久保沢のあまりに整い過ぎた点に反感を含めた疑惑を持った。

（あいつには油断ができないぞ）

だが沓川輝彦はそのことを顔には出さなかった。

黒沼は原生林にかこまれていた。沼の面積の三分の一は、沼の周囲を取り巻くシラビソやモミなどの針葉樹の葉陰になっていた。黒沼の名のとおり暗い陰鬱な感じの楕円《だえん》形をした沼で、再度訪れた旅行者はいない。観賞に値するようなものがなにひとつとしてないからであろう。

沓川輝彦はこの沼の暗さが好きだった。特に彼は、夕暮れ時の黒沼を愛した。湖面に薄明の空の残光をたたえながら、暗黒の中に包まれていく沼の表情は凄絶な美しさを持っていた。黒沼の美しさは暗さにあった。彼は旅行者が、この沼の暗さをただのひとりも発見することができないのをむしろ喜んでいた。地もとの鳥山《とりやま》村の者でさえ、あまり近づきたがらない沼だから、一般旅行者が嫌って二度と来ないのは当然だと考えていた。

（黒沼のことは俺とおやじだけが知っている）

彼の父の武典《たけのり》が、黒沼を彼以上に大事にしていることを知っていた。大事にしているといった生ぬるいものではなく、黒沼は武典の肉体の一部でさえあった。沓川家の先祖代々の血の流れがそうさせていた。沓川家は代々、鳥山村郷社、黒沼神社の神職を務めていた。黒沼神社の奥の院がこの沼自体であった。

輝彦はやがて、黒沼神社神主を継ぐ人であることをよく心得ていた。たいして感激に値することではなかった。

彼の家は、この村では村長と並べる旧家であり、田地も相当あり、森林もあった。農事のかたわら、祭事には神主の装束《しょうぞく》をつけて舟に乗ることが神主の仕事であった。武典は七十三歳であったが、村から沼までの一里の山道を若者たちと一緒に歩くほど達者だった。

「お父さん、沼の水は相変わらずつめたいな」

輝彦が沼の水へ手を突っ込んで言った。

「九月だ、今が一番沼の水の暖かい時だが……」

武典は沼の縁にしゃがみ込んで、なんか口にとなえながら、水の中へ手を入れた。手から伝わって来る温暖の感覚を過去の記憶と照合しようとしている武典に向かって、

「なにかおっしゃったようですが」

久保沢進一が武典の傍にしゃがみこんで言った。

「昔は播《は》種《しゅ》、草かき、取入れ等の農事の遅速は、すべてこの沼の水のあたたかさによってうらなわれたものでした」

「それはいつごろから」

「家の記録から見ると三百年はたっている」

三百年と久保沢は口の中で言ってから、

「ぜひその記録を見せていただきましょう、沼の水の温暖が直接農事に関係することは立派に科学的根拠のあることです。その記録は神事とか、うらないとかいうよりも、人間の知性が生んだ、偉大なる業績なのです」

輝彦はその言葉を沼に手を入れたままで聞いていた。なんて歯の浮くようなことをいう奴だろうと思った。過去にすがりついて、なんでもかんでも昔のものはよかったと考えこもうとしながらも、現代から置き去りを食うまいとしている老人の心を迎え入れるのにぴったりした言葉だった。

輝彦は沼に映っている顔を見た。久保沢に見られたくない自分の顔が沼の底から自分を見詰めていた。

「ご覧になるならいつでもどうぞ、とにかく先祖代々書き続けられた記録ですので」

「そういう貴重な記録は、ぜひ発表していただかなければ……そうすることはこの沼を守って来たご一家の名誉であるばかりでなく、その記録の内容によって、この沼の湖沼学的な歴史が明らかにされるかもしれません」

「そういうものでしょうか……」

武典は息子の方を見た。沼についての記録を久保沢にお見せいたしましょうと言ってはみたもののいささか不安になり出した顔だった。

「沼の調査はいつ終わるのです」

輝彦は沼から出した右手の露を切りながら立ち上がって言った。

「沼の観測はやっています。やっていますが、このままではやらなかったと同じことになるのです。沼の周囲だけでは意味はない。問題は沼の内部なんです。前にもお願いしてあることなのですが、舟を出させていただけないでしょうか」

舟は石の祠《ほこら》の裏側の小屋の中に収容されていた。大きな黒い鍵がぶらさげてある。

「そのことだけはどうも……」

武典は急に沈んだ顔をして、

「なにぶんにも、祭事以外の目的で沼に舟を浮かべることは許されておりませんので」

何度か繰り返した言葉だった。

「私は全国の沼を調査して歩いております。舟を浮かべたり、温度計で温度を測ったり、深さを調べたりすると、たたりがあるといって観測を拒否されたことも何度かあります。けれど、結局はどこでも許されています。私は沼の尊厳を傷つけようとしているのではありません、この沼の実態を摑《つか》むことによって、この沼の科学的価値を高めようとしているのです。黒沼に伝わるいくつかの伝説はただ放《ほう》っておくよりも、その一つ一つに科学という衣装《いしょう》を着せてこそ、伝説の存続の理由がはっきりするのではないでしょうか」

久保沢は演説口調の言葉をちょっと切って、沼の中心あたりをゆびさして、

「この黒沼に伝わる伝説のうちで最も興味ある問題は竜の眼です。ひょっとすると、こ

の沼の竜の眼は、まだ世界のどこにも発見されていないような湖沼学上の大発見となるかもしれれません。……そうなれば、この沼は世界的に有名な沼となります」

久保沢は話の調子を変えると、いかにも感激に満ちた顔で、この沼に伝わる伝説を一つ二つと数えあげていった。
一、黒沼は底なしである。
二、沼に竜が住んでいる。証拠として二つの竜の眼がある。
「昔からこの沼には祭事以外の目的で舟を浮かべることはできないことになっているので……」

武典は言い出したら聞かない顔でそういうと、石の祠の前にしゃがみこんで、その付近の草を取りにかかった。輝彦は久保沢と肩を並べて沼の周囲を回った。

「一種の堰止《せきと》め湖ですな」

久保沢が言った。

「せきとめこと言いますと」

「湖沼学的な分類上そうなるのです。熔岩流の流出、山崩れなどによって、堰止められてできた沼です」

「その堰止め湖というのは、学問上珍しい沼なんですか」

「平凡な湖沼ですよ、最も種類の多い、どこにもここにもあるという沼ですな」

そう言ってしまって久保沢は言い過ぎに気がついたのか、いささかあわてて、

「いや、平凡かどうかは、舟を浮かべて、沼の内部を調査しなければ分からないことです」

「平凡な沼で結構ですが、その平凡な沼を調べて、いったいなんの役に立つのですか」

学問のためというに違いないだろうと思った。それを承知で輝彦は聞いたのだが、久保沢は、その率直な質問にいささか虚を衝《つ》かれたように、

「沼の利用価値については、やはり沼に舟を浮かべて見ないとなんとも……」

「利用価値ですって？」

「いや例えばの話ですよ」

久保沢はひどくあわてた答え方をして、暗くなり出した沼の面に眼を移して、

「舟の借用賃として、一日二千円のお礼をさしあげられる用意がしてあるのですが、この問題については、一度私とあなただけで話してみたいと思っておりました」

「私ではどうにもなりませんね、父によく話してみましょう、しかし父だけでも……舟は私の家で保管はしていますが村の所有物ですから……」

輝彦が久保沢の行動に対して、はっきりした疑念を持ったのはこの時だった。金で舟を出させようとする行動が、学者らしくなかった。学者ならば、舟を出してもらうまでは、分かっても分からなくとも、学問だけを振りかざして相手に納得させるだけの勇気

と努力を惜しまないだろうと思った。輝彦は学者と交際したことはないが、彼自身が想像していた学者と久保沢とはひどく懸隔があった。

「暗くなりましたね、私はね輝彦さん、こういう古い沼で夕暮れを迎えることはあまり好きではないんです、沼から黒い手が出て、引き摺《ず》りこまれるような錯覚に陥るのも、こんな時なんです」

久保沢はちょっと肩をすぼめるような格好を見せた。輝彦は黙って聞いていた。この沼の美しさは日暮れにある。やがて、沼の中から浮き上がるように、薄い靄《もや》がひろがって、沼全体にふたをする。沼はそのまま朝を迎えるのだ。湖沼を研究する学者であって、沼の持っている一番美しい面を見ることのできない久保沢進一という男は、輝彦からは遠い人に思われた。嘘でもいいから、この沼の夕暮れを美しいと言ってくれたら、たぶん俺は久保沢にもう少々積極的な好感を持てただろうと思いながら輝彦は、祠の前で待っている父の手から鎌《かま》を受け取ると、先に立って坂をおりていった。

二

久保沢進一の来訪時間は正確だった。彼は九時ちょうどに沓川家を訪れ、十一時半になると花湯に食事に帰り、午後は三時から五時までの間、沓川家の奥座敷にいた。

沓川家に代々伝わっている、黒沼神社諸色覚帖は一種の日記であった。

祭事の折、竜眼四つにも相成居候事、異常の事ゆえ、庄屋源左衛門より、届出及候、

享保三年二月三日

御月当番佐野軍兵衛様

このような記録が見つかると久保沢進一は眼を輝かしてノートに写し取っていた。記録は達筆な字で書いてあって、久保沢進一にはほとんど判読しがたいものばかりであった。武典老人によって判読されたものが、久保沢のノートに書き移されていった。

久保沢進一が、異常な熱心さで古文書《こもんじょ》と取り組んでいることは、輝彦の久保沢に対する評価を幾分か変えた。

(なぜ、古文書を熱心に読みあさるのだろうか)

沼に舟を浮かべて観測したいということは古文書あさりを始めてから口に出さなかったし、沼へも行かなかった。花湯と沓川家の間を往復しながら、古文書をていねいに写し取っている彼の仕事は、研究といえば研究に見えたが、やはり、どこかに油断のならないものを輝彦に感じさせていた。

輝彦は、久保沢進一が沓川家へ来る目的の一つは妹の節子《せつこ》にあるのではないかと思っ

て、それとなく注意していたが、それらしい素振《そぶ》りは見えなかった。

問題は父の武典であった。老人は完全に久保沢進一に魅せられていた。武典は酒が好きだった。酒好きの武典に対して、久保沢は、美酒を贈った。それも一回ではなく、沼に案内してもらったお礼だとか、古文書を見せてもらった謝礼だとかいう名義で、酒の種類を変えて何回となく贈った。酒の肴《さかな》と称する缶詰類も東京から取りよせて持って来た。

「この研究が済んだ時にはぜひ東京にご招待したい。東京には日本中の酒が集まりますから」

こんなことを言うことも忘れなかった。

輝彦は朝早く野良に出て行って、遅くなって帰って来るから、久保沢と自宅で顔を合わせることはごく稀《まれ》だった。その日は午後早々と夕立があった。

彼は庭口から入った。いつも開け放したままで、久保沢と対座している父の部屋の障子が閉《し》まっていた。ひどく静かだった。父と妹と久保沢の三人がいるはずなのに、誰もいないように静かだった。彼は下駄をさげて裏に回って、井戸端で足を洗った。廊下を妹の節子が台所の方へ走っていった。あわてて飛び出したために障子が三寸ほど開いている。

妹が彼女の部屋を出て廊下を走っても少しもおかしくはなかったが輝彦にはなにか妙

に不安な感じがした。それに家全体がなんとなく静かすぎた。土間は暗かった。黙って入っていった兄の顔を見て、節子はぎょっとしたように眼を見張った。そして彼女は、突然、はや口の高い声でぺらぺらしゃべり出した。田はどうだの、夕立にはどこで会ったの、一応、話はとおっていたが、彼に対しての話し掛けではなく、彼女のひとりごとでもあり、兄の帰って来たことを誰かに知らせようとする意図にも思われた。

明らかに節子は落ちつこうとしながら、どうにもできないでいるような素振りだった。父は久保沢進一の前でだらしなく眠っていた。酒の席はそのままになっている。

「ご馳走になっています」

と進一が言った。その声で父が眼を開いて輝彦に言った。

「いや、ご馳走になっているのはこっちだよ、すばらしく上等な酒をちょうだいしたのでな」

武典は酩酊《めいてい》していたが久保沢は酔ってはいなかった、彼はいつもより幾分青い顔をしていた。

「なあ輝彦、俺は、学問のために、舟を黒沼へ浮かべていいかどうか竜神様にお伺いしてみようと思っている。竜神様がよろしいとおっしゃるならば、久保沢さんに、舟をお貸し申そう、竜神様がだめだとおっしゃればおことわりするより方法はない」

武典の言葉は、どこかあきらめに近い響きを持っていた。酒の力で、久保沢にくどかれ、動きが取れなくなった末、竜神に伺いを立てようなどと言い出したのに違いない。

輝彦にとっては、祭事以外に沼に舟を浮かべることには異存はなかった。むしろ、祭事以外に舟を浮かべてはならないなどという、掟《おきて》が彼には、ばかばかしいものに思われた。だが、輝彦は、久保沢に舟を貸すことには反対したかった。

輝彦には、きちんと膝をくずさずに座っている久保沢という男が、どうしても学者には思えなかった。油断のならない男という感じは、輝彦の頭から去らなかった。

輝彦と並んで座っている久保沢が便所に立った。大学ノートが、その後に置いてある。表紙に黒沼神社諸色覚帖抜萃《ばっすい》と書いてある。

輝彦はノートを取り上げて、中を見た。赤鉛筆で三重丸がつけてあるページがあった。

竜眼より熱気昇騰候、波立ち騒ぎ候様、竜神の怒れる息使いの如《ごと》く候……

熱気昇騰のところに赤い線が引いてある。点線の部分に横線を入れ、

(ここ虫食い、老人曰《いわ》く、たぶん、寛政年間ならん)

と書いてあった。

久保沢が便所から帰って来て座るのを待って、

「ノートを拝見させていただきました、熱気昇騰というのは、沼の中に温泉でも湧いた

ことを言っているのでしょうか」

久保沢は輝彦が黙ってノートを開いたことをとがめるように眼を向けたが、ノートを取って、ぱらぱらっと中身でも改めるようにしてからポケットに入れて言った。

「温泉ではありません。地質学的に、あんな場所に温泉が湧くことは考えられません、修飾してあるのです。熱気昇騰といっても、やや温度の高い、湧泉《ゆうせん》のことを言っているのでしょう」

「すると現在ある竜の眼もその湧泉なんでしょうか」

「たぶんそうでしょう、私はそれを調べるためにここへ来たのです」

「湧泉をですか」

「いや黒沼全体をです」

「でもあなたのノートをめくって見ても、竜の眼のことばかり書き写してあるし、父から聞くと、あなたは竜の眼の温度を測定する計画だとか……」

「黒沼の科学的問題点は竜の眼にあるんです。だから、竜の眼を調べれば必然的に、沼全体は解明される」

二人の話がとぎれた。その間へ、突然武典が挟《はさ》みこむように言った。

「竜の眼はおそろしい眼だ。人間のやることはなんでもあの眼には見とおせるのだ。そしていつでも罰をくだすことができるのだぞ……」

二人が武典の顔を覗《のぞ》きこむと、彼は半ば口を開けて軽いいびきを立てていた。

三

沓川武典の祝詞《のりと》はいつになく重々しい響きを持って、黒沼の上を渡っていた。黒沼を取り囲む山に反響して来るほど大きな声ではなかったが、節々に力がこもっていた。

武典の背後には村の代表者が幾人か頭を垂れていた。半分ほどは村会議員だった。彼らは行事の早く終わるのを待っていた。祭事が終わって、酒の饗応《きょうおう》に一分でも早くありつけることを望んでいた。すでにその用意は若い衆たちによって始められていた。煙が、沼の面に低く流れていた。秋の風が涼しい。

彼らは神妙な顔はしているけれども、心の中では、沓川武典の愚直を嗤《わら》っていた。武典が、久保沢進一の要望に応えて、沼に舟を出すことを許すべきかどうかを村会にはかった時、村会議員のひとりとしてこれに反対するものはなかった。

「黒沼は神主さんの池みたようなものだ、あなたのいいようにするのがいい」

というのが、大部分の意見だった。舟を使って沼の調査をするのは結構だが、舟の損料だけは村に寄付すべきだという者がいた。その声に応《こた》えるように、花湯の主人が立ち上がって、

「神酒《おみき》はこれだけ寄付するそうだ」

彼は右手を広げた。五升とは豪勢じゃないか、とどこからかつぶやきが聞こえた。

「だが、わしは、竜神様に伺いを立ててみる。竜神様がよろしいとおっしゃるならば、舟を貸すが、駄目だとおっしゃるならば、舟は出さない」

武典は神職としての体面を考えていた。一応、竜神に伺いを立てるという形式をとったのである。

武典の祝詞は終わった。

武典は沼に向かって歩いていった。舟の中に用意の品々がすでに積みこまれてあった。武典は足袋《たび》はだしになって舟縁《ふなべり》をまたいだ。輝彦が櫂《かい》で舟を漕《こ》ぐと、静かな水面に波紋が広がっていく。

輝彦は膝を折ったままで櫂を使っていたが、武典は舳先《へさき》に立って水面を見つめていた。神主の白い装束《しょうぞく》が波にうつって揺れた。

沼は全体的に青くよどんで見えたが、中心近くの水藻《も》が切れて、円形の黒い水面をのぞかせていた。そこはちょうど沼の中に井戸を見るように無気味だった。黒く澱《よど》んだ井戸の周辺の水藻が動いていた。沼の底から水が湧き出ている証拠である。そこが竜の眼であった。

武典が輝彦に舟をとめるように言った。舟は竜の眼と眼の間に停まった。武典は、そこでまた、竜神に祈りをささげてから、背を曲げて、舟の底に置いてある黒塗りの飯櫃《めしびつ》を持ち上げた。古風な飯櫃である。祭事専門に作られて、もう何代も使われて来たものであった。

武典がふたを取った飯櫃の中に赤飯が六分目ほども入れてあった。彼はそれを沼の上に浮かべた。黒塗りの飯櫃は、黒い鳥のように、沼の上に浮いていた。

武典が、柏手《かしわで》を打つと、沼の周囲の木のしげみから鳥が飛び立った。

それから武典は敏捷《びんしょう》に動いた。彼は手を黒櫃にかけて、両手で沼の中に押しこんだ。赤飯を盛った黒櫃は彼の手を離れて、沼底に沈んだように思えた。沈むべきだった。いつもこうすれば必ず沈んで、二日間は浮き上がらなかった。二日の間に、黒櫃の中の赤飯が沼の鯉によって食いつくされると黒櫃は浮上するのである。こうなるように黒櫃の中へ入れる赤飯の量が初めから加減されていた。神事ではあったが、初めから結果が分かっている形式的な行事であった。

黒櫃は沈んだ。が、それは、武典老人が腰を伸ばさない間に、さかさになって浮上して来た。黒櫃が池の中でひっくり返ったのである。

こういうことは今まで一度もないことだった。願いごとはかなえられるようにあらかじめ用意されているこの行事が不成功に終わった責任は神主の武典にあった。武典は沈痛な面持ちで沼を見詰めて眼を輝彦にやって言った。

祭事は終わった。竜神の意志は沼に他人が立ち入ることに反対であった。

「神主さん、今日は竜神様の機嫌が悪いのでしょう、日を改めてもう一度、お伺いを立ててみればいい」

村会議員のひとりがなぐさめ顔に言ったが、武典は答えなかった。彼は久保沢進一の前へ行って、残念なことだが、竜神様のお許しがないから沼の調査は許可できないと宣告した。

「日を改めてもう一度……」

だが武典は首を激しく振っているだけだった。

その夜、輝彦は眠れなかった。眼をつむったまま彼は自分の行為を正当化しようと考えた。彼は赤飯の量を少なくしたのである。黒櫃の内側に目印の線がしてあったが、そこよりもずっと少なく赤飯を盛り込んでおいた。彼の作意が、父の武典に分からないはずがない。武典は、舟の上で、黒櫃のふたを取った時、輝彦の叛意《はんい》を知ったに違いない。

輝彦は父に言うべき言葉を用意していた。

(久保沢って男は油断のならない男なんです、実は今朝《けさ》東京からこういう手紙が届きました)

と、輝彦の東京にいる友人に依頼して調査してもらった久保沢進一の身許《みもと》について父

「舟を返せ……」

に報告するつもりだった。久保沢進一は研究所に勤めている学者という触れこみだったが、輝彦の友人の調査によると、久保沢進一の所属している日本鉱業地質調査研究所というのは、一般の依頼によって、地質の調査に応ずる民間会社であって、大学や官庁の付属機関ではなかった。手紙の最後に、社員は十数名で、ほとんどが全国に出張しているらしいと書いてある。

輝彦は、その手紙を読んで、彼が久保沢に抱いていた不信感が単なる杞憂《きゆう》ではないと考えた。沼の調査を中止すべきだと思った。調査の目的がはっきりしないかぎり、彼を沼の中心に近づけてはならない。だが彼はそれを父に話さなかった。話したところで、それだけの理由で行事の変更をする父ではないことを知っていた。輝彦は独断で飯櫃に作意を弄《ろう》した。

とにかく、もうしばらく、久保沢の沼の調査をやらせないでおけば、東京から第二の報告がやって来るだろうと思った。

輝彦には久保沢という男が、なにか悪いたくらみを持って沼の調査をしている男にちがいないという考えからは抜け切ることはできなかった。

その夜遅くなって月が出て、光が輝彦の部屋にさしこむと、いよいよ眼が冴えて眠ることができなくなった。彼は草履《ぞうり》を突っかけてくぐり戸から庭に出た。妹の節子の部屋の雨戸が一枚開けてあった。雨戸は開いているが、硝子《ガラス》窓は閉めてあった。霜の夜に見るように、白くこおった夜の色が窓をおおっていた。節子はいなかった。

輝彦はすぐ、久保沢を頭に思い浮かべた。久保沢と節子との間に恋愛関係があるという証拠はなにひとつないにもかかわらず、彼は節子と結びつけて考えた。武典はまだ起きていた。電灯を消したままで寝床の上に座っていた。

「節子のことだろう、節子は久保沢さんと黒沼へ行ったに違いない」

武典はふりかえらずに言った。

「黒沼へ、なぜ黒沼へ行ったんです」

「舟が今夜一晩は黒沼に浮かべてあるからだ」

黒沼へ、夜、男と二人で出かけていく妹を、知っていて止めなかった父の気持ちが、輝彦には理解できなかった。

「あの二人はもう離れられない関係になっているのだ」

「だからといって、私は放っておくことには反対です、あの久保沢という男は、妹よりも沼をねらっているんです。あいつは黒沼の竜の眼を狙《ねら》っているに間違いない」

寝床の上に座っている武典が、輝彦の言葉に大きく頷《うなず》いて、

「そうだ、彼はなにか狙っている。しかしそれが学問上の発見であり、それによって黒沼が有名になるならば、それでもいいと俺は思っている」

父はすべて善意に考えているのだと思った。輝彦は、東京からの友人の手紙を父の前

において、月光の中へ飛び出して行った。

黒沼は月光に輝いていた。舟を櫂《かい》で操っているのは節子であり、舟の上から、転倒温《てんとうおん》度計《どけい》をひもに下げて、沼の温度を測っているのは久保沢であった。測定場所は竜の眼の位置である。

舟の上の二人は無言であった。ときどき懐中電灯で互いの顔をたしかめ合っていた。沼の底に、次々と調査用具がおろされ、記録が記入され、採泥器によって、沼の底の泥が採取されていた。

その光景は森の妖《よう》が深夜にひそかに行なう夜の行事の覗き見のように奇怪でもあった。月は沼の面を半分暗くしていた。影が回ると舟も動いた。ひそかな水の音が、異常に高く聞こえていた。

四

久保沢進一が、二、三人の男と連れ立って村に訪れたのは十二月になってすぐであった。彼らは花湯に泊まると、久保沢の名において、村の代表者を招待した。黒沼の研究に来た時のお礼だというふれこみだった。

久保沢の連れて来た男たちは取り持ちが上手《じょうず》であった。酒宴は夜半に及び、帰れずに花湯に泊まる者もいた。

　彼らが仮面を脱いだのは、さらにそれから二日経って村長に面会を求めた時である。

「結論から申しますと、われわれは黒沼の中に湧出している温泉を引いてホテルを造ると共に、この付近一帯を観光地にする計画を持って来たのです」

　出された名刺には、この地方ではあまり名が知られてはいないが、最近、地方の観光事業に大きく手を広げている会社の企画部長の名が印刷されていた。

「温泉が黒沼の中に湧き出ているというのは本当なんですか」

　村長はまず、その真偽から尋ねた。

「そのことについては、久保沢技師に直接お聞きください」

　男は久保沢をふりかえって言った。

「竜の眼というのが、実は沼の中に湧く温泉だったのです」

　久保沢の所属する日本鉱業地質調査研究所というのは、その観光企業会社の子会社であって、親会社の依託を受けた仕事の調査をやっていた。久保沢が依頼を受けた任務は、この村に事業に適する温泉が湧出する可能性があるか否かであった。

　鳥山村から二十キロばかり離れているところに温泉場があったし、鳥山村の花湯も温度は三十四度で少々ぬるいけれども温泉であった。地質学的に見ても、その付近に温泉の出ないというよりも出る可能性の方が強かった。黒沼は深過ぎたから、内部に湧き出る温泉は今まで気づかれずにいたのである。ただ、冬になって湧出口の上部の氷の厚さが特に薄かったり、凍結しなかったりするという事実が、久保沢進一の耳に入り、さらに、黒沼神社に伝わる、古文書で、過去において竜の眼から温泉が湧出したらしいという資料を得て、竜の眼が温泉であるという確信を深めた。

しかし、もし、月の夜に舟を浮かべて、竜の眼に転倒温度計を下げて、湧出する水の温度を測らなかったならば、竜の眼の謎は解かれなかったろう。二つの竜の眼は、温度五十一度の温泉の湧出口であった。

「いつなんです。その月の夜というのは」

村長が聞いた。

「竜神様にお伺いを立てたあの夜でした。沼に舟が浮かべてありましたし、月がよく照っていましたので、観測には好都合でした。ただ私ひとりでしたので、少々、気味は悪かったが……」

久保沢は節子のことなどおくびにも出さなかった。

「それで、あなた方は……」

村長は話をもとに戻して企画部長の顔を見た。

「先ほど申し上げましたとおり、温泉を掘鑿《くっさく》する権利を譲渡していただきたいのです。権利を譲渡していただく条件については一応会社では、このように考えております」

企画部長は案を提示した。

「よく分かりましたが、重要問題なので、私の一存には計りかねます。村会を開いて相談してみることにいたします」

村長は平静を取り戻していた。

「ごもっともです。村会の時のご参考として、この書類をお持ちいただければ……」

男は書類の写しを出した。

「これは鉱区の申請書じゃあないですか」

さすがに村長は大きな声を上げた。

書類によると、黒沼はラジウムの鉱区として申請されていた。

「鉱業法をご存じのことと思います……」

男はそう前置きして、

「鉱業法、第二条に、国は未《いま》だ掘採されてない鉱物について、これを掘採し、及び取得する権利を賦与《ふよ》する機能を有する……とあります。だから、誰であろうとも、鉱物を発見した人は、鉱区として申請し、掘採することができるのです……」

「黒沼がラジウムの鉱区に入ったことは分かりました。それと黒沼の温泉とはどういう関係があるのです」

と相手の顔を見ながら村長は、

「ああ、そうですか、そういう手なんですね」

花湯に微量のラジウムが含まれていることは分析表によって明らかである。おそらく、黒沼の中の湧泉にも微量のラジウムを含んでいたのだろう。それを鉱区に申請したところで含有量からいって採算の取れるものではない。彼らはそれを承知のうえで鉱区を申請したのだ。彼らは鉱業法にひっかけて黒沼を抱きこみ、もし、村で温泉掘鑿の権利を譲渡しない場合は、鉱業法を楯《たて》にとって、黒沼の温泉を他の業者や村自体の経営にまかすことを妨害するぞという腹を見せたのである。

「お互いにことは荒立てないようにした方がよいと思います。われわれ発見者とあなた方所有者側とで、よく話し合えば、いかなる困難も排除できるものと信じます」

男は鉱業法でおどしておいて、すぐその後で低姿勢になった。

その日の夜の緊急村会はもめた。議論百出でまとめようがなかった。

沓川輝彦は父の代理として村会に出席していた。やはり、思ったとおり、久保沢進一という男は大変な曲者だったのだ。詐欺師ではないが、結果においては、村から一つの財産を奪う結果になりそうだった。

（あんな奴に）

彼は久保沢進一のあの流し眼を思い出しながら、妹の節子のことが急に不安になった。今夜あたり、久保沢が酒を持って父の武典を訪問していやあしないかと思った。

美酒に酔って父が眠ってしまった後で、節子と久保沢の間に起こりそうなことを想像すると、いつ結論つくともしれない論争を黙って拝聴しているわけにはいかなかった。

沓川家には旧家の名残りをとどめる門と門に続く白壁の塀があった。白壁は半分くずれかけたままになっていた。そのそばに節子がしょんぼり立っていた。

「どうしたんだ今時分、こんなところに」

節子はオーバーの襟《えり》に顔を埋めていた。町行きの服装だった。バスに乗って町へ出かける服装をして、花湯に泊まっている久保沢に会いに行っての帰りかもしれない。寒いのに、家に入らずに突っ立っている様子がおかしかった。

「さあ、家へ入って炬燵《こたつ》に当たろう」

輝彦はずっとやさしい言葉で言った。突然節子が泣き出した。きっかけを待ち兼ねていたように、彼女は輝彦にすがって泣いた。

「私、久保沢さんにだまされたのよ、ばかだった……」

この前久保沢が村を去ったのは、二人で黒沼に舟を浮かべた直後であった。彼が去ってから、節子宛の手紙が二、三度来たが、その後、ずっと来なくなって、最近はほとんど見たことがない。久保沢にだまされたという節子の言葉から想像すると、久保沢は東京へ去ってから急に冷淡になり、そして今夜、訪ねていった節子にはっきりと絶縁を宣言したと思われる。

「約束してあったのか」

輝彦はややいかりをこめて言った。

「結婚すると約束したから、私はなにもかも……」

そして彼女はまた泣いた。なにもかも、彼に与えたのは、おそらく久保沢が古文書を見に、足しげく沓川家へ通《かよ》って来ていた時だと思う。

「それで久保沢はなんと言ったんだ」

輝彦は場合によってはこれから花湯へ飛んでいきそうな口調で言った。

「信じられないというんです……」

「お前の心を信じられないというのか」

すると節子は急におしだまって、泣くのをやめると、首を垂れたまま低い声で言った。

「私は普通の身体ではなくなっているのです。そのことをあのひとに言いにいったのです」

輝彦は突きとばされるような気持ちで節子の言葉を聞いた。当然、考えられる結果であったが、悲しい事実であった。

「お前の身体の変化を信じないというのかあいつが」

「自分じゃあないっていうんです、誰の子だか分かったものではないっていうんです」

節子はヒステリックに叫んで、激しく泣いた。

会社と村との間は対立したままで、それぞれ、自己の主張を曲げなかった。両者の条件にはなお大きなギャップがあった。

五

久保沢は前来た時とは打って変わったような冷淡な態度で村民に接していた。以前の彼は道で会う村民には誰彼となく丁寧に頭を下げていたが、会社対村との間の事務折衝段階に入った今となっては必要以上に頭を低くすることはなくなっていた。

沼の中に温泉が発見されたと新聞に掲載されると、温泉を目あてに村へ乗り込んで来る利権屋が多くなった。単なる弥次馬もいた。

村では黒沼の周囲に鉄条網を張り、見張りを立てた。

輝彦は朝起きれば弁当を持って黒沼に出かけていった。黒沼の見張りに立つように、村長から特に言われたのではなく、彼の意志であった。久保沢進一が、月の夜にこっそり舟を出して沼の秘密を盗んだことは、沼を守る沓川一家の過失のようにいう者もあったし、すべて沓川親子と久保沢進一との馴《な》れ合いでやったことではないかと疑いを持つ者もいた。

輝彦は村の噂《うわさ》に沈黙を守った。

彼は村のために黒沼の張り番に立っている気持ちも神域を保護する考えもなかった。朝起きると足が黒沼に向くから来ているだけだった。家も村も自分自身もいやだったが、黒沼の傍《そば》に座っていると、なんとなく心が落ちついた。

「輝彦の奴は、おやじが死んでから少々おかしくなったんじゃあないか」

とかげ口を叩く者がいた。

沓川武典が死んだのは、村中が温泉問題で沸騰《ふっとう》している最中だった。高血圧症のために医者に酒の量を制限されていたにもかかわらず、その日、武典はひとりで一升近く飲んだ。それほど、多量の酒を飲んだあとで、彼は黒沼神社諸色覚帖の最後のページを開いて、なにも書かずに筆を持ったまま倒れた。卒中死であった。

輝彦は父を死に追いやったいくつかの原因を知っていた。

第一に節子の問題である。久保沢は節子と結婚する意志はなかった。金で解決しようとする久保沢に見切りをつけて、沓川武典は節子を東京へやって身体の始末をさせた。旧家の体面を気にするために、ことを表面に出さずに処理しようとする沓川家にくらべて久保沢はずっと有利であった。彼は節子との関係について沈黙を守ることを約束しただけで、沓川家に慰謝料として払うべき金は支払ってなかった。金のことを輝彦が交渉にいくと、逆に節子との情事を発表しそうな口ぶりだった。

武典は、娘の蹉跌《さてつ》と同時に、黒沼の神域に温泉が出たことによって、神域がホテルに変わることを嘆いていた。黒沼の科学的神秘がそのまま利権に通じていく、末世を呪《のろ》った。

死因は卒中死であったが、彼を死に導いたものがなんであるかを、輝彦はよく知っていた。

沼は冬を迎えるかまえをしていた。青黒く濁っていた沼の表情は、ひそかに訪れる冬を感ずるように、夏のころよりはずっと落ちついた色に見えていた。

輝彦は沼の周囲を歩き回りながら、父と共に見回りに来たことを思い出していた。

沼を間にして石の祠の反対側に、大きな立ち枯れのモミの木があった。針葉樹林の中に、異様に白く光っていた。

その木の陰に回りこんだところに、山へ通ずる道があった。獣道《けものみち》であった。人の通るには狭すぎる道だったが、やはり道としての形態をととのえていた。かくし道のように、落葉のかげにひっそりとしていた。

彼はその道を二十分ほど登った。そこに、ちょっとした岩場があった。そこだけに、木が生えず原生林の中に黒い岩肌をむき出していた。

彼は岩を回って、狭い岩棚に腰をおろした。黒沼が眼下に広がった。ここは黒沼全体を眺めることのできる、武典と輝彦しか知らない場所であった。

沼は相変わらずの黒い顔であったが、今までとどこか違った顔だった。

黒沼は表情を持っていた。それが怒りをたたえた表情にも見えるほど、沼全体のどこかに今までに見られない動きがあった。

沼の顔つきの変わった原因は、竜の眼にあった。今まで竜の眼は、沼の顔の中に、やや褐色がかったどんよりした眼を二つ並べていたが、今度はその両眼の上部に、ちょうど、眉毛の格好に、色の変わった部分ができたのである。ひょっと見ただけでは分からないが、確かに、沼の内部に変化があって、水藻が枯死したものと思われる。

黒沼が怒った表情に見えるのは、その眉毛の末端が吊り上がっていたからである。

彼は舟を沼に浮かべた。

予測したとおりであった。竜の眼の眉毛に見えた部分は藻が枯れて、湧水のために揺れ動いていた。

温泉の湧出口になぜこのような変化があったか、彼には分からなかった。ただ彼は、久保沢が、沼の秘密を盗んで帰ってから間もなく、相当強い地震がこの地方にあったことを想起した。

地震があると、温泉の湧出量や湧出口が変わるということは、なにかで読んだり、聞いたりしたことであった。輝彦はその常識を沼の変化にこじつけていた。

彼は舟を沼から引っ張り上げると、腕を組んだまま長いこと考えこんでいた。

風がなく、ひどく寒い夕暮れだった。輝彦は寒さに痛み出した手のあかぎれに眼をやっておそらく、黒沼には明朝氷が張るだろうと考えていた。

翌朝黒沼は油氷によっておおわれていた。沼の底が見えるほどすき透《とお》った氷だった。だが、竜の眼と、竜の眉の付近は黒い水の色を見せていた。寒気は四日間続いた。そして、黒沼の氷は厚さを増し、不透明になった。竜の眼にも、竜の眉にも薄氷が張った。

黒沼は冬眠に入ったのである。

輝彦は二つの竜の眼を中心に御幣《ごへい》を立てた。

黒沼が凍結しても、黒沼の見張りには、輝彦ひとりが毎日出張していた。

村と温泉開発会社との間に了解が成立したのは、そのころであった。

初めに村が主張していた条件とは、かなりへだたったものであった。

「いよいよ、明日から、黒沼の測量を兼ねて、温泉の精密調査をすることになりましたので」

その夜、村長が沓川輝彦の家へ挨拶に来た。

「誰が調査をやるのです」

「久保沢さんです」

「結構です。どっちみち黒沼の所有権は村にあるのですから。だが、私としても一応第三十八代黒沼神社神主としての行事をしなければならないでしょう、行事を終わるまで、沼へは誰も人を入れては困ります」

輝彦は神主として村長にものを言った。

「兄さんがはじめて、神主の白い装束を着るのね」

村長が帰るとすぐ節子が言った。

「見せてやりたいが、お前は明日来てはいけない……」

久保沢が来るから、来てはいけないのだと、言おうとしている兄の気持ちを察しながら、節子はふと兄がいう行事とはなんだろうかと考えた。父の存命中には、黒沼に氷が張れば豊年の兆《しるし》としての神事を行なったが、今年はまだやっていない。

兄が黒沼へ毎日出かけていくのは、村のための見張りでも、黒沼神社の神主としての神域保護でもない。兄はこの暗い家からの逃避の場所として黒沼を選んでいるのに違いない。その兄が突然行事を言い出したのが不思議だった。

「行事ってなにをやるの」

「行事か、黒沼に温泉ホテルを建てるについて竜神様に伺いを立てるのだ」

「竜神様がそのことに不承知だったら？」

「たぶん竜神様は適当な方法で人間に罰を与えるだろう」

「罰を？」

節子の眼が見開かれた。輝彦の心の中にかくされているものを探し出そうとする眼であった。

その夜遅くなって初雪が降った。三寸ばかりつもって明け方にやんだ。輝彦は未明に家を出て、黒沼へ登っていった。

黒沼は白一色に変わっていた。

二つの竜の眼のそれぞれの中央に建てられた御幣が半分ほど雪に埋もれていた。

彼は家から持って来た雪掻きの柄にさらに長い棒を接続して、竜の左の眼に向かって真っ直ぐ雪をかいていった。

道が竜の眼の眉毛にかかる前で、彼は止まって、雪掻きだけを前に押し出した。道は竜の眉毛の上をとおって、竜の眼の前で止まった。彼は同じことを竜の右の眼に対してもやった。誰が見ても、竜の眼の下の温泉を調査するのに便利な道を作ったとしか思われなかった。

彼はその仕事が終わると、石の祠の前の雪を広く掻きのけてから、焚火《たきび》を始めた。焚火にくべた餅がふくらんだ。

「なんて寒い朝だ……」

彼は焼けた餅に手を出しながらつぶやいた。餅が、彼のゆび先が触れる直前に、突然ふくれ上がって、はねて割れた。彼はちょっと手を引っこめた。なにか、彼のしていることに対して、餅に暗示をかけられたような気がした。

彼は手に餅を持ったまま、彼の行事の準備をもう一度、見直した。なんの手ぬかりもなかった。

最後に彼は眼を石の祠に戻した。石の祠に、雪掻きが掛けてあった。

彼ははっとしたような顔で、雪掻きを取って引きかえすと、焚火にくべ、なお付近を探して、棒や枝切れを火にもした。

「畜生め……」

赤い炎が立ち上がるのを見ながら彼は、なにかに憑《つ》かれたように餅をがつがつ食べた。

儀式は打ち合わせどおり、黒沼神社奥の院、石の祠の前で、黒沼神社神主、沓川輝彦によって行なわれた。

彼は父のにおいのついた白装束を身につけて祝詞をあげた。長い祝詞だった。まるで、寒さなど意に介しないように、なんともわけのわからないことをしゃべっていた。彼の背後に続くものが足踏みをした。それでも彼はやめなかった。村長が彼の背を叩いて、小声で、かんたんにと言った。彼はそれすら、意に介さないようであった。

祝詞は終わった。

沓川輝彦は、久保沢の先に立って、沼まで来ると、鉄条網の木戸を引きあけて、どうぞと言った。そこからは、彼が今朝雪掻きをした道が竜の眼に向かって真っ直ぐ続いていた。

久保沢とその助手は、長い祝詞で腹を立てていた。彼らは怒りを露骨に顔に出して、竜の眼に向かって急ぎ足で歩いていった。

久保沢が先頭で助手が後だった。

二人が竜の眼にもう少しというあたりまで行った時に叫び声が起こった。先頭を行った久保沢が氷の下に姿をかくすとほとんど同時に、彼の後を行った助手が、かついでいた器械類をほうり出した。助手の方が、姿をかくすのが幾分か遅かった。二人は竜の眉毛に落ちたのである。氷の上へ這《は》い上がろうとすると、氷が割れて、沼に沈んだ。

沼の底には五十一度の温泉が湧いていても、表面は付近の水の温度と、ごくわずかの差があるだけで、やはり、零度に近い温度だった。二人の手足の感覚は急速に奪われていった。

参列者はただ騒ぐだけだった。助けるべく、長い棒や竿《さお》の類を探したが見当たらなかった。

「舟を出せ舟を……」

誰かが叫んだ。舟を出しにかかっている間に、気の利《き》いた男が、縄を投げて、それを助手の腕にからませて、氷の上に引き摺り上げたが、久保沢はもう、縄を持つことも、縄を、腕にからませることもできなかった。

氷の上を舟を滑らせて、竜の眼まで行った時には、久保沢の姿はもう見えなくなっていた。

「二人で同時に薄氷の上に乗ったのが悪かったのだ」

久保沢の死について、誰も疑いを挟むものはいなかった。

「祭事は終わった。竜神様は罰を当てるべき人に罰を当てた」

輝彦は家に帰るとすぐ節子に言った。

「兄さんのばか。兄さんは、女の気持ちなんか分からない。私は兄さんを黒沼に沈めたいほど憎んでいる……」

そう叫んで号泣する節子を輝彦は無表情な顔で見詰めていた。

石の家

新しい家は春雄が想像していたものよりもはるかに大きかった。大きいというより、巨大な石の家というかたちで春雄の眼に入った。

「でっけえなあ」

と春雄は石の家を見上げて言った。その言い方があまりに突飛《とっぴ》すぎたから、小沼松次《こぬままつじ》と妻のトヨは思わず足を止めて春雄の顔を覗《のぞ》きこんだほどである。

「どこから入るだ」

「階段を上がった二階よ」

トヨが言った。

5と書かれたその家と並んで、全く同形の石の家がいくつか並んでいた、石の家と正対すると、無数の窓が見えた。窓という窓には、洗濯物がほしてあったり、鉢物が置いてあったり、子供が手すりにつかまって見おろしていた。

アパートについては一応予備知識を与えられていた春雄だったが、眼の前に見る石の家からは人の住む家という感じは得られなかった。

「でっけえがおっかねえな」

春雄は見た感じを率直に言った。

「このアパートは五階建てだ。二階の、ほら、左から三つ目の窓にバラの鉢が置いてあるだろう、あそこが、うちなんだ」

小沼松次は二階をゆびさして言った。山の中で育った春雄には、大きな建物といえば、村の小学校か、町の病院ぐらいしか知らなかった。そういう大きな建築物は公共のものであり、家ではないという小学校四年生の春雄の既成観念からしても、アパートのたたずまいは容易に住宅として考えられなかった。

小沼松次がドアの鍵を開けた。建てられてから、間もないアパート特有のしめったにおいがした。

「さあ、ここが春雄さんの新しい家よ」

トヨは先に立って中へ入ると、二間続きの六畳と四畳半、狭い勝手と便所を春雄に教えた。

「この四畳半は春雄さんの部屋よ、この机で勉強して、中学校から高校、大学と進学するのよ」

春雄にしては立派すぎる机と椅子が置いてあった。春雄は恐ろしいものにでも触れるようにちょっと手を置いてすぐひっこめた。

窓のカーテンをあけると空間をへだてて隣りの六号アパートの二階と対面した。若い男女が抱き合って踊っていた。開放された窓から音楽が流れ出して来る。

「教育上、あまりよくないわね」

トヨがカーテンをおろそうとした。

「すぐ馴《な》れるさ、東京の新婚夫婦ってものを見せておくのも悪くはないさ」

「でも……」

春雄はダンスをしている若夫婦の窓を中心として八方に眼を配った。窓々、ここには窓しかなかった。窓に圧縮された生活の一端がのぞいているわけだった。眼を大地におとすとわずかばかりの空地があった。砂ぼこりがうずを巻いていた。

「学校はすぐ近くなのよ、屋上でよく見えるわ」

トヨは春雄をつれて屋上に登った。

「よく晴れた日にはここから山も見えるのよ」

「山が見える？」

春雄は丸い眼を見開いて、トヨのゆびさす方向を見た。山は見えなかった。

春雄はトヨの姉の子であった。春雄の母が死んで、新しい母が来て間もなく、小沼夫婦の養子として迎えられる話がまとまった。トヨが姉の生んだ四人の子供のうち、特に春雄を求めたのは、幼い子ほど養家になじむのも早いだろうという一般的な考え方と、春雄が四人の兄弟のうちで、容貌も整っているし、学校の成績が秀《ひい》でているという打算も含まれていた。

春雄の苦難はこの日から始まった。なにもかも新しいもので、何もかも彼とは異質なものだった。

彼の生家だったら障子を開けさえすれば、すぐそこにある大地がここでは暗い階段をおりなければならなかった。生家の便所は馬屋の隣りにあって、板が二枚さし渡したものであった。不潔だったが水洗便所に比較するとはるかに用を足しよかった。

春雄はその狭い水洗便所にかがんで用を足した後で、前のハンドルを押して水を流すことがたまらなくいやだった。自分の排泄物《はいせつ》が水流によって砕かれ流されていく様子を見ていると、ぞくぞく寒気がした。彼はハンドルを押さずに便所を逃げ出して、トヨにひどく叱られた。

「しようがない子ねあなたは、田舎とここでは違うんですよ」

流さねばいけないことは分かっていたが、いやだった。水洗便所で汚物の処理されていくようすが、学校へ行っている時でも、食事中でもふと頭に浮かび上がって春雄を苦しめた。なるべく学校の便所で用を足すようにしていたが、どうしても間に合わない時は夜になってこっそりアパートを抜けでて、空地で用を足した。当然なことだったが、この行為は長くは許されなかった。アパートの管理人から小沼夫妻へ苦情が申し込まれてから春雄の夜の外出は禁止された。

学校での春雄は普通の少年だった。田舎っぺえと馬鹿にされたのも、初めの数ヵ月で、一ヵ年もたつと彼は見かけ上立派な都会の子となった。言葉もそう変ではなくなった。勉強の方はまあまあというところだった。田舎では一番を通していた春雄が東京での成績の上がらないのは不馴れのせいだとトヨは思っていた。

「一番になるのよね、春雄さん」

トヨが春雄に言った。なんでもかんでも一番にならないと、いい中学校へは入れないから勉強しなさいというのがトヨの言い分であった。

トヨは学校から帰ってくる春雄を待って、机の前に座らせた。

「春雄さん、どうしても付属中学に入るのよ」

近くに大学付属の中学校があった。親たちが争って入学させたがっている中学校であった。

トヨは春雄を秀才コースへ突進させることが親の義務であり、そういうふうにしむけるのが愛情だと考えていた。

トヨは春雄をわが子として育て上げるについていくつかの理想を持っていた。

勉強が飽《あ》きるころを見計らって、彼女は、春雄に家事を手伝わせた。狭い台所だったが、台所の床に雑巾をかけさせたり、便所を掃除させたり、箒《ほうき》を持たせたりした。

(これからの男の子は昔とちがって、なんでもしなければならない)

これも彼女の理想の子供のしつけだった。春雄は黙ってそれに従っていたが、好きでやっているのではないことが顔色に出ていた。買い物に走らされる時だけは嬉しそうな顔をしていた。

春雄は学校の帰途、彼の住んでいるアパートが見えて来ると急に無口になった。アパートを望見しただけで頭痛がした。この巨大な石の家の一室は、いつまで経っても春雄にとっては牢屋であった。周囲がコンクリートの石の壁でかためられていると考えただけで、呼吸がつまりそうだったし、なんとしてもやり切れないのは、アパート全部が持っている体臭だった。この人工石の肌のにおいを彼は本能的に憎悪した。

春雄が勉強していると、空間をへだてて前のアパートの部屋に住んでいる若夫婦の生活が見えた。美しい奥さんは窓によって、ときどき手真似で春雄に話しかけた。

（あなたは小学校何年生？）

と聞く時は、カバンを持つ格好をしたり、帽子をかぶる格好をして、最後はゆびを出して見せた。春雄は五本のゆびを出した。

この窓から、向こうの窓の奥さんと手真似で話をすることは春雄にとって楽しみの一つであった。彼はトヨにかくれて、向こうの窓と盛んに手真似で話をした。若夫婦が揃って手真似で話しかける時もあった。

男が、手真似で、勉強なんかやめて、外へ逃げ出せとやった時には春雄は思わず声を出して笑って、トヨに春雄と若夫婦との秘密を発見された。おろされたカーテンは再び開けることは許されなかった。

春雄は上京してから二年目の春、久しぶりで故郷へ帰った。

六年生になれば勉強がいそがしくなるだろうから、今のうちに一度故郷へ帰してやろうという春雄に対するトヨの思いやりと、二年たって、すっかり東京ッ子らしくなった春雄の姿を義兄に見せてやりたい彼女の意地が春雄を帰郷させた。春雄は胸をふくらませて汽車に乗った。

(故郷へ帰ったらもう東京なんかへ行くもんか)

春雄の心の中には汽車に乗った時から、そういう心構えができていた。兄弟にも、父にも、東京のアパート生活というものがいかにいやなところかを話してやって、もう帰らないと言い張るのだ。頑張れば、なんとかなりそうな気がした。

故郷の姿は二年前と全く同じであったが、春雄の家は変わっていた。春雄の長兄は父と喧嘩をして、町へ出て働いていた。姉は母の実家へ行っていない。次兄は春雄の顔を見るとすぐ、父は新しい母が来てから俺たちに冷たい、今度中学を卒業したのだが町の高校へもやってもらえない、春雄が兄弟中で一番、幸福なんだと愚《ぐ》痴《ち》を言った。

兄や姉が継母とうまくいかないことは、ほぼ想像がついた。春雄も、故郷にいるかぎり、兄たちと同じような運命になるに違いないことは想像された。そうなっても東京へは帰りたくなかった。そろそろ東京へ帰らねばならないころになって春雄は父に帰りたくない気持ちをうったえた。

「いやならここにいるさ、だが高校へは出してやれねえぞ」

そして父は膝の上に抱いている生まれたばかりの猿のような顔をした弟に向かって、お前の兄ちゃんは東京にいるよりこの山の中で、炭焼きでもしていたいのだそうだと言った。

春雄の母の実家の祖父母は、帰りたいという春雄に、無理もないが、帰って来たところで、お前の母はいない、それよりトヨ叔母さんのところにいた方がいいと繰り返すばかりで、なぜ帰りたいのか、なぜ東京の家がいやなのかその理由は聞こうとはしなかった。

たとえ聞かれたとしても、春雄はおそらく、彼の本当の苦しみを表現することはむずかしかったろうし、聞く方でも理解に苦しんだに違いない。実際、一つ一つを挙げていけば、叔母の家がいやだという理由はなかった。トヨは愛情のすべてを春雄にかけようとしているし、小沼松次も春雄を好きになろうと努力していた。日曜祭日には春雄を連れて、あちこち歩き回ってくれるし、勉強の方も見てやっていた。きつい言葉で叱ったことはない。

結局石の家がいやだから東京にいるのはいやだという春雄の心の秘密を覗くことのできる者は誰もなかった。

田舎から帰って来てからの春雄は沈みがちな顔をしていた。田舎へ帰るということがあらゆる意味で不可能なことであると考えたからであった。

田舎がどうだったかと聞かれても春雄はあまり答えなかったが、トヨが田舎の父からの手紙を見て、

「春雄さん、東京がいやだから田舎へ帰りたいと言ったそうですね」

といささか気色ばんで聞かれた時は、

「言ったよ、僕ここはいやなんだ」

とはっきり言った。

「わたしのやり方が悪かったら言ってちょうだい、わたしも注意するわ、ね春雄さん、あなたわたしがきらいなの」

春雄ははげしくかぶりを振った。トヨも好きだし、小沼松次もきらいではないのだが、ここがいやだというのが春雄の言い分だった。

「ここがいやだって？　ここがいやならどこへ行けばいいの、そう簡単に職を取り替えることもできないし、一軒建てることもむずかしいわ」

こういうアパートがいやなのだ、石の家がいやなのだ。石の家の中にいると、だんだん石に圧《お》されて身体が小さくなるように感ずるのだ。石のにおいを嗅ぐと頭が痛くなるし、便所もいやだ。近所とは話ができないし、自分の家へ入るにもいちいちノックをしなければならない、そのたびに、覗き窓のカーテンが開いて、トヨの眼が光るのもいやだ。ひとりで留守番なぞしている時は死ぬほどいやだ。なにもかも、この石の家はいや

なところだらけだ。

　春雄はそう言うべきだった。そこまで言えば、トヨも分かったに違いないが、トヨは春雄が落ち着けないのは、結局自分の愛情が不足しているのだと思った。

（母をなくしてこの子は愛情に飢えているのだ。故郷に帰りたいなどというのも、姉が生きていたころに対する郷愁にちがいない）

　トヨは以前にも増して春雄に愛情をかけた。過度の愛情が春雄にとって拘束以外のなにものでもないということにも気がつかず、トヨは春雄に眼をかけた。台所を手伝わせたり、使い走りをさせるしつけはやめたが、勉強に対する激励の手はゆるめなかった。トヨはよく春雄さんのためよという言葉を使った。春雄の成績はかんばしくなかった。まあまあという成績が六年生の一学期の終わりには首を傾《かし》げる成績に落ちた。トヨは春雄をはじめて叱った。

　春雄は勉強机を窓の近くに進めたかった。少しでも外部に近づくことが、石の家からの重圧から逃れることだった。彼は勉強しながらも、彼の天井が三階と四階と五階を支えているのだと思うことがあった。あの重いコンクリートの塊りを頭上にかぶっている感じだった。なにかのひょうしに、重さに負けて、天井が落ちて来はしないかと本気になって考えたりした。

　トヨは春雄が窓側に近づくことは、カーテンと、空間を通して向こう側の、若夫婦に春雄が近づこうとしているのではないかと思った。春雄は小学校六年生である。そろそろ男女のいとなみに興味を感ずる年ごろだから、六号アパートの二階にいる若夫婦のことが気になって覗き見したいのに相違ないと憶測《おくそく》した。事実その若夫婦は部屋の中でダンスをしたり、夫が出勤する時と帰宅する時は抱きあって接吻《せっぷん》した。その様子はトヨはもう何べんも見て知っていた。

「叔母さん、なぜカーテンを開けちゃあいけないの」

春雄はトヨを叔母さんと呼んだ。お母さんと呼べなかった。

「勉強中によそ見すると気が散るわ」

「でも僕は外が見たい、こんな穴ぐらのような部屋にいると、外が見たくなる」

それは春雄の石の家に対する、率直な批評の一端だったが、トヨには、春雄のぜいたくな要求に思えた。

(少しあまやかすとすぐ子供は増長する)

彼女は春雄の勉強中カーテンを上げさせなかった。しかしトヨが買い物に出ると、春雄はカーテンを上げた。窓を開けて外部に通ずることが石の包囲から逃れるただ一つの道だった。

「僕のうちの叔母さんは、このカーテンを上げさせないんだよ」

春雄は六号アパートの奥さんに手真似で訴えた。

「少々ここがおかしくないの、あなたの叔母さんは」

美しい奥さんは、頭にゆびを当てて片眼をつぶって見せた。

トヨにかくれて、六号のアパートの奥さんと話をすることが春雄にとってはまたとない楽しみであった。ふたりの秘密はトヨに分からないように長い間にわたって続けられていた。

「わたしあの子のことが近ごろ心配になって来たのよ」

春雄と秘密の通信を持っている若い奥さんの塩坂《しおざか》マキが夫の塩坂八郎に春雄のことを話したのは、春雄の学校が暑中休暇になってからだった。

「どういうふうに変なんだ」

「五階の屋上にしょんぼり立っているのを近ごろよく見かけるのよ、とても暗い顔なの、アパートの屋上から飛び降りることを真剣に考えているような顔……」

「勉強のやり過ぎだよきっと。例の手真似で勉強なんかいい加減にしろと言ってやればいいじゃあないか」

「だめなの、あの子の叔母さんにとうとう見つかっちゃったの、あの子の部屋は向こう側に変えられちゃったのよ、わたしの可愛い友達が南側の部屋に移されたのよ」

「あの子はそれで悲観しているのか」

「それも原因よ、あの子は、誰にも言えないことを手真似でわたしに告げていたわ、あの子の最大の悩みはこのアパートにいるということなのよ」

「分からないな」

「そうでしょう、わたしもはじめ分からなかったわ、でも今は分かってやれるような気がするわ、あの子のように自然の中に育って来た子を、突然こういう環境に置くから、神経衰弱になるのだわ」

「来てからもう三年目だぜ、もう馴れてもよさそうなものだ。俺たちが結婚して、このアパートに入ったのとあの子が来たのとは一ヵ月も違っていなかった」

塩坂八郎は妻のマキの顔を見た。

「でもあの子はとても苦しんでいる。わたしにはあの子の苦しみがよく分かる」

塩坂八郎は大きく頷《うなず》いて、俺にとってもあの大きな眼をした可愛い坊やは友達なんだと言った。
二、三日たってから塩坂八郎が五号アパートにいて同じ会社へ通勤している友人から春雄についての概略を聞き込んで来て妻のマキに告げた。
「春雄君が元気がなくなった原因はやっぱり勉強のやり過ぎらしい、春雄君の新しいお母さんは、暑中休暇中、彼を田舎にもやらずに、受験勉強に通わせている」

「だってあの子はまだ小学生よ」

「中学校受験のための勉強だ、受験勉強ってのは大学受験ばかりではない。それから春雄君について面白い話を一つ聞いた。春雄君と同級生の子が話したものらしい。春雄君は水洗便所がきらいなのだそうだ、用を足すには学校へいってやる。学校が休みの時は我慢しているが、外でやらかすらしい」

　塩坂八郎が笑いながら話したが、マキは笑わなかった。こわいような眼を塩坂八郎に向けて、

「なぜお笑いになるの？　春雄さんはどんなに苦しんでいるでしょう、可哀そうな子……」

　マキの涙を見て塩坂八郎はひどくあわてた。塩坂八郎が夏期講習会場へ行く途中の春雄をつかまえたのは翌日の朝であった。マキの前で春雄を笑った手前、なんとかしてやらねばならない気持ちが、彼にそのような出過ぎた行動をとらせたのである。

　塩坂八郎は歩きながら春雄にいろいろのことを聞いた。春雄は多くを語らなかった。ただ、アパートはいやだということだけははっきり答えていた。

「なあ春雄君、こんな暑い東京にいたって勉強なんかできるものではない、さっさと田舎へ帰ったらどうだ。叔母さんがなんて言ったってかまやあしないから、ひとりで汽車に乗ってさっさと帰るのだ、そうすれば君が本当にアパート生活がいやだということが叔母さんにも分かってもらえるかもしれない。非常手段をとるんだ」

　汽車賃だと言って塩坂八郎は無理に千円札を春雄のポケットに入れてやった。春雄は

泣き出しそうな顔で塩坂八郎の顔を見詰めていた。

その日の夜、トヨが血相変えて塩坂八郎のアパートを訪問した。

「うちの子になんてことをしてくださるのです、春雄はわたしの子です、他人様のさしずは受けません。春雄がアパートをいやがっているのは、眼の前に、あなたたちのような、大変近代的でいらっしゃって、昼間からべたべたくっつきたがるようなご夫婦がいて、妙なことを見せつけられるので、いや気がさしたのですわ」

トヨはそう言って千円札をたたきつけるように置いて帰って行った。

春雄たちのいる部屋のカーテンはその日から、完全に閉ざされた。

マキはそのカーテンを眺めながら、もしかしたら春雄が、カーテンを上げて、例の手真似信号をして来るのではないかと思っていた。カーテンを見詰めて座っている自分をどこかの窓から見かけて必ずそうするに違いないような気がした。マキはおっちょこちょいの塩坂八郎がつまらぬ差し金をしたことで、春雄が非常に不利な立場にいるのではないかと考えていた。自分がそうしむけたようで気になった。

三日目の夕刻、マキはカーテンの隙間から差し出す春雄の片手を見た。

春雄はさよならを彼女に伝えていた。小さい、少年にしてはやや長すぎる五本のゆびをひろげてゆっくり左右に振りながら、やがて、静かに、まるで力が尽きて落ちていくようにカーテンの下に消えていった。

マキは窓から乗り出して春雄のいる窓に向かって叫んだ。

「春雄さん、春雄さん……」

近所の窓が開くほどマキの声は大きかったが、春雄は顔を出さなかった。マキは電灯もつけずに夫の塩坂八郎が帰って来るのを待っていた。なにか春雄の身に不幸なことが持ち上がりそうでいても立ってもおられない気持ちだった。その日に限って塩坂八郎の帰りはおそかった。彼女は支度をして、五号アパートに出かけていったが、トヨのきつい眼に合うとなにも言えずに引き返して来た。

その夜彼女は一睡もしなかった。

翌朝もカーテンは上げられなかった。

小沼松次夫妻のアパートで親子三人がガス自殺をしたといって、アパート中が沸き返ったのは、その日の午後であった。

真相は夕刻になって知れた。

春雄が台所からガス管を、彼の寝床まで引き込んだのである。そのガスが隣室に洩れて小沼夫妻をも殺したのであった。

危険な実験

保村清三《ほむらせいぞう》は幼少の時から火に対して異常な関心を持っていた。それは普通のこどもが誰でもやらかす、二、三度ひどく叱られれば、やめさせることのできる程度の火いじりではなかった。清三は火をいじることより、火をつけることに興味を持っていた。

清三が第一回目の放火をしたのは四歳の時である。彼は親戚の婚礼に母と共に呼ばれていった時、庭で餅米をふかしていたかまどに棒の先を突っ込んで火をつけると、それを納屋《なや》の軒下に積んである藁《わら》の下へ持って行った。幸い発見が早かったから大したことはなくて済んだが、清三はその時に叱られた記憶より火の燃え上がる一瞬の感銘を頭の中に長い間持ちこたえていた。

彼は小学校に行くようになってから、よく火をたいた。

「この子は火をたくのが好きだ」

彼の母は、清三が兄たちのいやがる火たきを好んで引き受けて馬小屋の前のへっついで、湯をわかしたり、風呂をわかしたり、囲炉裏《いろり》端で飯たきをしてくれることを重宝がっていた。

雪が消えるころになると清三の村から、二里ほども奥の山に毎年のように野火があった。原因については一度も明らかにされたことがなかった。付近の村落のものが、採草地の草をよくするために火をつけるのだというのが、もっぱらの噂《うわさ》であった。

半鐘が鳴ると清三は村人に混じって、松の葉のついた枝を肩にかついで火消しに出かけて行った。暗い夜などは、広い面積にわたって燃え広がっていく炎の色が雲に映って極光のように見えた。

中学二年生の春、清三は近所のこどもたちを誘ってヤマメ捕りに山の川へ出かけていった。二股《ふたまた》になっている川の片方をせき止め、ヤマメのいそうな淵の水をバケツでかい出してヤマメを捕獲するという原始的な方法であった。

ヤマメ捕りは午前中に終わった。午後になって彼らが引き揚げて来る途中、彼らは背後に煙を見た。野火であった。その日の野火は夜になって勢いを増し、沢を一つ越えた山の防火線で食いとめられた。

その夜、清三は自分の家の屋根の上に立って野火の炎線が山の尾根に向かって移行していく様子を夜の更《ふ》けるまで眺めていた。彼の放火の方法が発見されることはないだろうという自信が彼を微笑させていた。

その日彼は、新聞紙にモミガラを包んで、ビクの中へ入れて山へ持っていった。ヤマメ捕りを終わってそろそろ引き揚げるころになって彼は、いい場所があるかどうか、もうちょっと探して来るのだと、こどもたちをいつわって、川筋にそって上へ登っていった。彼は放火の場所を選ぶと、新聞紙を小さく丸めて火をつけ、それにモミガラをかぶせた。こうしておけばモミガラの外部にまで火が達するには時間がかかることを知っていた。

野火の発火原因は追及されなかった。町からやって来た老巡査は、現場まで行かずに、村で茶を飲んで帰っていった。例年のように、採草地の草をよくするための村人の行事が少々行き過ぎたのだろうと考えているようだった。

清三は優秀な成績で中学校を卒業した。遠縁に当たる保村家から養子の口がかかったのはこのころだった。彼の高等学校から大学卒業までの全学資は保村家で持つ、保村洋子との結婚式は、彼が大学を卒業するのを待って行なうというのが親たちの申し合わせであった。

保村洋子は、清三より七つ年下であった。

清三は大学を卒業して、洋子と結婚した。洋子の家は前橋《まえばし》で、ちょっと名の通った旅館であった。

彼は旅館のむことなり、前橋からそう遠くない中学校の物理の先生となった。間もなく戦争が始まり、彼が南方から骨と皮になって帰って来ると、爆撃で家は焼かれ、養家の両親は病死していた。

戦後の目まぐるしい変転の中で、清三は無為《むい》の日を過ごしていた。虚脱したような姿であった。なにもしなかった。しようともしなかった。彼は妻の洋子に養われるままに、その日その日を送っていた。戦後できた、新制高校や中学校から教師としての誘いがあったが彼は動かなかった。

「俺はもう少し勉強したい」

身体の恢復《かいふく》を待って上京し、母校の研究室にこもって研究して学位を取りたいというのが彼の希望であった。

洋子は夫のそうした気持ちを大いに買っていた。

「うちの人は大学出よ」

彼女は前もそうであったが、戦後は以前にもまして夫の自慢をした。不動産を処理して小さな旅館を再建するまでの仕事は全部彼女の手でやった。旅館組合の会合には夫を出さなかった。

「とても、うちの人なんかに旅館のことなんか任せられないわ、どっちかといえば、うちの人は学者ね、旅館の主人にはなれない人よ」

旅館組合の口の悪い男たちは彼女を学者夫人と、あだなで呼んだ。

活動的な保村洋子に対して世間の風あたりは強かったが、清三には誰も一目置いていた。洋子が学者だ学者だと吹聴《ふいちょう》しなくても、無口で、人嫌いで、階下の一室にこもって洋書を読んだり、深夜屋上で望遠鏡を覗《のぞ》いている彼の姿は学者に見えた。女中たちの口を通して伝わっていく清三の学者ぶりは、洋子の言葉を裏書きする有力な証明であった。

清三は本を読み、実験器具を買い込んでいじくり回しているうちに、少しずつ自分を取りかえしていた。戦争で失われたものが一つずつ戻って来る感じだった。だが、それらの知識を総合して、一つの系統だった思考に彼の脳を集中することはできなかった。復活された知識はてんでんばらばらに、彼の頭の中で動き回って彼の命令に従わなかった。

(一つのテーマを摑《つか》めばいいのだ)

しっかりしたテーマに取り組んで頭脳が活発に動き出したら、しめたものだと思った。そうなった時が、彼が上京して母校の研究室に帰れる時のような気がした。

清三は望遠鏡をよく覗くことがあるが、彼は大学で天文を専攻したのではない。いわば趣味と、彼の頭を物理の世界へ引き戻すための手段であった。

彼は星を覗き、月を眺め、そしてある日太陽にレンズを向けた。フィルターを通して真っ赤な太陽があった。黒点も見えた。紅炎《プロミネンス》を観測できるほど彼の望遠鏡の倍率は大きくはなかったが、彼は太陽の周辺に竜巻《たつまき》のように立ちのぼる紅炎を一瞬認めたような気がした。彼の知識から出生した想像であった。

燃えている太陽——燃えるという言葉は決して妥当な表現ではないが、清三には、燃えているものの中で絶対なものの一つを見詰めている自分の頭が磨ぎすまされていくのを感じた。

天の火は彼の中で長い間眠っていた火に対する彼の本能的あこがれを呼び戻した。彼の頭の中に天の火をとらえる一つの構想が浮かび上がったのはその時だった。彼は身を硬直させたまま震えた。

その夜、洋子はいつもと違っている夫に気がついていた。清三は戦争に行く前の若さで洋子を抱いた。

（この人の心と身体はやっともとに戻った）

洋子は長い間待っていたその日が今訪れたのだと思った。しかし彼は彼女が一つの絶頂を越えるまで待たずに、さっさと山を越えて行った。結婚して以来ずっとそうであったように、彼の単独行はその夜も例外ではなかった。

彼女は夫婦関係というものをそのような曖昧《あいまい》なものだと考えていた。彼女には子供がなかったが仕事があった。彼女は旅館を繁盛させることに情熱をそそぎこんでいた。

「わたし、家を建て増ししようと思っているの」

彼女は夫に言った。間数を多くした、連込み宿は戦後の流行であった。彼女はその流行に遅れまいとした。

保村洋子は、総二階の住宅を手に入れて旅館に改造した。前に比較して間数は倍になり、女中も三人に増えていた。金を捻出《ねんしゅつ》するために、親から譲り受けた土地は全部手放した。彼女は三百万円の火災保険に加入しようとした。

「もし焼けたらどうなるんだ」

珍しく清三が家のことに口を出した。

「三百万円入っておけば、どうにかなるでしょう」

「どうにかなると言ったって物価は上がる一方だし、家屋以外の動産も見積もれば、四百万円ぐらいはかけられるはずだ」

その額はその家と家財にかけられる最高限度であった。

場所をかえたせいか保村旅館の客の入りは案外よくなかった。保村旅館という名を知っていて尋ねて来る顧客たちは、連込み宿に変貌した保村旅館に一夜で、愛想をつかして出て行った。

客種は全然変わった。ひどく柄の悪い男女が泊まり込み、先代からの名前を落として行った。若い男女が二階の一室で睡眠薬自殺をしてからの保村旅館は急激に客が減っていった。

洋子は無理して借りた金の返済にせまられ、青い顔をして考えこんでいた。

「ねえ、あなた、なんとか、ならないかしら」

相談したところで、たいして役に立たない夫だということを知っていたが、彼女は半ば愚痴《ぐち》まじりで夫に相談した。

「バスに乗り遅れたんだよ」

清三はまるで他人事《ひとごと》のように言った。

「連込み宿で他人が儲《もう》けているころ、あわてて模様がえしたって遅いんだ」

「そうと分かっていたらなぜあなたはそれを前もって言ってくださらなかったのよ」

「俺にも分からなかった。人間はその場になってみなけりゃあ、決心はつかないものだ」

「決心？　ねえ、あなたが本当に学者になりたいのなら、わたしはこの旅館を手放してあなたと二人で東京へ出てもいいわ」

彼女は旅館の不振にかこつけて夫の気持ちを打診してみた。学問の好きな夫と商売の好きな自分との根本的な性格の相違が二人を完全な夫婦にしていないのだったら、思い切って、旅館を捨ててもいいと考えていた。三十五歳を過ぎていまだにこどもに恵まれない彼女は、このごろになって孤独を感じ出していた。

「学者になることと、東京へ出ることとは、なんらの因果関係はない」

彼は妻の申し立てをひどく面倒くさそうに、うっちゃらかして、自室に入ると中から鍵を掛けた。

彼は学者になろうなどという野心はとうになくなっていた。戦争の混乱から正常な状態に世の中が移り変わると共に彼も変わった。学校にも研究所にも籍を置かずに学者になれるはずがなかった。彼が、そのような、ごく当たり前な悟《さと》りを開いたのは、望遠鏡をとおして太陽を見た時からだった。

天の火を何らかのかたちでとらえようと考え始めた時、彼は火いじりの好きな清三にかえっていた。

彼が天の火を用いて放火しようと考えついたのは、放火することによって保険金をせしめようという、ずるい考えから出発したのだと一途にきめつけることはできない。彼は太陽を見て以来、彼の本能的欲望ともいうべき、火事の発生方法について、いろいろ考えていた。考えていることと金が欲しいという経済状態がたまたま合致して、危険な実験をすることに決めたのである。

太陽を利用しての放火は彼にとってそうむずかしいことではなかった。彼は天の火をレンズに集めることを考えた。レンズの焦点を墨を塗った紙に当て、火を出すことはこどものいたずらごとであった。彼の仕掛けもそれと根本的には違っていなかった。ただ彼は、彼が中学二年生の時見事に成功させた、放火の時間を遅らせてアリバイを作るための工作をやった。

彼は三日後、つまり七十二時間後の南中時の太陽位置を正しく計算し、その位置に太陽が来た時、レンズの焦点が紙に火をつけるような仕掛けを物置の中に仕組んで上京した。三日後の南中時に太陽の光線がさしこむ穴を物置の板壁にあけることはそう手間は要《い》らなかった。

連日晴れで、二月の北西の風が吹いていた。

保村旅館は保村清三の不在中に物置から火を発して全焼した。原因は不明であった。

電報で呼びよせられた彼は、警察官から彼が実験室でいろいろの実験をしていたから、電気の扱い方に不都合の点がなかったかどうかについて取調べを受けた。彼は首をひねってしばらく考えていたが、ゆっくり首を左右にふった。

不意の出火で保村洋子は動転した。女中共を指揮して消しとめようと走り回っている間に、彼女の着物のすそに火がついた。彼女は足に火傷を負って、入院した。

放火というような疑点はどこにもなかった。

出火の原因は漏電として処理された。

消防署から罹災証明書が交付されて、一週間後に保村洋子に保険金が支払われた。

保村洋子は焼け跡に旅館を立てようとしなかった。彼女は、夫にすすめられるままに、日光《にっこう》の中禅寺湖《ちゅうぜんじこ》にある古別荘を買い取って旅館に改造した。

客の送り迎えは自動車の古エンジンを取り付けたボートでやった。

客筋はよかったが、場所が不便なところにあるため、そう多くはなかった。団体客は温泉のある奥日光に足を延ばしていって、ここに泊まる客は少なかった。

越して来てから間もないころ、大雷雨に見舞われた。清三は実験室にこもったままで、雷雨の推移を眺めながら雷による放火方法を考えていた。

彼は大雷雨に遭遇した場合、その誘導電圧を利用しようと考えた。近くで落雷があったり、放電現象が起こると、アンテナから火花が飛んだり、台所で包丁を握っているコックが手に電撃を感じて包丁を抛《ほう》り出したりすることから、彼は適当の方法によって、放電電流を発火しやすい場所に誘《みちび》くことによって火災を起こすことを考えた。

彼はガソリンの入れてある倉庫をその場所に選び、倉庫に避雷針を立てるように見せかけ、実は誘雷針を立て、誘導線輪と蓄電器の使用によって、ガソリンに着火させる方法を考案した。

二年目の夏のある日、待望の積乱雲が頭を持ち上げた。彼は準備万端を整えて、いよいよ雷雨になると、帳場に出て来て、妻の洋子や女中たちと共に背を丸くして耳を掩《おお》っていた。

付近にいくつか落雷があった。間もなくガソリンが置いてある物置から火の手が上がるだろうと待っていたが火事は起こらなかった。

雷は彼を見捨てて去った。

その冬になって、彼の旅館を買いたいという者が現われた。そこに大きなホテルを建てる計画であった。彼らは二年前に買った値のほとんど倍額に近い値でその旅館を売り、その金で伊豆の大仁《おおひと》温泉の古い温泉旅館を買った。

「わたしたちは運がいいのね、わたしはずっと前から温泉旅館を持ちたかった」

洋子は早速その旅館の改造を始めようとした。

「よせよ、一年か二年使ってみてからにしたらどうなんだ」

清三は改造に反対した。保険は保険会社がその建物と動産に認め得る最高額の一千万円をかけた。

「なぜそんなにかけるの、保険金を支払うだけでも大変よ」

洋子は旅館経営についてはひと口も口をさし挟まない夫が、火災保険の契約高についでは口を出すのを、おかしなことだと思っていた。深くは追及しなかった。

「いや、うちは火に縁がある。大事をとっていた方がいい」

その額はもしその旅館が全焼しても、決して損にはならない、その金で建て直したら、ずっと近代的な小ぢんまりした旅館を建て得る金額であった。

清三は第三の危険な実験を計画していた。今度の火つけ役は、天の火でも、雷の電気でもなく、大気の圧力による放火であった。彼は、階下の実験室の一隅で、アネロイド気圧計の研究を始めた。研究といっても、気圧を測定することでも、気圧計自体の研究でもない。気圧計がある気圧になったときに、着火装置にスイッチを入れようとする実験であった。気圧計の指針によってスイッチを入れることはそう困難な仕事ではなかった。スイッチが入って火を発した後で、いっさいの証拠となるものを焼き尽くすことの方に彼は研究の主眼を置いた。彼は〇・一ミリの銅線と乾電池を用いて配線を終わった。

気圧がある点まで下がると銅線が焼き切れ、ガソリンに着火する装置であった。

昭和三十三年九月十六日の朝、台風第二十一号は四国沖を北東に向かって進行中であった。中心示度は九四〇ミリバールであった。彼はこの台風が伊豆方面に来るものと予想し、発火装置を九五〇ミリバールにして上京した。第二十一号台風は清三の予想どおり伊豆の南を通ったが、気圧は九五五ミリバール以下には下がらなかった。

清三は次の台風二十二号を狙った。彼は台風第二十二号が北緯二十二度東経百三十五度に達した二十五日の朝、気圧計発火装置の指度を九七〇ミリバールにして置いて、アリバイを作るために上京した。

第二十二号台風は伊豆半島に史上まれに見る豪雨を降らせて、二十七日の朝北東に去った。

清三は伊豆地方の台風による水害が、異常に大きなことを知って急いで帰途についた。大仁はもとの大仁ではなかった。一夜にして七〇〇ミリの大雨を上流地域に受けた狩野《かの》川は、温和の相貌を激怒の表情にかえて大仁を飲みこんでいた。

清三は洋子を探した。なに物も持たずに山手へ避難した洋子は夫の清三の姿を見ると、彼の胸にすがって嗚咽《おえつ》した。それまで持ちこたえていた、恐怖や悲しみを夫の胸の中で話したかった。俺はなにもかも失ったが最愛のものは失わなかったとなぐさめてもらいたかった。

しかし清三にとっては、家の流されたことより彼の実験が成功したかどうかを早く知りたかった。彼は胸にすがっている洋子を突き放すようにして、

「洋子、家が流される前に火事は起こらなかったか」

と聞いた。

「火事？」

洋子は清三の眼の中に火事を見た。彼の眼は洋子の一言を期待して燃えていた。

「あなたが火をつけたのですね、台風が来るというのに無理やり上京したのは、あなたの仕掛けた火事のアリバイを作るためだったのでしょう、火事は起こりました。台風の真夜中にあなたの実験室から突然火が出ました。そして、家は燃えながら狩野川におし流されていきました」

洋子は前橋で原因不明な火災に会って火傷を受けた時も、彼女を見舞う前に焼け跡へ行った彼の行動と、今度の不可解な言動により、夫がなにをしていたのかを推察した。

「わたしにはもう焼くものはなにもないのよ、あなたは、好きなところで、好きなように放火の実験をするといいわ」

彼女はなにか抗弁しようとしている清三に、

「あなたは火つけは上手《じょうず》だったわ、でも、最後まで、わたしの心にも身体にも火をつけることはできなかったのね」

洋子のつかれ切った顔に怒りだけが燃え上がっていた。清三がなにを言っても、はねつける用意があった。完全に他人となった人間に向ける眼が光っていた。

彼女の髪は乱れるがままにしてあった。川に沿って吹き上げて来る風が、赤ちゃけた彼女の髪をばらばらにほぐして風下になびかせていた。光の加減で、彼女の赤毛は燃え上がる点のようにゆれて見えた。清三は彼女の髪の炎に向かって、ゆがんだ微笑を洩《も》らしながら、

「しかし、俺の実験は成功したのだ」

そう言って、彼女のもとを離れると、背を丸めて、岡を下っていった。

十六歳の俳句

野塚啓助《のづかけいすけ》は狭い社長室の中を歩き回っていた。よく眠れるし、胃の調子もいい、家庭のことでも会社のことでも特に心配になるようなことは一つもないのに、このごろなんとなく落ちつきが得られないのが妙だった。

（数年来、なに一つとして社長室の中で変わったものはない、机も椅子も、応接セットも、花びんも、花びんに生けこんだ花だってそう目あたらしいものはない）

野塚啓助はぐるりと一回りしてから椅子に座った。テーブルの上に最近新しく取りつけられた構内通話装置《インターホン》があった。

（そうだ、これだけが変わった）

インターホンを社長にすすめたのは営業課長の兼崎登《かねざきのぼる》である。

用があるたびに社長がいちいち、各課へ出て来るのはおかしい。

第一他の会社の社員が見て笑う。

ベルを社長室と各課へひいてもいいが、ベルでは社長が誰を呼んでるか分からない。

インターホンにすれば、社長と部下の誰とでも話ができる。

あらゆる点で、この方が能率的だというのが、兼崎登のインターホン設置の主旨であった。

（確かにこれは便利だ、兼崎の言うとおりだ、しかし、この機械が取りつけられてから、社内を歩く理由を失った。この機械のために俺はつんぼ桟敷《さじき》に追い上げられたようなもおかしかった。
のだ）

さりとて、理由もないのに社内の各課をぶらつくのも社員のあらさがしをするようで

野塚啓助はこの数日間落ちつけなかった原因を見つけだすと、ほっとしたような表情になった。

（年齢《とし》のせいかな、つまらぬことを気にかけて）

彼は苦笑した。

（そのうち慣れるさ、慣れれば、この方が、社員を掌握するのに確かに能率的だ）

彼はそう考え直してから、机上の機械の第一の呼出し鍵《キー》を総務課に倒した。タイプを叩く音がした。三台の音が入り混じっていた。

なにかの書類を持って来いと言っている総務課長の声が聞こえる。

野塚啓助は第二の鍵を経理課に倒した。ソロバンの音がするだけ、静かである。

第三の鍵を営業課へ倒すと、笑い声がした。数人で笑っている声である。

「白き風コブシの花のほろほろと、か……はははは……」

籠川治夫《かごかわはるお》の声である。

「ほろほろとがいいじゃあないか、野塚啓助十六歳の時の作とでも注をつけておけばもっと実感がでる」

衣田秀雄《ころもだひでお》の早口の声が聞こえる。

「白き風山桜の花のほろほろと、はどうだ、山桜をさくらと読ませるんだ」

営業課長の兼崎登の声であった。兼崎登の発言で営業課全体が笑いのるつぼと化した。男たちが笑いやんでも、若い女の笑い声はいつまでも止まらなかった。腹をかかえて笑いこけているという感じに聞こえた。

山桜というのは社長の渾名《あだな》であった。野塚啓助は出っ歯である。葉（歯）の方が、花より先に出る山桜にかけて、口の悪い社員が山桜社長と呼んでいることを野塚啓助はうすうす知っていた。

野塚啓助はスイッチを切った。そのまま馬鹿野郎どもめと一喝《いっかつ》すれば、インターホンは、忠実に彼の声を営業課全体に伝えて、不謹慎な社員の肝《きも》っ玉を凍らせるのに十分だったが、野塚啓助はスイッチを切ることによって、彼自身の耳を掩《おお》った。

去年の暮れ、彼の会社の茨木《いばらき》工場の組合代表に千五百円のベースアップの要求を突きつけられた時と同じように、彼の顔は蒼白だった。

野塚啓助は、特に俳句に趣味を持ってはいなかった。兼崎登にすすめられて、初めて句会なるものに参加してひねり出した苦吟の一作を、その時列席していた俳句の先生が取り上げて、かざり気がなく率直に意思を表現したいい句だと讃《ほ》めた。

「俳句というものは無理に作ろうとしてできるものではない、自然に心の中からでて来るものでなければほんとうの俳句とは言えない、技巧は俳句の堕落である」

俳句の先生はそんなことを言った。後でその句が社長の野塚啓助だと分かると、俳句の先生は讃めて損をしたような顔をした。

「社長さんでしたか、もっとずっと若い方だと思っていました」

俳句の師匠は句会に出ている若手の誰かの句を見本に取り上げて、俳句の講釈をしたかったにすぎない。野塚啓助の句がうまいというよりも、批評の好材料としてうまいと言ったのである。だが誰にも俳句の師匠の策略は見えなかった。

彼らは一様に社長の句がほんとにいい句なのかと顔を見合わせていた。

野塚啓助が俳句に身を入れ出したのは、この時からである。

社長が先頭にたったから社員はいやいやながら句会に列席した。

句会の費用は会社持ち、句誌の印刷費も全部会社持ちとなったが、社員にとっては社長の熱の入れ方は少々迷惑だった。

営業課員に笑われた句は、五月句集に載っている野塚啓助の句であった。

（あの句は俺にしか分からない句なんだ）

野塚啓助は四十年前に彼の中学校の校庭の隅にあったコブシの大木を想起してその句を作ったのである。

彼としては考えに考え、推敲《すいこう》に推敲を加えた末の精一杯の句であった。

十六歳の俳句と冷笑され、山桜に置きかえての嘲笑は耐えがたい侮辱であった。

野塚啓助はインターホンを睨《にら》めつけたまま、一時間たっても、二時間たってもそのままの姿でいた。

営業課長の兼崎登がこの日に限って、社長室からインターホンの呼び出しが一度もないのに疑問を持ったのは、午後になってからである。

普通の日ならば、午前中だけでも、二、三回は社長に呼ばれるはずである。インターホンの故障だったら社長自ら出て来て、文句を言うにちがいない。

「社長は出社しているだろうね」

籠川治夫に聞いた。

「来ていますよ、さっき便所で会った、なにか社長に？……」

と籠川治夫は仕事の手をやめて兼崎登の顔を見た。

「別にこちらから用はないが、今朝から一度もインターホンの呼び出しがない」

兼崎登はそう答えて、衣田秀雄を連れて外勤した。五時過ぎて会社へ帰って来た兼崎登は、不在中になにかあったかどうかを課員に聞いた。社長からの呼び出しが気になっていた。

「今日に限って、社長が営業課に音沙汰なしとは変ですね、ひょっとすると、今朝《けさ》の悪口がインターホンを通して聞かれたかな……」

籠川治夫が言った。

その心配は兼崎登にも、衣田秀雄にも共通したものだった。

兼崎登は社長に報告を要するほどのことでもなかったが、その日の仕事の経過報告をしに社長室へ行った。社長は別に変わったところはなかった。しいて変わったところといえば、社長の机の前に俳句の本が開かれていた。

「社長、われわれの双葉会も社内だけではものたりないから、外部会員も入れて、大々的にしようじゃありませんか」

「それはいい考えだ、ぜひそうしてもらいたいね、他人が入るとはげみも出る」

社長はめったに見せない笑い顔で、兼崎登のプランを讃《ほ》めた。

「それから社長、インターホンの具合でも悪いのでしょうか、今日は一度も……」

「どうもね、俺は用があったら、のこのこ出掛けていって話した方がよさそうだよ……だがこの機械が不必要だから取り払えという意味ではない、なかなか便利なこともある」

社長は立ち上がって、どうだ久しぶりに一杯やろうかと兼崎登を誘った。

兼崎登はそれはどうも、とかしこまったものの、今朝の悪口が社長に聞かれたのではないかという恐怖が前よりも強く自分の頭の中に広がっていくのを感じていた。彼はしきりに額の汗を拭《ふ》いた。

六月の句集には新しい同人二十名が加わった。その中に絢子《じゅんこ》という名で投句している女性があった。

酒場《バー》の床みがかれていて梅雨《つゆ》の靴　　絢子
冗談もほどほどにして梅雨の客　　絢子

一見して、どこかのバーかなんかに勤めている女性の作と思われる句であった。

そう上手《じょうず》ではなかったが異質だったから社員の眼を牽《ひ》いた。絢子という新人の登場はあったが、毎号駄句を二十句以上出す社長が一句も出していないのが妙だった。

社長の句の悪口が社長の耳に入ったのではないかという恐怖が、営業課員を不安にした。腹が痛くなるほど笑った女事務員は首を心配した。

珍しくインターホンが鳴って社長室から、兼崎登に呼び出しがあった。

「六月の句集はなかなかいいじゃないか、絢子という女の句はいい。あの女は誰の紹介で入ったのかね」

「さあ誰でしょうか、調べてみましょうか」

兼崎登は嘘をついた。

絢子は兼崎登自身が誘って双葉会に入れた女である。同人を社外からも入れようと社長に相談した夜、社長と二人で飲みに行ったバーの女が、彼と社長が俳句の話をしているのを横から聞いていて、私も俳句をやってみたいと言った。

その時はそれだけだったが、数日後に、兼崎登が彼の会社の顧客を連れて飲みに行った時、絢子の方から、俳句のことを持ち出した。ぜひ句会に入って俳句をやりたいというのである。

その時、兼崎に渡した句が六月の句集に載ったものである。

兼崎登は、社長に嘘を言った時から一つの秘密を持った。

絢子がただのバーの女ではないという発見は兼崎登に特別な眼で彼女を眺めさせた。

兼崎登は絢子のバーを彼の会社の商用上の接待場所として利用した。

彼は客を連れてこのバーに行くと、きまって絢子を指名したが、俳句のことは兼崎登と絢子の間の秘密にしておくことを忘れなかった。

今宵《こよい》また胸の白バラ赤き灯に　　絢子
白バラにおもいこめつつ梅雨《つゆ》あける　　絢子

七月の句集に出た絢子の句は、バーに来るひとりの客に愛情を持ち始めた彼女の恋情をうったえたものばかりであった。

「どうも、絢子という女の句は気になる句だ、そう思わないかね君」

社長の野塚啓助が兼崎登に言った。

「そうですね、まあどうにか俳句になりかけている、いわば十六歳の句……」

と言いかけて兼崎登はずっと前、営業課で、社長の句を十六歳の句だと悪口をいったことを思い出した。

「十六歳でも、句になっていればそれでいいじゃあないか、一度その女に会いたいものだ……」

野塚啓助は、ちらっと、兼崎登の表情をうかがってから、

「いやよそう、こういう場合会ったら幻滅を感ずるものだ、いままで頭の中に描いていたものが全部こわされてしまう……君はどうだ、会いたいと思うかね」

「やっぱり会わない方がよさそうですね」

兼崎登は笑いでごまかしながら、社長がわざわざ、絢子の俳句のことで部下を社長室に呼ぶほど句集に対して熱意を持っていながら、なぜ社長自身が投句しないのかが気になった。

句を貰いにいくと、きまって、今月はいそがしかったとか、いい句がでないとか言いのがれをする社長の顔を見ていると、ひょっとすれば、いつか社長の句の悪口を言ったことが、社長の耳に入ったのではないかとまた気になった。

「わたしには兼崎さんのいらっしゃる日が分かるのよ、カンというものかしら」

胸につけた白バラにでも話しかけるように、そんなことを言う絢子は、バー・ロッテで決して目立った存在とは言えなかった。

むしろ彼女は他の女の後をついて回って、引立て役を演ずる立場に置かれる方が多かった。言葉数も少なく、化粧もあくどくはなかった。白バラのことなどいう時も、女たちがわいわい騒いでいる隙を見計らって、まるで彼の耳許を通り過ぎる、虫の羽音のようなすみやかさで告げるのである。

兼崎登はそれを絢子の、こういう場所の女が示す、取引の段階の一つではないかと思っていた。もしそういう意志があったならば、必ず次の段階を暗示するなにかをちらつかせるはずであったが、絢子は白バラの段階以上に出なかった。

彼女が兼崎登を待つための心の符号である証拠を俳句に書いて示したと見るならば、彼の方から積極的に出るのが順当のようにも考えられた。

兼崎登は彼女と喫茶店で会った。

昼と夜では彼女を他人に見せた。彼女の方で笑いかけなければあやうく人違いをするほど、彼女は凝った和装をしていた。

「あなたの俳句が会社で評判なんだ」

彼は話のきっかけを俳句に求めた。

「俳句のお話なの……」

絢子はあきらかに、迷惑そうな表情をした。俳句の上で、彼女は彼女のはだかを見せた。それをこの場で言われるのはいやだという顔だった。

「社長があなたの句を讃めていたということを話したかっただけさ」

「社長さんがあの俳句を讃めたの、社長さんが……」

彼女は眼を見開いて、しばらく兼崎登の顔を見ていたが、どうにも押え切れない感情に耐えられなくなったように、突然口に手を当てて笑い出した。

兼崎登には予期しないことだった。なにかわけのありそうな笑い方だった。

社長と絢子が何らかのかたちでつながりを持ってでもいなければ、社長と言っただけで、こうも笑うことはあり得ないような気がした。

(ひょっとすると社長が絢子と)

そう考えると、絢子と会いたいと社長は何度も言っていた。

会えば幻滅だなどといって、こっそりどこかで会っていないとも限らない。

「社長を知っているんですね絢子さん」

絢子が笑うのをやめるのを待って、言った。

「知ってますわ、一度あなたといらっしゃったことがあるでしょう、社長さんが便所にお立ちになったとき、あなたが山桜社長というニックネームの説明をしてくださった社長さんでしょう、あの時のことを思い出したのよ。ごめんなさい」

ずっと前、一度会ったきりの社長のことを思い出して笑ったにしては絢子の笑いは突飛すぎた。取ってつけたような笑いでもあったし、複雑な意味を持った笑いにも見えた。

絢子はもう笑わなかったが、絢子の不明瞭な笑いのために、彼は絢子に彼の気持ちを打ち明ける機会を失った。白け切った気持ちで、絢子と対峙《たいじ》していると、冷や汗が出た。


「ロッテの絢子という女は君の会社の籠川治夫とできてるんじゃあないかな」

顧客先に当たる篠島物産の中川が兼崎登に言った。

「籠川がどうかしましたか」

「知らぬは課長ばかりなりっていうやつですね、籠川とその女が某所にしけこんでいるところを見かけたよ、某所にだ、気になるかね」

中川からその話を聞いた直後に、衣田秀雄が、絢子をアパートに送っていったのを見たと兼崎登に耳うちした女があった。

絢子に対して悪感情を抱いている、同じバーの女である。

いくら部下であっても、私事は私事である。課長の権限を振り回したくないと思いながらも、兼崎登は二人の若い部下が、会社のツケで絢子と遊んでいるとすれば放任することはできなかった。

兼崎登は彼自身が、顧客接待の名義で絢子につぎこんでいるチップが、相当の額になっていることを胸の中でかんじょうしながら、脛《すね》に傷持つ身としても、このへんで何らかの結論を得ないかぎり、若い二人にしてやられるか、絢子にしてやられるか、不始末が会社に知れるか、いずれにしても無残な敗北を喫しそうで落ちつけなかった。

兼崎登は最後の手段に出た。彼はバーのはねるのを待って絢子を送ってタクシーに乗り込むと、旅館の門で止めた。

「分かっているでしょう絢子さん」

彼はおりようとしない絢子に言った。

絢子はちょっと待ってと運転手に言って外へ出ると、彼女の腕を引っ張る兼崎登の頬にいきなり平手打ちを食わせた。思いもかけぬ早業であり、その殴打は強烈であった。

満天に星を戴く夜であった。

八月の句集がでた。

　　にくき客の頬打て打てや天の川　　絢子

社長の野塚啓助が兼崎登を社長室に呼んで、八月句集の絢子の句のことに触れた。

「なかなか気の強い女らしいね、この句を見てから、どうしてもこの女に会いたくなった。今度の土曜日の午後吟行をやろう、どこか近くの静かなところを探しておいてくれ、世話係は営業課でやってもらいたい。この女には是非出席してもらうように掛け合ってくれ」

「この女は……」

「句集を毎月送っているだろう、住所は分かっているはずだ、丁寧にお迎えしろ。来なかったら首に縄をつけて引っ張って来るんだな、兼崎君」

社長の言い方はほとんど命令的だった。

「実はこの絢子という女は……」

「いいんだ、いいんだ、俺はただこの女が句会に出席してどんな句を作るかという興味しかないんだ、余計なことは聞かぬ方がいい」

吟行は二子《ふたこ》玉川《たまがわ》で行なわれた。

川に沿って一時間あまり吟行してから、料亭の二階で句会が開かれた。

はじめから絢子は吟行の社員たちとは遊離した存在だった。

彼女は彼らがするように、ノートに着想を書きつけるようなこともせず、一団からずっと遅れて、歩いていった。

句会が開かれ、世話役の衣田秀雄が短冊を配っても、筆を取り上げようとしなかった。

それでも男たちが、真剣な顔をして句をひねり、短冊に書き込むのを見ていると、いかにも困ったような顔をしてなにか書いた。書いたが、すぐ丸めて、たもとに入れた。苦吟しているようだった。

二つに折った無記名の短冊が集められ、衣田と籠川が清記して、回覧した。各自が五句ずつ選をした。籠川治夫が選の結果を読み上げた。

「登《のぼる》選……紅《あか》き唇《くち》氷のコップ色そめて……」

登というのは営業課長の兼崎登である。みんなの顔が絢子に向かった。

句の内容から、作者はおそらく、絢子だろうと思っていた。だが彼女は顔をうつむけたままでなんとも言わない。読み手はしばらく待った。

「絢子——」と社長の野塚啓助が言った。

一同の眼が社長と絢子を交互に見くらべた。絢子が眼を上げて社長を見た。

この場の空気に馴れない絢子にかわって、社長が答えてやったと見て、すこしもおかしくなかった。絢子の前に氷のぶっかきが浮いているソーダ水のコップが置いてある。彼女のくちびるがコップのふちをわずかに色どっていた。

「……しぶうちわ使うかいなの美しく……」衣田秀雄がさらに読み上げた。

野塚啓助が間髪を入れずに絢子と答えた。この句が絢子だと社長が独断して、絢子にかわって答えたとしては、応《こた》え方が早かったし、声に力が入り過ぎていた。だが、それは絢子の句であった。

彼女は社長の発言と同時に、襟許をのぞかせるくらいに深く頭を垂れた。

句会は終わった。

絢子の句が合計点では一等であった。賞品を受け取る時、彼女はちょっと悲しそうな顔をした。拍手にはむしろ迷惑そうな顔で応えながら、会が終わると、逃げるように帰っていった。

月曜日の朝、九時ぴったりに野塚啓助はインターホンの呼出し鍵を営業課に倒して、兼崎登、籠川治夫、衣田秀雄の三名を呼んだ。

「土曜日の句会のことだが、絢子の句が十六歳の句だったから、あの句を選んだ。君たちも、君たち以外のうちの会社の者も十六歳程度ということになるな」

野塚啓助が兼崎登に言った。

「句のよしあしよりも、あの女がはじめて句会に出たから、みんながおなさけで彼女の句を選んでやったのじゃあないでしょうか、いわば十六歳の俳句に対する同情点の集計……」

兼崎は薄い下唇を突き出すようにして言った。

「するとあの句はやっぱり十六歳か、みんなもそう思うかね」

野塚啓助は一人ずつの顔を確かめるように睨《ね》め回してから、

「実はあの句は俺の作った句だ。あの句だけではない。双葉会六月句集、七月、八月句集の中の絢子の句は全部俺が出していたのだ。ほんものの絢子氏は俳句なんか作るがらじゃあない、材料の提供者なんだ彼女は。ずいぶん高い材料代がかかった。高い材料費を出して、彼女から種を買って絢子の名で投句したのは、いつか君たちが批評していたように、実際、俺の句が、十六歳かどうかためしてみるつもりだったのだ。句はやっぱり十六歳だったらしいが、俺は思わぬ副産物を拾い上げた。君たちにとって耳の痛い副産物をね」

野塚啓助は引出しから、バーのつけを取り出して前に並べた。

「このつけは会社の客の接待に要したものではない。君たちが単独で絢子を指名して飲んだものだ。三人のうち誰が彼女を手に入れ、誰が彼女に頰をひっぱたかれたかということは俺の知ったことではない。俺は君たちの私事にまで容喙《ようかい》する権限はないが、金だけは公私の別をはっきりしてもらわないと困る」

野塚啓助は三人の顔をじろりと見回してから最後に兼崎登に眼を止めて言った。

「インターホンを取り除いてくれ。たとえ機械でもかげ口の告げ口をするものは好きになれない」

野塚啓助は腕組みをして眼をつむった。

三人が、なんと弁解しようと、受けつけそうもない顔だった。

ノブコの電話

春村八郎《はるむらはちろう》はP新聞に出た彼の写真が自分とはちっとも似ていない、まるで凶悪犯人のように撮《と》れているのが気に食わなかった。だが、記事の方は文句の入れどころがない。原籍、略歴、そしてP新聞文学賞受賞者の言葉として、春村八郎の一文が載っていた。

春村八郎はこの新聞記事を穴の開くほど読んでから、家を出た。電車に乗ってからも、新聞を読んでいる人の方にばかり眼が飛んだ。彼の記事を誰か読んではいないかという期待であった。

九時に春村八郎は会社に着いた。おめでとうの言葉が、あちこちからかけられ、そのたびに彼はハンカチで額の汗を拭《ぬぐ》った。

専務の岡丸多喜男《おかまるたきお》はちょっと度はずれの讃辞を彼に送った。春村八郎が直接の部下であるという意味の祝詞ではなく、春村八郎が文学賞を受けたこと自体が会社の名誉であるがごとき口吻《くちぶり》であった。

ちょっと評判になった小説ならなんでも飛びついて読み、読んだら、会社中に、吹聴《ふいちょう》したがる小坂《こさか》フミの驚きはさらに強烈だった。

「春村さん、あなた小説を書いていらっしゃったのね」

まるで、春村八郎が、小坂フミに内緒で小説を書いていたことが、悪いとでも言いたそうな顔だった。

「春村さん、その〝樽柿《たるがき》〟という小説を、読ませてちょうだい」

小坂フミに言われるままに、春村八郎は机の中にある、"流域"という同人誌を出して、小坂フミに渡した。

九時三十分に社長の砂浦政吉が来た。

「たいしたもんじゃないか、春村君」

社長の砂浦政吉は瘠せた貧弱な男である。机に座る前に、じろりと社内を見回して、腰をおろして、ちょっと眼をつむる。その瞬間、その日一日の計画でも頭の中に思い浮かべているような、もっともらしい態度であった。

「これからどうするかね、春村君」

二度目に社長が春村八郎に言った言葉で、社員たちは、ちょっと頭を上げて二人の方を見た。

「どうしますかって別に……」

どうしますかという社長の言葉は、いろいろに解釈された。引き続き小説の方をやるかねという意味にも、P新聞の文学賞を取ったんだから、会社をやめてこのへんで、小説家に転向するつもりかというふうにもとれないでもない。

春村八郎がテーブルに座るとほとんど同時ぐらいに、三通の電報が配達された。二通は会社関係の知人からのものであったが、もう一通の電報の発信人のノブコには全然心当たりがなかった。

ノブコ、ノブコ、と春村八郎は口の中でつぶやきながら、いくら考えても、ノブコは浮かび上がらなかった。だいたい春村八郎には祝電を貰うほど親しい間柄の女はいない。親戚、友人から行きつけの飲み屋の女まで、並べてみてもノブコはいない。彼が相手の名前を知らなくても、向こうが彼を知っていて、電報を打ってよこしたと考えられるほど心やすい女もいない。

春村八郎の入賞の話で、ざわめいていた社員たちも、社長がテーブルの上の書類を取り上げると同時にしんとなった。

九時半を過ぎると電話が春村八郎あてにかかってきた。入賞祝いの電話である。入賞祝いの電話が二度三度と続くと、春村八郎は、ちょっと気兼ねをした。

十時半を過ぎたころ、彼に面会人があった。

「北山です、北山安三《きたやまやすぞう》ですよ」

と相手は笑っているが、春村八郎には思い出せなかった。身なりはきちんとしているが、なんとなく薄っぺらの感じの男だった。

「思い出せませんか、僕はあなたと小学校で同級でしたが」

男が顎《あご》を突き出すようにして言った。

その顔付きで春村八郎は北山安三を思い出した。

「確かあなたは、小学校のころ、ヤス公……」

「そうです。あだなはヤス公で通っていました」

春村八郎の頭の中に、ヤス公に関する思い出が一つだけあった。春村八郎が神社の石垣の上に立って夕陽を眺めていた時、不意にヤス公に突き落とされたことがある。西日を顔に受けながらにこりともせず、石垣の上から見おろしているヤス公の顔が、春村八郎の頭の中に焼きついていた。

「君のことを新聞で見たから、つい懐かしくなってね」

北山安三は小学校時代に話を戻した。春村八郎の知らないことまでよく覚えていた。北山と話している間も、電話がかかって来た。賞金五万円はすごいじゃあないか、そのうちおごってもらうぞというようなたわいもない電話が多かった。

北山安三はむやみにタバコを吸った。

女から電話があった。ノブコですという声は蚊《か》の鳴くように細かった。

「電報をくださったノブコさんですね、失礼ですが、あなたはどなただったでしょうか……」

「あなたのファンですわ、あなたが、同人誌の〝流域〟に〝樽柿〟をお書きになった時から、小説を通じてあなたを存じ上げています。あの作品には感心させられました。あの作品であなたがP新聞の文学賞をお受けになったのは、私ごとのように嬉しく存じまして、ほんのお声だけと思いまして……」

女は身分を明かさずに電話を切った。

ノブコとの電話を傍《そば》で聞いていた北山安三が、今からファンの電話がかかって来るようなら、今後は大変だねと、お世辞とも、ひやかしともつかないことを言って、そのうちに、君に頼みたいことがあると、名刺を置いて帰っていった。

北山安三が帰ってから気がついたことだが、専務の岡丸多喜男が、同人誌〝流域〟を開いて読んでいた。

春村八郎と北山安三とが話し合っている間に、専務が小坂フミから借りたに違いない。春村八郎にとっては、岡丸多喜男が、小説〝樽柿〟を読むのをあまり好まなかった。岡丸多喜男にも読まれたくないし、社長の砂浦政吉にもなおさらのこと読んでもらいたくはなかった。

場所も、時代も、出て来る人物の職業も全部違っているけれども、〝樽柿〟のモデルは会社そのものであった。

「雇い人などというものは渋柿みたようなものだ、大きいのも、小さいのも、丸いのも、平べったいのも、細長いのも、一緒くたにして樽につめこんで、酒をふきかけておけば、どいつもこいつも、渋を出し切って食べられるようになる」

〝樽柿〟の最後に出て来るこの言葉は、砂浦政吉が言った言葉ではない。これは二十年間砂浦政吉のもとで、こきつかわれていた、春村八郎が砂浦政吉を批判した結論であった。モデルが会社だとは気づかれないように書いたつもりだったが、春村八郎はやはり心配だった。犬のような嗅覚を持っている岡丸多喜男に嗅ぎ出されはしないかという恐怖があった。

「なかなか面白かった。モデルでもあるのかね」

と専務の岡丸多喜男が言った。ちょうど親戚筋に当たるところに、こんなことがあったから、と春村八郎はごまかしながら、ひょっとしたら、岡丸多喜男はすでに気がついているにもかかわらず、すっとぼけているのではないかとも思っていた。

文学賞を貰ったが、小説の方の注文は春村八郎の予想とは違っていた。二、三注文があって、前に書いておいたものに加筆し、清書し直して出したが、雑誌社の方から返されて来た。もっと新しいものを書け、という注文だった。春村八郎の文学は、彼の四十五歳の年齢が示すように古びていた。いかに文学的に高度のものであっても、売り物にはならなかった。編集者のいう面白いものは、彼には書けないし、書く気もなかった。

短篇小説〝樽柿〟がＰ新聞に再掲載されただけで、その後の発展はなかった。

北山安三の来訪はその後も続いた。春村八郎は、北山安三が金銭上の目的を持って近づいて来るのではないかと疑っていた。なにかそんなふうな気配が見えた。しかし、北山はそういうそぶりも見せず、来れば三十分ばかり、故郷の昔話をして帰っていくだけであった。春村八郎は警戒の念を解いた。酒を飲むと北山は急に雄弁になる男だった。

「実は俺も小説を書きたいんだ」

書きたくて書きたくてしようがないが、書けない、どうすれば書けるようになるだろうかと、北山が意外なことを言った。

「日記を書いたことがあるだろう、今はやめてるにしても、一度か二度は書いたことがきっとあるはずだ」

春村八郎は、北山安三に小説を書きたいなどという気持ちがあろうなどとは考えてもみなかった。小説を書きたいと言いたいが、それを言えずに何度も、会社を尋ねて来たとすれば、ずいぶん気の弱い男だなと思った。

「日記は今も書いている」

「それならいい、日記を書くつもりで、自分のことを書けばいい、人間四十五にもなれば、一つや二つの小説の種は持っている。自分のやったことをそのとおり書けばいい、それで一応は小説ができ上がる」

春村八郎は、誰でも言いそうな、当たりさわりのないことを言って北山安三の出ようを見た。

「君の書いた〝樽柿〟も君の経験なのか」

「もちろん、そうだ、僕の経験というよりも、僕の周囲に起こったことなのだ」

「周囲というと、会社の中のことなんだな」

北山安三が真っ直ぐ春村八郎に眼を向けて言った。

「そうだよ、あれはうちの社長がモデルなんだ、明治時代を現代にして、酒屋をうちの会社に直し、酒屋の主人を社長に直せば、そっくりそのまま、現在、うちの会社で行なわれているとおりなんだ」

「すると一番番頭が岡丸多喜男で二番番頭が君……」

「そうだよ、そういうふうに見ていけば、うちの会社のなかの主要人物はほとんど出揃う」

「酒屋の主人の二号になった女は誰なんだ」

それはと言いかけて、春村八郎は北山安三の顔を見た。

「いいじゃあないか誰でも。つまり小説というものは、そういうもんだと説明しているのだ」

春村八郎はビールのコップに手を掛けた。ひょいと眼を上げた時、北山安三の眼のそらせ方が変だった。

「北山君、さっき君は一番番頭を専務の岡丸多喜男と言ったね、君、うちの専務を知っているのか」

「この前、君の不在中に君を訪ねた時、こっちで名刺を出したら、向こうでも名刺をくれた」

それがどうかしたのかというような顔であった。春村八郎は北山安三を警戒の眼で再び見直した。理由は分からないが、なにかの意図を持って、北山安三が近づきつつある冷たい感じが春村との間に溝《みぞ》を作った。

「小説の話はやめようじゃあないか」

と春村八郎が言うと、

「いや、俺は小説を書きたいんだ。はじめて、君の会社を訪問した時に、ノブコという女のファンから電話があったろう。あの女と同じように、俺も君の弟子にしてもらいたい」

そんな言葉は春村八郎に嘘を感じさせた。春村八郎は冗談いうな、俺に弟子なんかない、ノブコという女はあれ以来、一カ月たつが、その後、手紙を貰ったこともなし、会ったこともないと話しながら、ビールに口を当てた。急に味が変わったようにまずかった。

一カ月も音沙汰のなかったノブコから、その翌日電話があった。

「ノブコです。いつぞやお電話を申し上げたことのあるノブコです」

春村八郎はノブコの声を大変なつかしいものに聞いた。年がいもなく胸をふるわせながら、ノブコの声がこの前聞いた声よりずっと若々しく聞こえるのに多少の疑問をはさんでいた。

「あれから先生の作品をずっと期待しておりましたけれど……」

先生と言われたことのない春村八郎だったが、言われてみると悪い気はしなかった。

「どうも、不勉強なものですから」

ノブコはそこで、もう一度前の作品の〝樽柿〟を讃めてから、春村八郎に会いたいと言った。

春村八郎は指定された喫茶店で女を待った。どんな女だろう。声から想像するノブコは大変な美人のように思われた。想像していたほどノブコは美人ではなかったが、春村八郎を失望させるような女ではなかった。和服を着ていた。若奥様といった感じがぴったりする服装だったがどこかくずれかかったものを匂わせる女だった。

二人は春村八郎の書いた〝樽柿〟を話題にした。初対面だから、それ以外に話の手づるがなかった。〝樽柿〟について、ちょっと話し、それから最近、問題になっている小説を二、三話題に取り上げた。

「どう見えて？」

とノブコが言った。奥様に見えると春村八郎が答えると、一カ月前は奥様だったが今は奥様ではない、別れたのよと、あっさり言ってのけてノブコは笑った。

二度目にノブコと会った時は、彼女は洋装であった。前よりずっと化粧を濃くしていた。

とノブコが前と同じことを言った。春村八郎にはノブコのいう意味が分からなかった。

「私お勤めをしているわ、私の友達が経営している銀座のお店で手伝ってんの」

その言葉もややはすっぱに聞こえた。

「そういうところ先生はおきらいなの」

けれどノブコは、その店へ彼を引っ張っていこうとはしなかった。

三回目には春村八郎の方で、ノブコのいる店へ尋ねていった。大きなバーではない。

ノブコは彼の顔を見ると、スタンドを離れて、隅のテーブルで向かい合った。

彼女はいくらか酔っていた。

「なんに見えて？」

ノブコは三度目にもそれを言った。

「がっかりしたでしょう先生、先生のファンがバーの女になり下がって……でもいいの、文学は文学、酒は酒よ、飲めるのよ私」

そしてノブコは声を低くして、ここの勘定のことは心配なさらなくてもいいわ、と言ってから、

「私、小説が書きたいのよ、先生、書きたくて書きたくてしようがないの、どうしたらいいでしょう、先生」

「どう見えて？」

春村八郎はその言葉をどこかで聞いたような気がした。

「書きたければ書けばいいですよ、ノブコさん、日記でも書くつもりで、自分の体験を素直に書けば小説になる」

そう答えてから、春村八郎は同じ質問を北山安三から受けて、同じように答えたことを思い出した。

「では、先生のお書きになった〝樽柿〟は先生の経験なの。先生が酒屋さんの小僧さんをやったわけではないでしょう」

「酒屋の小僧をやったことはないが、同じような経験を酒屋に置きかえたのだ、あの酒屋の主人というのは実は今の会社の社長なんだ」

「そう、そうなの」ノブコは何度も、うなずいた。

「分かるわ、分かるような気がするわ、つまり明治を昭和、酒屋を会社に持って来たわけね、であなたご自身は、〝樽柿〟に出て来る誰に当たるのかしら」

春村八郎はノブコとしゃべっていながら、平常の自分を逸していることに気がつかないでもなかった。気がついていても別におさえる必要はなにもない、ノブコは会社とはなんのつながりもない、自分の小説のファンである、彼の文学を理解してくれる唯一の女性であるということが、酒の勢いをかりて彼をおしゃべりにした。

「酒屋の主人はひどく肥っているでしょう、あなたの会社の社長さんも、肥っちょ？」

「やせているんだ、ひどくやせている、やせぎす型を肥満型に書きかえたんだ」

ふたりは声を合わせて笑った。

春村八郎は、〝樽柿〟の中に社長の砂浦政吉の人格を盛り込むのには大変な努力をした。その舞台裏の秘密をノブコに話していると肩の重荷をおろしたように愉快だった。

「酒屋の主人はとても好色漢よ、おたくの社長さんはやせぎすだから、そっちは駄目なんでしょう」

「ところがそうではない、小説に出て来るおぶんという女があるだろう、酒屋の主人の妾《めかけ》になった女だ、あのモデルはうちの会社の小坂フミという少々いかれた女なんだ、フミを文に持っていき、それに、おをつけておぶん……」

春村八郎は腹一杯の声をあげて笑ったが、ノブコの笑顔は彼の笑いに追従せず、なにかを考える顔に変わっていた。その顔が春村八郎にはノブコの逃避に見えて、彼を不安にさせた。

「ノブコさん、今の話は他人に話してもらってはこまる……」

そう言ってから、春村八郎は大変な失敗をしたような気がした。

二、三日おいて、春村八郎はノブコのいる店へ行った。いい気になって、口を滑らせたことを彼は気にしていた。なんとか、取りつくろっておこうという気と、ノブコに会いたいという二重の目的であった。

ノブコは店をやめていた。行く先は分からない、バーのマダムとノブコは特に友人関係でもなかった。

ノブコがいなくなってから、春村八郎はノブコの住所を聞いておかなかったことを悔《く》いた。ノブコなんか、どうでもいいことだったが、突然彼から姿をかくしたことが、ふに落ちなかった。ノブコのことを考えていると、北山安三のことが念頭に浮かんだ。北山も来なくなってから久しい。ノブコと北山安三とはなんの関係もないが、春村八郎の頭の中では一緒になった。ふたりとも、小説作法にからんで小説〝樽柿〟のモデルについて彼に聞いた、その訊《たず》ね方もほぼ同じだった。

春村八郎は北山安三の置いていった名刺を探して、電話をかけた。

「そうですね、北山さんは一年前にお辞めになりました」

それが相手の返事であった。北山は前に勤めていたところの名刺を使用していたのである。

春村八郎の会社に大騒動が持ち上がったのはそれからである。

春村八郎の書いた〝樽柿〟という小説の主人公は砂浦政吉であり、酒屋は会社そのものであるという意味のことをガリ版印刷にした怪文書が、関係会社や銀行筋に配布されたのである。春村八郎の談話が載っていた。バーの名前もしゃべった相手のノブコの名前まで書いてある。最大の被害者は春村八郎と小坂フミと砂浦政吉であった。砂浦政吉と小坂フミの情事は小説とは別に詳細に調査してあった。

砂浦政吉は社長を辞めた。辞めたくはなかったが、銀行側が彼の経営に対して不信の意を表明した。銀行が経営に乗り出すか、彼が辞めるかの瀬戸際で砂浦政吉は引退した。社長は専務の岡丸多喜男がなった。

「俺にとっては二、三年遅いか早いかの問題なんだが、君は会社を辞めてどうするつもりなんだ。君はおそらく小説では食っていけないだろう。これから転職するとしても、問題を起こしてやめた四十五歳の社員なぞ雇い手はないぞ」

しかし、砂浦政吉は春村八郎に対して、意外に同情的だった。

「俺をモデルにしたあの〝樽柿〟という小説はよかった。あの続篇を書け、誰が、こんな芝居を仕組んだかをよく見きわめて書くのだ。資料は俺が提供する。もちろん君の生活の保証も俺がしてやろう」

砂浦政吉の眼は鷲《わし》の眼に似ていた。傷ついてもなお、戦場を退かない闘志に燃えている眼であった。

「北山安三とノブコを探し出して……」

「北山安三という男は、会社の弱点を狙って、ゆすって歩くのを専門にしている男なんだ。ノブコというのはその片割れだろう。北山はあのガリ版刷りを俺のところへ売りつけに来て、俺が金を出さないと見て岡丸多喜男に売ったのだ。もしかすると、岡丸の奴《やつ》

が、最初から、北山安三を使ったのかもしれない。北山安三は二重にかせごうとして、俺のところへ先に持ちこんだとも考えられる」

春村八郎が会社を去る日に、偶然のように、ノブコから電話があった。

「今どこにいるのです」

春村八郎は電話に向かって怒鳴りつけるように言って、会社を出ていった。

春村八郎が指定した喫茶店へ行ってみても、ノブコはいなかった。客は数組いたが、ひとりでいるのは買い物かごを傍《そば》に置いて雑誌を読んでいる老女しかいなかった。きょろきょろしている春村八郎を認めて、女が眼鏡を取ってテーブルの上に置いて立ち上がって、春村先生ですか、と呼びかけた。弱い、どこかから空気のもれるような声だった。

「春村ですが、あなたは？」

「ノブコです。P新聞に先生の文学賞のことが載った日の朝、一度だけ先生と電話でお話ししたことのある先生のファンなんです」

そうか、そういえば、あの時の電話の声も蚊の鳴くように細かった。この老女がほんとうのノブコで、若い方のノブコは北山安三が使ったにせもののノブコであったと気がついた春村八郎は半ば観念した顔で老女の前に座った。

「もう老眼鏡になりましたけれど、まだわたしは小説を書きたいと思っているのです。書きたくて、しようがないのですが、どうしたら小説を書けるでしょうか、先生、教えていただけないでしょうか」

女が照れかくしのように笑うと、抜けた歯の間から咽喉《のど》の奥が見えた。

死亡勧誘員

田塚利七《たづかりしち》は六十をいくつか越えた有能な保険外交員であった。彼の保険契約高は三十数人の外勤を有する支店の中で数番を下がったことがない。

彼は若い外交員がよくやるように縁故をたどって勧誘するといった方法はとらず、新聞雑誌に名の載るような有名人を狙《ねら》って成功を収めていた。

彼の頭の中には次のような勧誘の秘訣が書いてある。
一、税務署で本人の収入を調べること。
二、他の保険会社の契約高を調べること。
三、一項一項が勧誘すべき条件に適合している場合、まず本人以外の家族に接近すること。
こういった筋立てが第一項から第八項まできちんとでき上がっていた。

彼の勧誘の対象となるべき有名人はいくらでもあった。そう有名でなくても、マスコミに乗って、意外に多額な収入を得ている者がかなりあった。

彼は新聞雑誌を買いこんで、こまかく眼を通し、これと思った相手があると、まず所得高の調査に取りかかった。

彼が瀬川嘉平《せがわかへい》に眼をつけたのは、こういうふうな予備調査の段階にひっかかったにすぎない。

瀬川嘉平は小説家であった。小説家として旗を揚げてから十年は経過していた。収入は意外に多かった。それも年ごとに累進《るいしん》していて、昨年度は二百万円を越えていた。生命保険には入っていなかった。

（なるほど、これはいけそうだ、これだけの収入があれば少なくとも、三百万円か五百万円ぐらい勧誘できる余地はある）

田塚利七は第三項の実行にかかった。

瀬川嘉平の家はそう大きな家ではなかった。家族は四人、妻の久美子《くみこ》と息子が二人、女中がいた。家は狭いが庭が案外広く、庭一杯にバラが植えられていた。田塚利七がその家を確かめに来たときに、久美子は庭でバラに水をやっていた。そう丈夫そうな女には見えなかった。

（あまり外へ出ることを好まない奥さん）

彼は久美子にそういう判定をつけてから、書店で瀬川嘉平の書いた小説を一冊とバラの作り方と育て方という本を買った。

田塚利七は一週間にわたって、バラの本を読んだ。一応バラについて常識を得るにはそれで十分だった。

田塚利七の白髪頭からくる最初の印象は相手にちょっと警戒心を与えた。あまりに整い過ぎた身なり容貌で、保険の外交員とは想像もつかない、一種の品のようなものを備えていた。彼は名刺を出さなかった。

瀬川嘉平の著書を出して、

「もしご迷惑でなかったならば先生にサインをいただきたいと思いまして」

と丁寧に頭を下げた。瀬川嘉平が日中は自宅では小説を書かず、近くの旅館の奥の一室を借りて執筆することもちゃんと調べ上げていた。

女中は庭でバラに鋏《はさみ》を入れている久美子に、田塚利七の用件を伝えた。女中を通じて、すぐ応諾があった。予期していたことだった。田塚利七は女中に何度も礼を言ってから、門を出た。生け垣を越えて、庭でバラに鋏を入れている久美子と眼があった。ここまではごく自然に運ばれるはずの筋書だった。田塚利七は顔に微笑を浮かべながら、

「無理なお願いを申し上げまして」

と挨拶してから、総合的にバラを讃《ほ》めた。幾種類かのバラの中で、たった一本庭の隅に植えられたまま、固い蕾《つぼみ》をつけているバラがあった。

「奥さん、このバラの蕾は多過ぎるように見受けられますが……」

花を惜しんで、木を弱らすなというバラ作りの本に書いてあったもっとも常識的な注意事項であった。

「私もそう思っていますが、いざとなるとつい惜しくなって」

彼女は田塚利七にバラを作っているかどうかを聞いた。

「かれこれ二十年にもなりますか」

彼は本で読んだ知識を適当にまぜこみながら戦争中、庭のバラを掘りかえして、カボチャ畑にする人が多かったが、私は腹が減ってもバラを見ていた方がいいと思ってそのままにしておきました。私よりも家内がそうしろと言って聞かなかったのでと言って語尾を濁した。

「こちらへどうぞ」

久美子は彼を庭へ導いた。久美子から見るとこの田塚利七という老人が大変すぐれたバラ作りのように見えたからであった。

久美子と話を合わせるのはたいして努力を要しなかった。聞いてやればいい、久美子の自慢話を聞いていながら、ときどきバラ作りの常識をさし挟《はさ》むだけでことは足りた。

「で、あなたの奥様は？」

「家内は終戦の翌年になくなりました。棺の中をバラの花で一杯にしてくれと言い残して、家内は……」

田塚利七はそれ以上言わなかった。さしせまった感情にやっと堪《こら》えている表情で彼女に一礼すると、彼女は背を向けてハンカチで眼頭を拭いた。彼の妻が終戦後なくなったことは事実であったが、バラの話は全くの作りごとである。

（商売、商売……）

田塚利七は保険勧誘員としての長い経験から、こういう場合の嘘は平気で言えた。

彼はその夜もバラの本を読んだ。

翌日彼はデパートの売場で一株八百五十円を投じてバラの苗を買った。彼はそれを家に持って帰ると、デパートの包み紙を捨てて、根を、彼の保険会社のパンフレットで幾重にも包んで瀬川嘉平の家を訪問した。

「私の庭で育てたローズ・ゴシャールです。サインしていただいたお礼に……」

久美子は田塚利七の持参してきたバラの苗が、ごく最近の新種であり相当高価なものであることを知っていた。

二人は並んで庭に立った。田塚が鍬《くわ》を取っている間に、久美子が、バラの根を包んでいる紙をはがしていった。幾重にも重ねてある紙がどれも保険会社のパンフレットであった。

「失礼ですが、なにか、保険と関係のあるお仕事にでも……」

久美子は包み紙の疑問を言葉に出した。

「はあ、保険会社の外務員をやっております。遊んでいるより、なんか仕事をしていないと気がめいってしまいますので」

そして彼は妻に先立たれた老人の人生がいかに淋《さび》しいものであるかを、ひとくさりしゃべってから帰っていった。

第四項　機の熟するを待って勧誘に取り掛かること。

田塚利七が第四項に従って行動を起こすために瀬川嘉平の家を訪問した時には、すでに彼が贈ったバラの花が咲いていた。花の内側が牡丹《ぼたん》色、裏側が白い豪華なバラの花だった。

「あのバラがどうなったか気になりましたので」

彼は柔和な笑いを久美子と彼が贈ったバラの花に投げた。バラの花が咲いたことによって、彼と久美子の間はずっと近くなっていた。

「分からないものですね、中池さんがなくなられた。中池さんもバラが好きだった」

久美子は劇作家の中池英一《なかいけえいいち》が病死したことを新聞で見て知っていた。彼女の夫の瀬川嘉平と同じ年の四十五歳であった。

「中池さんは私がお勧めして保険に入っていただいた方です。今となってみれば三百万円ばかりでなく五百万円も契約しておけばよかった……」

勧誘員の立場を離れて友人の遺族を思っている言葉であった。

保険という話が一度でると、田塚利七はもう遠慮しなかった。彼の論旨は整然としていた。もしもの場合に後顧の憂いをなくするために保険に入るべきである。保険に入ることによって、仕事は安定する。彼は久美子に、ご主人の年齢《とし》は保険に入れる限界点であり、年齢をとれば保険に入りたくても入れない身体になるといったようなことを繰返した。彼が勧誘した有名人の名が幾人か挙げられた。

「今夜でも、瀬川先生にご相談なさってくださいませんか」

「主人は大の保険嫌いですから」

保険嫌いでなければ、この年齢までには必ず一つや二つは入っているはずである。保険嫌いと言っている男ほど陥落させることは易《やす》い。田塚利七は心の中でまずこの勝負も結局はこちらのいただきだと考えていた。

久美子夫人の計らいで田塚利七が瀬川嘉平と会った夜は雨が降っていた。

「飲みませんか」

瀬川は田塚利七にウイスキーをすすめて、田塚がことわると、手酌《てじゃく》で勝手に飲んでいた。瀬川は眼光の鋭い男だった。はじめっから保険になんか入るものかという気がまえが、せまい眉間《みけん》のあたりに動いていた。ふんふんと聞き流すだけで反応はなかった。

第五項　本人が意外に手ごわい場合は攻撃の方法を変えること。

田塚利七はしゃべるのをやめて、応接間に飾ってある瀬川の著書に眼をやった。

「もともと私の外交は老人の小遣いかせぎです。私は本を読むことと、バラを作るのが生きる希望のようなものです。お宅に上がったのも、先生の著書にサインをお願いしたいからで、保険の勧誘ではなかったのです」

田塚利七は立ち上がりそうな気配を示した。

「僕の作品を読んでいてくださるんですか」

瀬川は口まで持っていったウイスキーのグラスをそのままにして言った。

「こんな年よりのファンがあることはご迷惑かもしれませんが、先生の作品はほとんど読んでいます」

瀬川はぐっとグラスのウイスキーを飲みほしてから、コップを前に置いて腕を組んだ。

「この前サインした小説のご感想を聞かせていただけませんか」

開き直った言葉であった。その言葉は完全に田塚利七の虚を衝いていた。田塚はまごついた。

「あの小説の筋は一人の女をめぐる三人の男を書いたものです」

「そうでした。年をとると読んだことをすぐ忘れてしまいます、その女主人公はなんていいましたかな……」

田塚利七は考えるふうを装った。瀬川が笑いだした。

「読んではいませんね、あの小説は一人の男をめぐる三人の女の話なんだ」

そして瀬川は急に固い顔になって、

「どうぞごゆっくり、僕は仕事がありますので」

立ち上がって言った。

第六項　いかなる場合も攻撃を中止してはならない。

「先生はなぜ保険をお嫌いなのです」

「簡単ですよ田塚さん、保険会社は国家で保護する一大詐欺機関であるからです」

「な、なんですって」

立ちかけた瀬川はまた椅子に座って、今度は自ら身体を乗り出すようにしてしゃべり出した。

「僕が終戦までに、あなたの会社に払い込んだ保険金額を合計すると約一千円になる。あの当時の貨幣価値を今の金に換算すると三百倍として三十万円、五百倍に見積もれば五十万円になる。それがどうです……」

「分かりました。それはよくうけたまわることですが、その責任は保険会社にはありません、戦争に負けたことに原因があるのです」

「それが言いのがれというものです、保険会社はわれわれの血の出るような金を不動産にかえていた。あなたの会社のあの大ビルディングはどうです。全国に散在する豪華な支店はいかがです。ああいうビルの一つか二つを売って、戦争中にせっせと保険金を払い込んだ人たちの損害を補償したらいかがです」

「それは先生、保険だけの問題ではないでしょう。銀行だって郵便貯金だって……」

「いや、僕は、保険についてあなたと話しているのです。三十万円いただきましょうか、そうすれば、あなたの会社と改めて契約いたしましょう」

「先生は生命保険の目的をよく理解されないから、そういうことをおっしゃるのです」

「そんなことはどうでもいい、僕があのころ保険なぞに入っていなかったら、あの千円でずいぶん面白い遊びができた。保険外交員の口車にのせられたんだ」

田塚利七がいかに弁解しても瀬川は生命保険会社を詐欺呼ばわりしてやめなかった。

「昨夜《ゆうべ》銀座で波岡誠一《なみおかせいいち》と飲んだ」

「あ、波岡先生をご存じですか、波岡先生にも契約していただきました」

「波岡はあなたのことを嘘つきだと言っていた。些細のことのようだが、あなたは、波岡と保険の契約をしたときに、会社から記念品を贈呈すると言ったそうだ。あなただけではない、支店長から波岡あてに、近日、田塚利七が記念品を持って参上いたしますという通知があった。三カ月たっても、まだあなたは波岡のところへ行かないらしい、つまり、保険勧誘員というものは根から嘘つきなんだ。支店長なんていっても信用はおけない」

瀬川は明らかに憎悪に近い表情をして田塚利七をせめたてていた。

この場合言いわけは無駄だった。田塚利七は瀬川にまくし立てられたまま、沈痛な顔をした。

「保険は本当に嫌いなんだよ僕は」

瀬川はそう結論づけると妻の久美子を呼んでお客様はお帰りですよと言っておいて、

「あなたは、われわれ仲間のあっちこっちへ行っていろいろのことを話すらしい、玄関払いを食ったとか、態度が傲慢《ごうまん》だとか……、大いに言いふらしていただきましょう。僕は保険が嫌いなんだ」

「先生それは……」

田塚利七は立ち上がりかけて、突然くずれるように応接間の板の間に座り込んでしまった。放心したような眼を瀬川に投げてから横に倒れた。

医者が来たときは田塚利七はものが言えるようになっていた。

「低血圧症なんです私は、間もなく天国からお迎えが来るでしょう」

田塚は薄笑いを洩《も》らしていた。しばらく休んでからタクシーで帰っていった。

「あなたが悪いのよ、なぜあのお年よりをあんなにいじめるの、保険が嫌いなら嫌いだというだけでいいでしょう」

妻の久美子は明らかに田塚利七に同情していた。

第七項　最後の手段を強引に遂行すること。

梅雨に入ってから異常に寒い夜があった。田塚利七は保険医を連れて瀬川家を訪れた。

「保険に入る入らないは別問題として、先生の血圧を測らしていただきたい」

昼の間に久美子とそのことは打ち合わせていた。眼の前で田塚利七の倒れるのを見た久美子は最近数年間血圧を測ったことのない夫のことを心配していた。最も正確な血圧を計測し得るのは保険医であるという田塚利七の言葉を信用して保険医の来ることに同意した。久美子は夫に血圧測定をすすめた。保険に入る入らないは別にして、せっかくだから診てもらいなさいと口をきわめて夫にすすめた。

「測るだけだぞ、測ってもらっても保険には入らない、それでいいかね」

瀬川は腕をまくった。一四八と出た。医者は少々高いと首をひねった。彼の年齢に九十を加えた数は一三五である。

翌日、田塚利七は久美子を訪問して、あの数字では保険に加入することはむずかしいだろうと言った。つまり、血管が年齢よりも老化しているのだ。危険というほどのことはないが注意した方がいいと言ってから、ちょっと考えこむような顔をした。

「ご主人はあの前夜酒をお飲みになりませんでしたか」

「飲みました。家へ帰って来たのが一時半……」

久美子は飲みだしたらとことんまで飲まねば気の済まない夫の酒好きを田塚利七に話した。

「そうでしたか」

田塚利七は、両手をぴしゃりと久美子の前でたたいてから言った。

「お酒を二、三日飲まないでおいて、朝早くに計測すれば検査はパスするかもしれません。ほんとに今お入りにならないと……」

久美子は蒼白な顔をして聞いていた。

保険は嫌いだったが、血圧が高いといわれたことを瀬川は気にしていた。妻の久美子が夫を保険に入れたがっている様子は、血圧を再度計測しろと執拗《しつよう》にすすめる彼女の顔に書いてあった。

瀬川は三日間断酒した。

四日目の朝早く田塚利七が保険医を連れてやってきた。血圧は一三六。前に血圧が高かったのは、その夜の気温と前夜の酒がたたっていたのでしょうと言った。

「よかったですねえ、奥さん、先生の血圧は理想的ですよ。これで私も一安心いたしました」

田塚利七は自分のことのように喜んでいた。久美子の顔が晴ればれとした。よかったわねと妻に言われると瀬川は、

「なに血圧なんてどうでもいい、人間は死ぬ時に死ぬんだから」

と口では大きなことを言っていながら、自分の血管が未《いま》だに健康であると証明されたことで大変機嫌をよくしていた。

第八項　相手の気が変わらぬうちに調印させること。

田塚利七は彼の頭の中に書いてある要項どおりに、その日のうちに保険の加入をすすめるべきであったが、ここまで来て、この保険嫌いな瀬川にそっぽを向かれると、なにもかもぶちこわしになると考えていた。久美子は夫を保険に加入させたがっているから

久美子を通して瀬川に承知させるのが、最も安全な道であった。

田塚利七は、

「先生のご健康では三百万円まで加入は確かです」

と久美子に電話で知らせておいた。

「お前は俺を保険に入れたいのだな」

瀬川は久美子に叱りつけるような眼を向けて言った。

「はい、子供がまだ小さいし、あなたにもしものことがあったら」

「五百万あったら、どうにか食っていけるというのか」

「えっ？」

彼女は夫の口から五百万円という契約高がどうして出たのか疑問に思いながら、夫の顔を見直した。

「俺は五百万円契約するぞ、だがあの田塚の会社はいやだ。あの会社は、俺に今の金で三十万円にも相当する損害をかけている。考えただけで胸糞《むなくそ》の悪くなる会社だ。そしてあの田塚の嘘つきめ……」

「田塚さんは嘘つきではありません、いい人よ、花を愛する者、心善なりということ、あなたご存じでしょう、バラを作るような人に悪い人はいないわ」

ほうと瀬川は吐き出すように息をついてから、

「でも俺はいやだ、田塚利七は俺の小説を読んではいまい、読んでもいないくせにファンだと嘘をついて俺にサインさせた」

「他の会社と契約しようっていうの」

久美子は、いかにもそうすることが、道義に反することのように言った。

「どこの会社を選ぼうとこっちの勝手だ。俺の中学時代の同級生で外交をやっている男がいる」

「あなたという人は冷たい人」

久美子は唇を嚙んだ。

瀬川は三回目の血圧測定をやった。一三二であった。その日、瀬川嘉平は出版社で印税を受け取ったついでに第一回目の保険金を彼の友人に支払い、受取書を貰った。

「いいかね、僕がこの金を会社へ届けるまで君が生きていてくれさえしたら、そうだな、たとえ今夜君が死んでも五百万円は確かに会社は支払うよ」

友人はそんな冗談を言った。

瀬川はひどくご機嫌だった。あれほど嫌っていた保険に入ってみて、そういやな気持ちではなかった。ほっとした気持ちだった。宵《よい》の口から銀座に出て、飲み歩き、帰途についたのは十時を過ぎていた。

その夜、田塚利七は瀬川家を訪れて、久美子から、瀬川嘉平が他の保険会社と契約するつもりでいるらしいという話を聞いた。思いもかけないことだった。彼は十時まで待ってから腰を上げた。

瀬川家の門を出てすぐ田塚利七は客を送って来た帰りのタクシーを拾った。タクシーにとって住宅街と駅との間を往復するいそがしい時間であった。運転手は静まり返った狭い住宅街の通路を飛ばして行った。猫が前を横切った。運転手は本能的に猫をよける方向にハンドルを切った。猫は轢《ひ》かないで済んだが、ハンドルを向けた側の電柱のかげで用を足していた瀬川嘉平がよろよろと車の前に泳ぎ出た。ハンドルを切ったが間にあわなかった。自動車は瀬川をひっかけた。

田塚利七は運転手に手伝って怪我人を自動車の中へ運びこんだ。暗いルームランプの中で田塚利七は轢かれた男が、瀬川であることを知った。頭の血がすうっと引いて行った。

「二人轢いたのか」

怪我人を運びこまれた病院の医師が運転手に尋ねた時には、すでに二人とも、息を引き取っていた。

情事の記録

草に火をつける。

孤山芳雄《こもやまよしお》は毎朝八時三分前に自宅を出る。門を出たところで、その日の第一本目の煙草に火をつける。

その朝も彼はいつものとおりに煙草を口にくわえてマッチを探した。左のポケットに入れておく習慣になっているマッチが右のポケットにあった。駅まで七分、そこで彼は朝刊を買って、改札を出る。

「もし、もし、パスははっきり見せていただかないと困ります」

駅員に言われて気がつくと、パスを裏返しに出していた。

電車に乗っても孤山芳雄はすぐ新聞を開こうとせず、いつもの朝となんとなく違う自分のことを考えていた。左のポケットにしか入れたことのないマッチが右のポケットにあったり、パスが裏返しに入っていたりしたのはなぜだろう。考えてみると、そのようなことが、最近ちょいちょいあったような気がした。

(昨夜は遅かった。酔ってはいたが、そう簡単に習慣が、かえられるものではない)

妻のチヨの顔が浮かんだ。

(チヨが俺の持ち物に手を触れたとしたら)

妻が夫のポケットの中の物に触れたところで、たいして問題にすることはないが、なんの目的で、ポケットを探したかがちょっとばかり気になった。電車が停まって、乗客がぐいぐい押しこんでくる。彼の傍《そば》に割りこんで来た男が、週刊誌を開いて読み始めた。

嫉妬《しっと》に狂った女が夫を殺した記事が写真入りで載せてある。

（まさかチヨが嫉妬心から俺の懐中物を改めたのでもあるまい）

そこまで考えると、菰山芳雄はいささかばからしくなった。

菰山芳雄の習慣性は少々度が過ぎていた。煙草とマッチの入れ場所もそうだったが、家を出る時間、通り道、読む新聞、電車に乗る位置まで決められていた。会社でも彼自身の問題に関しては、テーブルの上の書類、インク壺《つぼ》、ペンなどの置き場所、トイレは奥から二番目のものを使うことまで決めていた。誰にも影響のない、彼だけのことだから、彼が、几帳面《きちょうめん》だということを知っている同僚でも、彼の習慣性が神経質なほどかたよっていることは知らなかった。

彼は電車の運転手になったらよかったと考えることがあるほど、スケジュールによって行動することを好んでいたが、会社の仕事は一日として同じものはなかった。彼は小会社の営業課長であった。午前中は会社にいたが、午後は外に出ることが多く、夜遅くなることが多かった。

その夜も彼は、客のお供で二、三軒バーを回って十二時過ぎてから帰宅した。

「遅かったのね」

彼は、いつになくチヨの眼が、ねばりつくようなしつっこさで自分を見詰めているのを感じながら、左のポケットのマッチが右側に移っていたり、パスが裏返しになっていたりした朝のことを思い浮かべていた。

孤山芳雄の休日は、朝のうち庭の手入れをやって、午睡を楽しむことである。二、三時間の昼寝だったが、一週間の疲労を一挙に取り戻して余りがあるほどよく眠れた。御用聞きの声も、妻が子供を叱りつける声も耳に入らなかった。遅刻の心配もない、掃除の邪魔になるからと妻に起こされることもない、この時間だけはなにものにもさまたげられない彼だけのものであった。

遅い昼食を済ませると、孤山芳雄は畳の上に横になって月刊誌を開いた。数行読みかけて眠くなった。自分の寝息に牽《ひ》かれて、ふわりと軽い物の上に乗って空間を移動していくような気持ちだった。二十分、三十分ほども経ったころ、妻が毛布を着せかけてくれるのを頭の隅にとどめて、いよいよ深い眠りにおちようとする寸前、彼は女の声を聞いた。

(隣りの奥さんの声だな)

その声と妻の声が混ざり合って聞こえ出すと、彼の半透明な意識が聞き耳を立てた。声をおし殺したような話しっぷりが、なにか彼に不自然なものを感じさせ、そのひそひそ話の内容が眠りをさまたげたのである。

「ね、そうでしょう、ほんとに男って眼が離せないものでしょう、だから私が言ったのよ、お宅の旦那様だって……」

隣家の北村《きたむら》夫人の声だった。

「でも女の名刺があったというだけで……」

チヨの囁《ささや》き声である。二十年一緒に暮らして、妻のチヨがそんなふうに、のどの奥から無理やり空気を押し出すような声で、話をすることは聞いたことがなかった。ひやっとするほど不愉快な声音だった。名刺と言ったチヨの言葉から、彼は名刺入れを兼用しているパス入れを思い出した。完全に眼が覚めた。

菰山芳雄の枕許の押入れの戸が半開きになっていた。チヨが毛布を出した時に閉め忘れたものである。勝手口の女たちの囁きが、まるで押入れの中で話しているように聞こえるのは、壁も塗らずに薄いベニヤ板一枚で勝手と居室を仕切っているための、構造上の欠陥によるものであろうが、午睡を中断した女たちのおしゃべりはひどく彼を不機嫌にした。

「だからあなたはひとがいいのよ、女の名刺よりマッチよ、同じバーのマッチがしょっちゅう出て来るということは、そこに好きな女がいるからと見るのが当たり前でしょう、男ってものは女が目的でバーに行くのよ、それからね奥さん、外泊しないからって油断はできないものよ、分かるでしょう、簡単よ、ね、簡単でしょう、しようと思えば三十分もあればなんでもできる……」

まあという妻の声についで、旦那様、聞いてはいないでしょうね、と北村夫人は念を

押してから、

「男ってものはみんな狂犬みたようなものよ、なにかに食いつきたいのよ、ただね、一流会社に勤めて、相当な地位にいる者は、そんな遊びをしないでも、もっと健康的な、……そうよ、ゴルフは健康的よ、うちの主人も土曜、日曜はゴルフに出かけて真っ黒になって帰ってくるけれど、その点だけは大丈夫、おたくのご主人にもゴルフをすすめたら、バーの女には遠くなるわよきっと……人間は趣味を持たねば、男はゴルフ、女は……そうね奥さん、奥さんも長唄のおけいこをしたらどう、今はね、昔と違って、テープレコーダーというものがあるから、案外早く上達できるわよ、よかったらうちの機械をお使いになって、ね、そうなさいませ」

孤山芳雄は眼を見開いて天井を見詰めていた。他人の口にはふたはできない、隣りの奥さんがなにを言おうとそれは勝手だが、その口車に乗せられて、夫を疑いだしている妻が憎らしかった。

結婚して二十年、孤山芳雄は妻以外の女に触れたことはない。それは、宗教的理由でも、道徳観念からでも、妻を溺愛するからでもなく、家庭という一つの型にはまった習慣から逸脱したくなかったという、ごく平凡な生活上の慣性が彼の眼を他の女に向けさせなかった。

「お隣りの奥さんが来なかったかね」

夕食の時、彼はチヨに聞いた。

「いいえ、どうして」

「来なければ来ないでいい」

その言葉は、彼とチヨとを分けへだてる壁のような冷たいひびきを持っていた。

菰山芳雄が客を連れていくキャバレーも、指名する女給たちも決まっていた。その中のアケミが菰山芳雄に妙なことを告げた。

「あなたのことを根掘り葉掘り聞こうとする客に会ったのよ」

アケミの説明によると、その客は菰山芳雄をよく知っているふうな口ぶりで、菰山君は近ごろ、ご発展のようだねと遠まわしに彼の私事に触れた。

「誰だろうな、いずれ、僕を知っている誰かに違いないが、それで……」

「それだけよ、ただなんとなく、あなたの身許調査でもしているような感じだったから」

話はそれだけだった。キャバレーを客と一緒に出る時、送って出て来たアケミが菰山芳雄の小脇をつついて言った。

「前の赤電話のところにいるハンチングをかぶっている男、たしかにあの人よ、この前あなたのことを聞いたひと」

菰山芳雄は客を自動車に送り込んで、別のタクシーを拾った。

「なるべくゆっくり」

孤山芳雄は運転手に言った。意外にも、ハンチングをかぶった男はタクシーで孤山芳雄を尾行して来た。

孤山芳雄はチヨが彼に示す、夜の態度が、最近になって違っていることに気がついていた。スケジュールどおりに行なわれて来ていた夜の営みが、チヨの積極的な要求によって、無秩序にされつつあるのは、彼女の生理的な変調とは考えられないふしがあった。チヨは彼の帰宅の遅い夜に限って要求した。応じなくても応じさせようとした。要求に負けて応じていながら彼は、チヨの要求の仕方に嘘《うそ》を感じた。妻が無理していることは明確だった。妻の要求の中に正当でない目的が、かくされているようであった。自分の肉体を試されている感じだった。瞬間でもそのような冷たいものが頭の中を走ると、行為の遂行は困難になった。

そんな場合も、チヨは一言も言わなかった。秘密を飲んだ顔でおし黙っていた。

孤山芳雄が日東信用調査所を訪れた日は雨が降っていた。

「僕を尾行している者がある。誰だか、調査してもらいたいのです」

「尾行者を尾行するんですか」

社員は変な顔をした。

「もし僕を尾行する者が、他の探偵社の者であっても、僕の依頼の秘密を厳守して、結果は報告していただけるでしょうね」

「もちろん、こちらはそれが商売ですから」

一週間後に結果は分かった。菰山芳雄を尾行している者は、神田興信所の調査員であった。

「ついでに、調査を依頼した者を調査していただきたいのですが」

そういう菰山に、それは困難です。探偵社間では秘密は守り合っているから、容易のことでは依頼者を探し出すことはむずかしい、あなたの方になにか心当たりがありませんか、と頼まれる方から菰山にたのむような顔をした。

次の日曜日、菰山芳雄はチヨが買い物に出た時を見計らって、妻の箪笥《たんす》を探した。神田興信所の調査料金受領書があった。彼は、妻がなぜ夫の身許調査を神田興信所に頼んだのか、日東信用調査所に引き続き調査を依頼した。

(探偵社は考え得るあらゆる手段をとって調査をする)

と日東信用調査所の社員が言ったことは事実であった。

さらに一週間後に菰山芳雄にもたらされた報告書には、妻のチヨが隣家の北村夫人と話し合って、神田興信所に夫の素行依頼をしたらしいと書いてあった。菰山芳雄は、その調査をやってのけた婦人探偵に直接会った。彼の予想に反して、二十四、五歳のどこかの会社の事務員でもあるかのような婦人であったが、話し出すと機敏に眼が動いた。

「化粧品の外交販売員に化けたのよ」

女はくすっと笑って、その時のことを話し出した。チヨと北村夫人はおしゃべりに夢中で、化粧品の外交販売員に化けた女が、聞き耳を立てているのを知らずに、べらべらしゃべっていた。

「嫉妬ですよ奥様の。嫉妬をけしかけた女も、探偵社にあなたのことを調査するように、あなたの奥様にすすめたのも隣りの奥様ですわ、一流会社の相当な地位にある男は、ゴルフに身を入れるけれど、あなたのような不潔な遊びには手を出さないと言っておりました」

「いつ僕が不潔な遊びに手を出しました」

思わず菰山芳雄は眼に角を立てた。

「それは私の知ったことではございません、奥様が調査を依頼された神田興信所の報告に、くわしく書いてあったのでしょう」

婦人探偵は冷たく笑ってから、

「他にご用がございましたらどうぞ」

とひどく事務的な言葉を使った。彼は調査依頼申込書の新しい一枚を取り上げて、調査項目の欄に、「北村昇の素行調査」と大きな字で書いた。

妻のチヨの行為も許せなかったが、本来他人の言うことを真に受けたがる、ひとのいい妻をそそのかせて、嫉妬の鬼にしようとしている北村夫人は妻以上に許しがたい女だった。確かに北村昇は一流会社の部長の地位にあった。北村夫人の夫自慢をここ十年来、妻の口を通して聴《き》かされ続けて来た孤山芳雄は、自家用車の窓をとおしてときどき見かける北村昇に対して、一種の反抗心を抱いていた。北村昇の脂ぎった皮膚の色と、にごった眼の輝きから、彼こそ、代表的な好色家でなければならないと考えていた。直感だったが自信はあった。

調査の結果は思ったとおりであった。北村昇は、ゴルフにかこつけて週一回の情事をやっていた。

孤山芳雄は北村昇に関する、もっと実質的な証拠となるべきものを日東信用調査所に要求した。

「なにか写真でも」

「そうです、動かすことのできない事実を記録したものを欲しいのです」

孤山芳雄はいかほど多額の調査費を要しても、その事実を摑《つか》みたいと言った。十年来せっせとためて、株にかえていた彼の全財産を使い果たしても、この勝負には勝ちたいと思った。

孤山芳雄がひとりでキャバレーに現われ、店のはねるまでねばって、アケミを自動車でアパートまで送りとどけるようになった。孤山芳雄は階段を登って、アケミの部屋の前まで行ったが、中へは入らなかった。アケミにとっては、冷酷なほどあっさりさよならを言って、階段をおりていった。そういう味気のないことが数回繰り返された後で、

「アケミさん、今度の土曜、日曜にかけて僕と温泉へ行ってくれませんか」

自動車の中で菰山芳雄がアケミに言った。アケミにとっては思いもかけない菰山の申し出であった。菰山芳雄が彼女に好意以上のものを持って近づきつつあることは本能的に察知していたが、なんの前触れもなく、決定的なことを言い出したのに、少々あわてた。温泉に行こうという客はあったが、行ってくれませんかという客は初めてであった。ちょっと考えさせて、とやり過ごしてから、いったい菰山芳雄はどういう条件を出すのかと考えていた。

「ぜひお願いします、宿は予約してありますから」

菰山芳雄は同じことをなんども繰り返した。ぜひお願いします、がアケミにはふき出したくなるほどおかしく聞こえたが菰山芳雄の真剣な顔を見ると笑えなかった。

「大丈夫なの菰山さん」

いろいろに解釈される言葉であったが、菰山芳雄は、絶対に責任を持つと言い切って、アケミに紙封筒を渡した。旅費の一部だよ、という菰山芳雄の感情を殺したような声を聞きながら彼女は、その封筒の厚さを形成する紙幣が全部一万円札であってくれればいいがと考えていた。

「今度の土曜、日曜にお客様を案内して、熱海《あたみ》へ行ってくる」

孤山芳雄がチヨに言った。

「旅館は？」

孤山芳雄は客を案内して出かけることはちょいちょいあったが、チヨに宿を聞かれたことはなかった。旅館はと、チヨが聞いた瞬間、彼は妻の意図を察知した。旅館の名を妻に告げながら彼は、もうどうにもならないほどの深い溝《みぞ》をへだてて妻と向き合っている自分を感じていた。

孤山芳雄は日東信用調査所に電話で連絡して、土曜日に女と二人で熱海に出かけるから、優秀な社員をさしむけて、自分たちを尾行する者を尾行して、その情報をその場で提供してくれるように依頼した。

「また尾行の尾行ですか」

「そうです、全力を挙げてやっていただきたい」

「全力を挙げてやるほどのことはありません、そんなことは、しごく簡単なことです」

打ち合わせは簡単に済んだ。

電車が東京駅から滑り出すと今まで黙っていたアケミがしゃべり出した。彼女の身の上話、同じ店に働いている女たちの噂、一つとして面白い話はなかった。彼女の饒舌《じょうぜつ》は孤山芳雄の心を重くした。彼は黙りこくって、同じ車両のどこかで、二人を見張っている、別々の私立探偵のことを考えていた。

孤山芳雄が風呂からあがって、長い廊下を歩いていた時、前から来たひとりの女が、すれちがいざま彼の手に触れた。触れられた手に紙片が残されていた。意味ありげに投げていった女の眼付きから彼は、その女が日東信用調査所の女探偵であることに気がついた。あやうく見過ごしてしまうほど、彼女は浴客の一人にうまく化けていた。

(尾行者は隣室、カクシマイクに注意)

便所で開いた紙片には、そう書いてあった。部屋に帰ると布団が並べて敷いてあり、枕許に、スタンドが置いてあった。アケミは風呂からまだ帰って来ない。孤山芳雄は部屋の中央に立ったまま、カクシマイクの所在を探した。スタンドが、変に凝っていた。スタンドの胴に当たる部分に、甕《かめ》を頭に戴いている女の裸像を染め出した布が張ってあった。スタンドの台から出ている電灯線をたどると、コンセントに入っている二本の線とは別に、糸のように細い二本の線が、コンセントの位置から窓に向かって延びていた。カクシマイクを仕掛けたスタンドは、おそらく隣室の尾行者が隙を見て、宿のスタンドとすりかえたものと思われる。

孤山芳雄は尾行者のやり方に空おそろしいものを感じた。彼はスタンドを部屋の隅に移し座布団をかぶせた。

「どうしたの」

風呂からあがって来たアケミが、部屋の中央で腕組みをして突っ立っている菰山芳雄に言ってから、

「まあ、ここの女中さんてなんて気が利《き》かないんでしょう」

布団はわざと引き離して、敷いてあった。

「女中が気が利かないのではない、僕が敷きかえたんだ」

なぜとアケミが聞いても菰山芳雄は答えなかった。二十年つれそっている夫の貞操を疑っている妻に対して考えついた報復手段が、ばかばかしいほど陳腐《ちんぷ》なものに思われてならなかった。女と寝ても寝なくとも、女と一つ部屋に泊まったという情報は妻と北村夫人のところへ報告され、チヨはその報告を抱いて泣き出すだろうし、北村夫人はそれ見たことかと言うだろう。それだけのことをするのがアケミを連れて熱海へやって来た目的であった。彼はアケミに背を向けて寝ながら、相手の女がアケミでなく、好きな女であったならばと考えてみた。たとえ相手が好きな女であっても、どうにかできる自信はなかった。彼は家庭という長い慣性に馴らされ切っている彼自身の習性を憎悪した。

(要するに俺はばかな男なんだ。だがこのばかさが間もなく、チヨとチヨをそそのかせている北村夫人の高慢ちきな顔に、一鎚《いっつい》を食わせてやれるのだ)

彼は寝床の中で唇をかみしめていた。

月曜日に、菰山芳雄は日東信用調査所に出かけていって、尾行者を尾行した女探偵の

報告と、別に依頼してあった、北村昇の情事の記録を受け取った。彼は、北村昇に関する記録物を、チヨ宛に速達で送ると同時に、北村夫人に電話をかけた。孤山芳雄の自宅には電話はなかった。

「神田興信所です、お隣りの孤山さんの奥さん宛に、速達で小包をお送り申し上げましたとお伝え願いたいのですが」

火曜日の朝、孤山芳雄はいつものとおり八時三分前に自宅を出て、煙草に火をつけた。一服深く吸い込んで、煙を吐き出す前を、北村昇を乗せた自動車が、ほこりを浴びせかけて行った。中でふんぞりかえっている北村昇は、道をよけてやっている孤山芳雄に見向きもしなかった。だが孤山芳雄は別に怒ったような顔も見せず、いつもの道をいつもの足取りで、駅の方へ歩いていった。この数週間、わずらわされていたことが、もう一時間もすると、思いもよらぬ結果に落ちつくだろうと考えていた。結果いかんにかかわらず、たぶんその後は平凡な彼の生活が始まるにちがいないと考えていた。

北村夫人の家へチヨが送られて来たテープを持ちこんだのは、それから一時間あとであった。

「アケミという女と、孤山さんが、熱海でなにをしたかが録音されてあるのよ、なにが聞こえてもじっとがまんしていなければいけませんよ、奥さん、完全な証拠さえ握ってしまえばこっちの勝ちですからね」

北村夫人は睡眠不足のために真っ赤な眼をしているチヨに言って、馴れた手で、テープを機械にかけた。雑音がしばらく続いた。雑音の中で、話し合う男女の声が聞こえていた。急に男女の声がはっきり聞こえだした。

「部長さん、あなたせっかちね、いいとしをして」

流れ出した女の声に続いて、

「急ぐさ、うちの婆さんを相手にしているのと違うからね、一週間に一度のゴルフ……」

その次に女の含み笑いが聞こえた。北村と女との情事の場を録音したテープは、静かにほどかれていった。

北村夫人の顔から血が引いていった。

「奥さん、しっかりしてよ奥さん」

チヨが北村夫人を介抱している間も、北村昇の情事の録音は微にいり、細をうがって続けられていた。

エミの八回目の結婚

ある日の午後、鏡に向かっていながらエミはいやらしい男の種類は幾とおりあるかを考えてみた。

酔ったふりをしていたずらをしかける男、たいして偉くもないのに、偉そうな顔をしたがる男、女に毛嫌いされているのも知らずに色男ぶっている男、過剰なサービスを要求して、過少なチップしか出さない男……。

エミがキャバレーで働き出してから数年の間に体験した、男という男のいやらしさを並べ立てるときりがなかった。

いやらしさを分類すると、そのいやらしさに男の容貌がついてまわり、その男の職業と関連性があった。

「変なものねえ」

彼女は鏡に向かって笑った。鏡の中でエミの白い歯が笑い返す。

「エミちゃんの歯は美しいね」

北村《きたむら》という男の脂ぎった顔が思い浮かんだ。

「キッスをするなら、こういうきれいな歯をした女としてみたいものだ」

北村はエミの右隣りに座をしめた。エミが和服姿なら、必ず右隣りに座るのが、この北村の習慣だった。酔ったふりをして、着物の合わせ目に左手を伸ばすのに都合のよい場所を求めているのである。

この、最もいやらしい男の一人である北村が連れて来た、尾掛安春《おがけやすはる》という男があった。

「尾掛安春のいやらしさは一体どこにあるのだろうか」

彼女は鏡に向かって首を傾《かし》げた。鏡の中のエミは丸顔で、よく言えば眼がぱっちりして大きいが、悪く言えばデメキンであった。歯の揃ってきれいなことと、ちんまりと小さい鼻の造作を除けば取り立てて言うほどの顔ではない。十人並みの顔と表現するより、愛嬌《あいきょう》のある顔と言ってやった方がエミは喜ぶに違いない。

「尾掛安春は、いやらしい男の種類には属さないのかしら」

鏡の中のエミの顔は左右に動いてそれを否定した。

「ではあの男、いやらしくない男なの」

エミの顔は鏡の中で、動かなくなった。考えている顔である。考えるエミの表情はずっと固い。広い額を頂点として纏《まと》まりがつく、愛嬌のある顔でも、デメキンと言われるほど滑稽な顔でもない、この女の隠されているかしこさが、ほんの一瞬だけ姿を現わす顔だった。

すぐエミの顔は鏡の中でくずれる。くずれかかったままで彼女は、

「ねえ、エミはなぜ尾掛安春のことにそうこだわるの」

声に出して笑ってから立ち上がった。

そろそろ出勤の時間であった。彼女は洋装にしようか和服にしようかは、鏡に向かっ

ておしゃべりをした直後に決めることにしていた。その夜、彼女の勤めているキャバレーへ来る客の好みを考慮して決めるのでも同じ店で働く他の女たちとのつり合いを考えて選ぶのでもない、ひょいっと立ち上がった瞬間頭に浮かんだ感じで着物を選ぶのが彼女の習慣である。彼女のえらんだ紫に小さな白いカスリ模様を浮かせた着物は、暗い酒場ではほとんど喪服にも近く見えた。客の好まない色であった。

「エミはきっと淋しいのよね、だからこんな着物の柄を選んだんだわ」

着換えは終わった。出勤である。

エミは隣りの客間を開けざっと眼を通す。箪笥《たんす》と座り机とスタンドがあるだけで部屋はからっぽであった。

「行ってまいります」

彼女は空洞の部屋に向かってそんなことを言ってから、机の上に置いた花瓶に眼を留めた。枯れた花が首を垂れていた。

「このお部屋にはもう長いことお客様がお見えにならないものね」

彼女は花瓶を取り上げて言った。腐った水のにおいが彼女の鼻を衝いた。エミは眉《まゆ》をしかめて、枯れた花と腐った水を捨てて来て花瓶を前において、ひどく悲しそうな顔をして言った。

「お客様はまだきまらないのよ」

彼女の客間へ新しいお客様が見えるまでは花瓶に花を生けてやらないのがこの部屋のしきたりであった。

すでにこのアパートに彼女が住みついてから、三人のお客様がこの部屋を訪れていた。北村が彼女のパトロンとしての資格を失い、この部屋へ現われなくなってから、二週間ほど経過していた。

「北村さんの紹介してくださった尾掛安春に決めようかしら」

玉虫焼きの花瓶の肌にエミの顔がとぼけたように歪《ゆが》められてうつっていた。

「エミはもっともっと条件のいい、そしていやらしくない男を探しているんだわきっと、だからエミは、ばかなんだわ、いやらしくない男はお客様にはなれないわ、いやらしくない男には金がない」

そしてエミは大きな口を開けて笑った。花瓶にうつった彼女の口は、ちょうどその部分が曲率の大きな部分であったために、怪奇に歪んで拡大された。

「エミ、尾掛安春の条件は悪い方ではないわ、そしてあの男はいやらしい男ではない」

隣室に人の入る音がした。二人連れの足音である。カーテンを引く音がした。

「いやらしくない男？　キャバレーに来る男でいやらしくない男なんかありっこないじゃないのエミ、あなたはよほどどうかしているわよ」

隣室の人の動きかたが音に変化されて聞こえてくる。

それは彼女が十分に知り尽くしていることであり、珍しくもないことであったが、一人で聞いていると妙に腹の立つ物音だった。

「いやねえ、真っ昼間から。安普請のオメカケアパートって、こうだからいやだわ」

そして彼女は客部屋から、再び自分の部屋にもどり、鏡台の前に、ちょっと身をかがめたが、なんにも言わずに部屋を出ていった。

尾掛安春という人物は全く変てこな男であった。キャバレーに来る常連の中で、彼だけはいやらしいことを言ったり、したり、たくらんだりする男ではなかった。

彼は月曜日と木曜日の夜には必ずやってきてエミを指名した。一人で来ることもあるが、客を連れて来ることの方が多かった。彼はしゃべっているより、にやにやしながら他人の話を聞いている場合の方が多かった。酒は強かったが乱れることはなかった。ケチでもない、あらゆる点で非の打ちどころのない客であるにかかわらず、女たちにもてるタイプの男ではなかった。ときどき彼は女たちから見捨てられでもしたように、ひとりでなにか考えこんでいて、突然びっくりするほどの饒舌《じょうぜつ》になることがあった。すぐ黙りこんで、キャバレーなどというところはなんとつまらないところだと言ったような顔をして、ソファにふんぞり返ってしまうことがある。

エミの人生観から見れば、パトロンを申し出る男が必ずしもいやらしい男ではなかった。

そういうことをしなければならない理由を持っている男の、生理現象と思えば少しも変ではなかった。こういう意味では北村からリレーされた尾掛安春は、けっしていやらしい男ではなかった。

エミが尾掛安春のどこかにいやらしさを感ずるのは、この男の挙動が、この場の空気にふさわしくないという、異質のものに対する嫌悪感から出発したものであった。確かにこの男は、なにか得体の知れない、いやらしさを持っていると彼女は睨《にら》んでいた。

だが改めて考え直すと、これといって、思い当たるふしはなかった。要するに尾掛安春という男は、彼女の前に出現した何人目かの少々変わった男にすぎなかった。

「エミさんちょっと」

その夜の尾掛安春はいつもとやや変わっていた。女たちの話には進んで合わせようとする努力を示しているし、エミを隣りに座らせて、身体を寄せてくるあたりも、まずまず普通の、客の作法どおりであった。

「なに、尾掛さん、ゴルフの話ならごめんよ」

尾掛安春は客をつれて来てよくゴルフの話をした。ゴルフの話をされると女たちは相手のしようがない。

「ゴルフではない。もっとこわい話だ」

「こわい話だって、尾掛さんの話なら聞かない前からこわいようね」

エミは耳を傾けた。

「キミにはこわいものないかね」

「こわいもの？」

エミは、尾掛安春は案外気が小さくて、彼女を囲い女にする前にまず売春防止法のことを婉曲《えんきょく》に心配しているのではないかとも思った。二人の情事の約束はそういうことからまず確かめていこうとする、用心深い男かもしれないと、内心おかしかったが顔には出さず、

「春の法律のことを言っているの」

と小さい声で聞き返した。

「ばかな、愛情は自由だ。そんなことではない。こわくてこわくてたまらないものなんだ」

「あなた、まんじゅうこわいの落語のお話ではないでしょうね」

「わからないな、キミだってきっとこわいものはあるだろう。虫とかヘビとか」

「なんだ、そんなことなの、それは大ありよ、毛虫もきらいだし、ヘビもいやよ」

「きらいのものではない、こわいものなんだ、見ると、足のすくむような恐怖を覚えるものなんだ」

尾掛安春は真顔になっていた。

「私にはそれほどこわいものはないわ、尾掛さんのこわいものっていったいなんなのよ」

「ビールをついでくれ、いやウイスキーを貰おうか」

尾掛安春は彼の膝《ひざ》の上に置いてあるエミの手を取ると、

「人間というものは妙なものだ、つまらぬものでも、なんかの原因でこわくなると何年たってもつき纏《まと》って消えない」

彼はボーイの持ってきたウイスキーをぐっと飲みほすと、彼女の耳を咬《か》むように口を寄せて言った。

「笑っちゃあいけないぞ、俺の秘密なんだ、俺のこわいものはドジョウなんだ」

笑うなと言われても彼女は笑いがこみ上げて来た。あのぬるぬるしたこっけいな小動物を、どうしてこの男はこわがるのであろうか。彼女はハンカチを口に当てた。

「笑うなら俺は帰るぞ」

彼女は尾掛安春の顔にはじめて怒りの表情を見た。不健康に青ぶくれしていて、飲めば飲むほど、その青さが皮膚の表面に浮き上がっている彼の顔が、一瞬引きつったようにも見えた。

「ごめんなさい、もう笑わないわ、なぜドジョウがこわいの、こわくなったの」

「それは言えない、いやな思い出があるのだ」

尾掛安春はその話はそれでやめて、改めてエミに、あの話はだめかねと聞いた。こわい話とあの話とはひどく不連続であった。

エミはその溝《みぞ》を跳躍したところを尾掛安春の眼にとらえられた。

「キミを好きなんだ俺は、だから言えないことも言えたんだ」

彼女は大きくうなずいた。アパートの隣室のカーテンを引く音が頭の中で鳴っていた。

「いいわ……」

彼女は尾掛安春にそう答えながら客間の花瓶に生ける花のことを考えていた。

その夜はエミの第八回目の結婚式の夜であった。彼女は店を休んで、花瓶にカーネーションを生けた。彼女の結婚式の当日には必ずそうすることになっている花であった。花を生けた後で彼女は客間だけ使う寝具類のカバーを洗濯したものに取りかえ、念のためシーツは新品に取りかえておいた。結婚式の用意はできた。時計を見ると九時十分、新郎の尾掛安春が到着する時間には早かった。

彼女は、その部屋の箪笥の引出しを一つ一つ開けてみる。今後彼女のパトロンとなるべき男の着るべき寝巻、紐《ひも》、下着類の新品、そして彼女自身がその部屋で使うべきあらゆる種類の、繊維製品や紙製品やゴム製品や薬品や化粧品や、それらに関係する雑多のものに眼を通してから、その箪笥の中から、錦紗《きんしゃ》の思いきり派手な着物を取り出して着用した。そして最後に彼女は両手を使って箪笥を壁の方向に押して傾けると、小さい可愛い足のゆび先で箪笥の下から預金通帳を引き出した。

二週間前、北村から手切れ金の意味を含めて受け取った五万円が最後の収入である。その後約一万円の支出があった。尾掛安春を迎えるために消費した金である。

「これからまた預金は殖《ふ》えるわね」

彼女のひとりごとは銀行預金通帳を相手として始められる。

「五十三万五千九百二十七円、これだけではアパートは建てられないわね」

彼女はちょっと悲しそうな顔をしたが、すぐその丸い眼をくるっと回して、

「でもいつかは建てられる……」

階段を登って来る人の足音がした。彼女は、通帳を足下に落として、両手を箪笥にかけたが、その足音が二人連れだと分かると、ぺろりと舌を出して、落とした通帳を拾い上げ、過去の収入の記録に眼を通していく。金額の相違と同じように、金を持って来た男たちの顔が浮かび上がって来る。丸い顔、四角な顔、面長な顔、そしてその顔と関連した男たちの顔を消去して、彼女の体内での記憶を呼び戻す。

「いやよ、いやよ……」

と言ってくっくっ笑う隣室の女の声が彼女の心を預金通帳に戻す。

「私はこんな安普請のアパートは作らない。なにをしたって、なにを言ったって隣りには聞こえないような完全防音装置のアパートを作ってやるわ、ねえ」

った。

そして彼女は箪笥の下に通帳をしまってから、窓によって、アパートの入口に眼をやった。

彼女は二部屋を完全に使いわけていた。彼女の居間は雑然としていた。彼女の持っているありとあらゆるものが、この部屋の中にぎしぎしつめこんであったが、客間にはパトロンを迎えるための用具のほか、なにものも置いてなかった。

パトロンが来ても、客間だけで用がたせるようにあらゆる準備がしてあった。男が来てからは彼女は一歩も自分の部屋へ入らないし、男も絶対に入れたことがなかった。彼女が生きていくための部屋と、生きていくための仕事をする部屋とは画然と区別していた。

尾掛安春は今まで彼女が経験した男のように初夜をいそごうとはしなかった。いい部屋だと部屋を讃《ほ》めたり、彼女の生けた花にちょっと触ってみたりした後で、彼女を相手にウイスキーの杯を悠然《ゆうぜん》とかたむけていた。

(故意にこういうことをするなら、この男はきっといやらしい男にちがいない)

故意ではなかった。エミがもう十二時よと誘った時、彼はぎょっとしたような顔付きをした。せいていながらもわざとゆっくりかまえている男の虚栄など、どこにも見えなかった。彼はエミがピンクのパジャマに着換えるのに背を向けたと同じような遠慮を、彼の着換えの際にもやった。

窓からさし込んで来る月の光で尾掛安春の蒼白の顔は動かなかった。顔も動かないし、手も足も身体も動かなかった。

新しい男に対してわずかながらの恐怖と期待で身を固くしているエミの気持ちをやわらげるための時間としては長かったし、あまりにも芸のなさすぎることであった。

「なにを考えてるの」

「なにも考えてはいない」

嘘だ、と彼女は思う。この期《ご》になってこの男は誰かを恐れているんだわ。この秘密の情事を罪悪計量器にかけて、息をのんで指針を見詰めているのだろうか。

（ばかな、そんなことはもうとっくの昔に解決がついてプロポーズして来たはずじゃあないのか）

彼女は男の怯懦《きょうだ》を見た。そういう男もあってもいいような気がした。彼女は誘った。誘うように彼の方へ手を伸ばして、ねえと言ったとき、彼はまるで電気にでも触れたようにぴくっと身体を動かし、くるっと彼女の方へ背を向けて、

「眠い、今夜はすごく眠いんだ」

と言った。

翌朝は彼女が眼の覚めない間に彼はもう起き上がっていた。朝食を食べて、出てゆく直前に尾掛安春は約束どおりの一カ月間の前金を支払っていった。出し渋るふりはなか

った。彼の顔は疲れていた。ちょうど他の男が朝帰る時に、疲労した無為《むい》の眼を彼女に投げながら次の予定日を約束するのと全く同じように、日を決めて帰っていった。

エミは尾掛安春の寝巻をたたみながら、

「ひょっとしたら、あの人童貞でないかしら」

あの年齢《とし》まで童貞であり得る男などあるはずがないと思い直してから、尾掛安春をつれて来た北村が尾掛安春はずっと以前に妻を失《な》くしたと言ったことを思い出して、ばかげた想像をした自分自身がおかしくなった。もし仮に童貞と仮定しても、尾掛安春のいやらしさは消えなかった。彼のかくしていたいやらしさが一夜の間に芽を伸ばしかけたような感じだった。ちょっと身体を触れた時、ひやっとするほど冷たかった彼の体温から、ふとエミはドジョウを想像した。

二度目の夜は前と変わっていた。尾掛安春はどの男でもやるような一般的な愛撫を始めた。エミは、童貞かもしれないなどと、ばかばかしい想像をした自分がおかしかった。エミは順序どおりにことが進められていって、やがて嵐がおわった空虚の中で放心したような眼を開く瞬間に、ずいぶん遠くに行っている自分を取り戻すために、ごく短い、鋭い言葉をきっと発するにちがいない自分を考えていた。

だが嵐は起こらなかった。風も吹かず、雨も降らず、ごく平和な愛撫は春日遅々として尾掛安春の手によって進められていった。それはエミにとっては愛撫よりも拷問《ごうもん》に似ていた。少しずつ彼女の身体を焼いていく残酷きわまりない拷問であった。彼女は哀訴し、ついに強訴し、最後には実力行使によって、その拷問を正当な愛撫の表現に移行させようとした。だが彼は彼女の攻撃に結局逃げた。彼の氷のように冷たい背を向けて動かなくなった。

「どうしたというの、だめなのあなた？」

だめなはずはなかった。確かに彼は男としての任務を遂行すべき機能を発揮できる前の状態にあったことをエミは知っていた。一瞬にして彼を萎《な》えさせていった原因はなんであるか、彼女には分からなかった。原因を考えるより、拷問の後の怒りの方が彼女のつつしみを忘れさせた。

「いざとなったら、あなたはドジョウのことでも考えるのでしょう、そうでしょう、きっと」

彼女は男の向けた背に、自分の背を向けた。次の決めた日に、エミは店を休んで築地《つきじ》へ買い物に行った。

その夜も嵐は起こらず、長い愛撫の拷問が前と同じような執拗《しつよう》さで続けられていった。彼女はそれに耐えた。身ゆるぎもせず、この男の行動を最後まで見とどけようとしていた。

（いったいこの男はなんの目的で自分を要求したのであろうか、一種の変態であろうか、

それともいざという場になると突然なにかの恐怖に襲われて機能を中断されるのであろうか)

その夜も隣室に行事があった。エミの耳には、今までになく明瞭《めいりよう》にその行事の経過が聞こえていた。隣室の嵐は何物をも虞《おそ》れず荒れ狂って、そして突然終わった。

隣りの嵐が終わった瞬間、エミは相変わらずの執拗さで拷問を続ける尾掛安春に猛然と怒りを感じた。彼女は片方の手を布団の脇に伸ばして、なにかを握ると、愛撫の中に沈溺している尾掛安春の下半身に投げかけると同時にスタンドに灯をつけた。尾掛安春は殺されるような悲鳴を上げて飛び起きて、電灯の光で、彼の不意を衝いたものがドジョウだと知ると、そこに這いつくばって、咽喉《のど》の底から、嘔吐《おうと》でもする時のような奇妙な声を出した。恐怖に狂った顔だった。

彼はドジョウとドジョウの向こうに座っているエミに向かって両手を合わせて、

「許してくれ、許してくれ、たつ子……」

と震える声で言った。亡霊にでも謝罪している声だった。そしてエミの前にその日の午後エミが築地の川魚商から一キロ四百円で買ってきた二百匹のドジョウの入っているザルの置いてあるのを認めると、再度の恐怖に襲われたように、わけのわからないことをわめきながら突っ伏してしまったのである。

翌日、エミは北村の会社に電話をかけて彼を外に誘い出して、たつ子という女が誰であるかを確かめた。

「たつ子というのは尾掛安春の妻だった女の名だ。尾掛がもと川魚問屋をやっていたころ、彼女は毒を飲んで、ドジョウのいけすの中で死んでいた」

エミはそのことがあってから間もなく店を辞《や》めた。

七年前の顔

彼女の名は政生《まさお》という女としては妙な名前である。

彼女が我慢強い、悪く言えば執念深い性質の女として成長していったのは、確かに彼女の父のつけた名前に根があった。

小学校のころ、彼女は同じ組の女生徒のひとりが、あのひとはふたなりだから、政生という名前をつけられたのだと陰口をきいたのを耳にした。政生はそのことなぞ聞かないようなふりをしていて、一カ月もたってから、陰口をたたいた女の子の教科書をバラバラにして机の中へ投げこんでおいた。男の子のひとりが彼女の前で、お前は女の着物を着ているがマサオだから男にちがいない、女だというなら、スカートをまくってその証拠を見せろとからかった。

政生は泣かなかった。冷たい眼でその子の顔を見詰めていた。

二カ月後にその男の子のカバンを便所にたたきこんだ。

この二つの事件は誰がやったのか分からないままに、済んでしまった。

女学校に行くようになると、さすがに彼女はその男のような名をはばかって、マサオと書いたり、まさおと書いたりした。

彼女は二十三歳で桑垣吉平《くわがきよしへい》と結婚した。桑垣吉平は彼女のマサオという男のような名を嫌ってマサと呼んだ。それ以来彼女は通称マサで通り、大して不自由は感じなかった。

終戦当時満州にいた桑垣吉平は、昭和二十七年になってやっと帰国した。その時、マサは一人の子供をかかえて苦労した。

一時は桑垣吉平の生家に厄介になっていたが、舅《しゅうと》につらく当たられるので実姉をたよって上京し、姉の家の一室を借りて、自活した。子供のない姉夫婦はマサに同情的だったが、子供ひとりかかえての女一人の生活はみじめであった。

彼女がPデパートで万引と間違えられたのはそのころのことである。

彼女はPデパートの特売会場で子供用の洋傘《こうもり》を買おうか買うまいかと長いこと迷っていた。

小学校へ行くようになった子供のために是非必要なものだったが、そのころ彼女は一本の傘《かさ》を買うのさえ考えねばならないほど、きりつめた生活をしていた。彼女がデパートに入るころから降り出した雨は本降りになっていた。

彼女は濡れて帰らねばならない自分と、傘がないことでみじめな思いをするに違いない彼女のひとり息子のことを考え合わせて、その傘を買った。さして帰るから包装はしてもらわなかった。

彼女が女たちの群れをかき分けてエレベーターの乗場に近づいた時である。彼女は肩に男の手を感じてふり向いた。

「まことに失礼ですが、ちょっと事務所までお出でを願えないでしょうか」

五十はとうに過ぎたと思われる男であった。

店員ではない。デパートのどこでも見かける、これといって取り立てて言うほどの特徴のない服装をした男であった。

「事務所へ?」

なにかの間違いだと思ってあたりを見回したが、その混雑の場に向かい合っているのは、その男とマサだけであった。どうぞと男はいんぎんに頭を下げた。頭を下げながら、じろりと見上げる男の眼はただの眼ではなかった。

その時になってマサは、男がただ者でないと見てとった。

「なんのご用でしょうか」

「あなたのお持ちになっている洋傘のことで、ちょっと事務室までご一緒に願えませんでしょうか」

男は丁寧な言葉を使ってはいるが、彼女の手に持っている子供用洋傘に疑いをかけていることは明らかであった。

「この傘ですか、これは今そこで私が買って来たものですわ」

相手が刑事だと彼女は直感した。刑事のように眼つきは悪いが、物腰が丁寧なのはどういうわけだろうと思っていた。

彼女のはね返すような言葉が高かったから、周囲の女たちがふり返った。二言、三言抗弁するうちに人垣が作られた。万引よ、万引がつかまったのよ、そういう声が聞こえた。

「あんなおとなしい顔をしてねえ」

マサはその声を背後に聞いた。恥ずかしさと怒りで顔が真っ赤になった。

事務室をいくつか通って入った部屋は、はなやかなデパートにこんなところがあるかと、想像も及ばないように暗い部屋であった。

机が四つほど並べられ中央に電話があった。男が電話に向かって低い声で話していた。どこかの警察と話しているらしく警部だの部長だの留置場だのという言葉が耳に入った。

マサは刑事部屋を知らなかったが、おそらく刑事部屋もこういうものに違いないような気がした。

マサを連れて来た男は刑事ではなかった。

刑事をやった経験のあるPデパートの保安係員であった。

「その洋傘をちょっと拝見させていただけないでしょうか」

男はその部屋へ来ても相変わらず落ち着き払って馬鹿丁寧な言葉を使った。

「この洋傘を私が万引したのだとおっしゃるのですか」

マサは事務室へ入るとき背後に聞いた万引という言葉を口に出した。

「拝見させていただきたいのですが」

男はマサに取りあおうともせず、事務的に同じことを言ってから、彼女のさし出した

洋傘を手に取ると、眼の前でくるっとひねくってから、

「レシートはお持ちでしょうね」

と言った。

彼女は携《さ》げ袋の中を探した。確かにその中へ入れたはずだったが見当たらなかった。石鹸《せっけん》や半ぱ布地の包みを全部外へ出して、手携げ袋を逆さにしても洋傘のレシートだけはなかった。

「どうしたんでしょう、確かにここへ入れたはずでしたが」

「いくらお支払いくださいましたでしょうか」

「二百八十円……」

男は腕組みをしたままで、マサを、万引の犯人と信じて疑わないような眼で見詰めていた。赤く濁った眼であった。

電話をかけていた男が席をはずして外へ出て行った。

「その店員の顔を覚えていらっしゃるでしょうね」

やや言葉が訊問《じんもん》の形式をおびて来た。

どの売り子だったか、もう一度売場へ行って見れば分かるだろうと彼女は答えながら、相手の男がときどき卓上の電話機へ眼をやるのを恐ろしいもののように眺めていた。

彼女にはその電話が、どこかの警察署との直通電話でもあるように思えてならなか

った。ひょっとすると、この男はこのままマサを、万引をした女として警察署へ引き渡すのではないかとさえ考えられた。それほど、男の凝視は彼女に恐怖を与えていた。

「この傘は今年小学校へ上がる私の子供へやるために買った傘です。雨が降っているから、私がさして帰るつもりで、包装してはもらわなかったのです」

マサは低い声で言った。

大きな声で、がなり立てると、かえって疑いを増すことになるかもしれない、悪いことをしたのでなければ少しも取り乱すことはないと、自分の心に言いきかせて、落ち着いて言ったつもりだったが、彼女の声はふるえていた。

「子供さんへですね……」

彼女の眼を見詰めていた男の眼が、立っているマサの頭から足の先まで、じろりと眺めおろした。ぞっとするように冷たい眼だった。

「そうです。私の子供へ……」

そう言いかけて、彼女は熱いものが胸にこみ上げて来た。

家で待っている子供の顔がちらつき、ドロボウと間違えられているその子の母である自分の姿がみじめだった。彼女は、膝《ひざ》のあたりが光って見える自分のズボンに眼をやりながら、たぶん、万引女に間違えられたのは、服装がみすぼらしいからだと考えていた。

「なにかの思い違いでしたら、ここでお買い上げいただいても結構でございます」

男が結論らしきものを言った。言葉の言い回しで、たくみに焦点をぼかしているが、万引したのだときめてかかっている態度であった。

「ひどい、なんていうひどいことをおっしゃるのです。なぜもう一度お金を払わねばならないのです」

そう言いながらマサは、どうにもならない窮地に追いつめられている自分を知った。くやしさで、身体が、がたがたふるえた。

外へ出て行った男が女店員を連れて、はや足で部屋に入って来た。

女店員はマサの顔を覚えていた。疑いは晴れた。男は腕を解くと、前と打って変わったような態度でマサに言った。

「どうもご足労をおかけして申しわけございませんでした。このデパートには二十人あまりの保安係員がおりますし、警察の刑事も何人かは見張っています。包装してない品物を持っている奥様に失礼な疑いでもかけるようなことがあってはならないと思いまして……」

男は言葉を切って、傍《そば》に用待ち顔に立っている男に向かって、

「奥様をお送り申し上げるのだ」

と言った。

口ではそんなことを言っていながら、心の中では赤い舌をぺろりと出しているような

顔つきだった。

「あなたのお名前を聞かせていただきたいのですが」

マサは男から保安係長鴨村兵造《かもむらひょうぞう》と印刷された名刺を受け取った。

最初から最後まで、一度も乱暴な言葉を使われたのでもなく、取調べらしい目に会ったというのでもないのにかかわらず、彼女を保安室につれていった鴨村兵造の慇懃《いんぎん》無礼な態度に彼女は心の底から腹を立てていた。傘を持っているのにさそうともせず、雨の中を濡れながら歩いていく彼女の顔は引きつっていた。

夫の桑垣吉平が、帰って来たのは、その年の秋であった。

昭和三十四年二月、桑垣マサはあのこと以来七年間一度も足を向けたことのないPデパートに現われた。

装いをこらしていた。誰が見ても高級サラリーマンの夫人か、ちょっとした実業家の奥様然とした服装をしていた。

事実、マサの家計は豊かであった。桑垣吉平が郊外で始めた不動産売買の仕事が意外に当たった。彼はその商売で儲《もう》けた金を、持って生まれた巧みな話術で、地主を説き伏せて、共同経営の形で自動車の練習所を作った。これが時流に乗ってヒットした。

マサは、もう金のことを、そうくよくよしないでもいいような身分になっていた。

彼女はPデパートの一階から七階まで見て回った。七年前とはずいぶん違っていた。

万引と間違えられた、三階の特売会場は家具売場になっていた。

日曜日でデパートはごったがえしていた。七年前にはときどき特売会と銘打って廉売をやったが、現在は常設の特売場ができていた。

彼女は真っ直ぐそこへ足を運ぶと、ごったがえしている、ショール売場で、モヘアのショールを買った。モヘアのショールなどすでに流行おくれだし、持っていたが、この日はわざとショールをかけずに来て、特売場で千二百円を出して買うと、そこで肩にかけた。

レシートはハンドバッグの中へ入れておいた。彼女はわざとエレベーターの乗場まではや足で歩いていった。なにか悪いことをした、うしろめたさを持っている女のように振舞ってみた。

どこかで保安係員の眼が彼女を見つけるだろうと思っていた。

(事務室へどうぞ)

と言うに違いない。

そこで保安係員は七年前にやったと同じような慇懃無礼な取調べをやらかすに相違ない。

さんざん調べさせておいて、後でレシートを出してやるのだ。

(係長を呼んでください)

彼女は冷たい声でそう言う。保安係長の鴨村兵造が小さくなって謝るのを尻目に、保安係員の属する庶務課長から、さらにその上役の総務部長までもその場に呼びつけて、

（私は、私をドロボウとして取り扱ったその非礼な男を眼の前で馘首《かくしゅ》していただきたいのです、それまではここを動きません）

と言ってやるのだ。

彼女はエレベーターに乗った。大して美人でもない顔を、鼻にかけて、つんとすましている奥様連中とは違って、なにものかに追われてでもいるかのように、きょろきょろしてみたり、ショールに手をやってみたり、保安係員が見たらきっと不審を抱くに違いないような動作をしたが、誰も肩を叩かなかった。

最後の関門のデパートの入口を出るまで彼女に声をかける者はいなかった。

次の土曜日に彼女は婦人手袋売場に現われた。

彼女は、持って来た携げ袋を品物の上に置いて、手袋をあさった。

そして要りもしない手袋を買ってはめると、その手をかくすようにして特売場を出て行った。

今度こそ保安係員が眼をつけるに違いない、事務室に入って、さんざんじらした後で、レシートを見せて、デパートのおえら方を前にして腹一杯毒づいてやるのだ。

（もし私がレシートを持っていなかったとすれば、Ｐデパートは、この手袋を取り上げ

るか、もう一度金を出させるに違いないわ、いったいどちらが本当のドロボウなんでしょう)

だが、彼女に事務室へ来いというような男はいなかった。

(私のみなりがよくなかったからだわ、みなりがいい客には保安係は眼をつけないのだ)

それは彼女の独断であったが、一応考えられそうなことだった。

みなりのことに考えが及ぶと、マサは七年前の屈辱を思い出した。万引よ、あの奥さんがねえと背後に聞いた言葉と、暗い部屋に引っぱりこまれて、腕を組んだまま、彼女を調べた鴨村兵造のことを思い出した。

保安係員が貧しい服装の女に疑いの眼を向け、金持ちらしい女は見過ごすというやり方が、なんとしても許せなかった。

(相手がそう出るならこっちだって)

彼女はわざときたない服装をしてPデパートに出かけていって報復の芝居を演じようかと考えたが、いざその立場に自分を置いてみると、威勢のいい言葉を吐ける自信がなかった。

女である以上、男の前で啖呵《たんか》を切る場合は美しい状態でありたかった。着物の力を借りてものを言うつもりはないが、みじめな格好をしてデパートに行ける自信はなかった。

マサは万引を擬装するという策略を放棄したが、デパートの保安係員に対する報復は思いとどまってはいなかった。

いかなる手段を講じても彼女自身の気の済むだけのことはやりたかった。彼女の執念はこのことだけに凝り固まっていた。

マサのPデパート回《めぐ》りは新しい計画の前提として始められた。

彼女はデパート回りの有閑夫人となって、Pデパートの売場を回りながら、保安係員の動静を探った。

客を監視する保安係員を監視するという風変わりな彼女の行動は一カ月間続けられた。

客を装って売場を回る保安係員の顔を覚えるのは、たいして労力を要することではなかった。鴨村兵造は相変わらず眼つきの悪い眼を八方に配りながらデパートの中を歩き回っていた。

特売場で眼を皿のようにして品物をあさっている女たちに混じって、品物を選択するようなふうをして、眼を左右に配ったり、彼女たちの群れから離れて、なんとなくぶらぶら歩きながらも眼はたえず、女たちの手許に飛ばしていた。

その日彼女は五階の紳士服売場で鴨村兵造を見かけたのである。

鴨村兵造は七年前に彼女をドロボウ扱いにした時よりやや肥っていた。すれ違ったが、マサの方には眼を向けなかった。猜疑《さいぎ》の眼は彼女よりずっと遠いところに向けられていた。

マサがとんでもない冒険をしようと考えついたのはその瞬間だった。

彼女は近くの女店員を呼んで、鴨村兵造の後ろ姿をゆびさして、あのぐらいの年配の人に高級洋服生地を贈りたいが、どれがいいだろうかと相談を持ちかけ、あれこれと何種類かの生地をかかえこんで窓際へ行った。

彼女のすぐ傍で子供が泣き出した。腰には二丁拳銃、長靴を穿いた大変いさましい格好の坊やが、母親にはぐれて泣き出したのである。

マサにかかり合っている女店員が坊やのところへ行って声をかけた。そのすきに、すばやくマサは洋服地の一つをオーバーの下に挟《はさ》みこんだ。

マサから十歩と離れていないところに鴨村兵造が立っていた。

マサはわざと鴨村兵造の前を通ってエレベーターの方へ歩いていった。マサの顔は罪の意識でやや青ざめていた。

鴨村兵造につかまったら、なにを言ったところでこっちの負けだと思った。

万引は成功した。

マサは家へ帰ると、デパートに電話をかけて鴨村兵造の住所を聞くと、正札のついたその生地を、鴨村兵造の自宅あてに郵送した。差出人の住所氏名はでたらめを書いておいた。

ザマを見ろと言ってやった。数日後、マサは婦人靴下を、鴨村兵造が監視している売場で万引して鴨村兵造へ送った。

その後マサは口紅、ハンカチ、セーターの三種を別々の日に、鴨村兵造が監視しているところで万引して郵送した。

郵便局と差出人の氏名はその都度変えた。

マサは彼女の手のこんだいやがらせを通して、鴨村兵造という男が七年前と同じように、今もなお、服装のみすぼらしい女にのみ疑いの眼を向け、ちゃんとしたなりをした女には、注目しないという事実を疑わなかった。

家具売場を歩いている鴨村兵造をマサが見かけたのは、連日梅雨《つゆ》空の続く日であった。

保安係長鴨村兵造を嘲笑する遊びは、もうやめようと思っていた矢先であった。

鴨村を見ると、新しい怒りが湧いた。彼女は、洋服箪笥の正札を取りかえた。一万五千円の正札を二万五千円の洋服箪笥に取りかえてから、鴨村兵造の自宅あて、料金着払いで配達の手続きをとった。家具売場は広々としていて、店員もまばらであるし、そうすることは大して手数のかかることではなかった。

マサが鴨村兵造でない保安係員に、声をかけられたのはその直後だった。

その男はカメラをぶら下げていた。彼女は覚悟を決めていた。むしろ、そうなることを待っていた顔で、男の後を従《つ》いて事務室へ入っていった。七年前の恨みを、大きな声でまくし立ててやろうと思っていた。

(いかにも私はちょっと変わった方法で保安係を嘲笑しました。しかし私はなにひとつデパートの物を盗《と》ってはいない、ちゃんと送りとどけてありますよ)

(送り返す、返さないは別問題です。盗ったことだけで立派に罪は形成する)

鴨村はそう言うに違いない。

(ではどうぞ、警察におっしゃって表沙汰にしてください、私は弁護士を立てて争います。デパートの保安係員の慇懃無礼な人権蹂躙《じゅうりん》を、七年前にさかのぼって訴えましょう、Pデパートにとっては、いい広告になるでしょう)

マサは保安係員の前で言うべきセリフを、ちゃんと用意していた。

保安係の部屋は七年前のあの暗い部屋ではなかった。蛍光灯が明るく輝いていて、テーブルの中央に花が生けてあった。

「私は保安係長の山本というものです」

男は自己紹介してから、

「奥様はお忘れになったかもしれませんが、私は七年前に、奥様が保安係の部屋へお出でくださった時のことを覚えております。あの時、鴨村さんの傍にいたのが私でした」

「女店員をつれて来てくださった方……」

「そうです。あの時はほんとに失礼しました」

「で、あなたが、今は保安係長?」

「そうです、一カ月前に鴨村さんは保安係長をやめて、今は嘱託のかたちで勤めています。辞《や》めねばならない年齢でしたが、辞めた直接原因は奥様がよくご承知のことと存じます。あの妙な事件は私たちにとって、きわめて重大なことだったのです。誰がなんのためにああいうことをするかと考えると、頭にピストルをつきつけられたような気持でした。あなたは鴨村さんを監視し、私は鴨村さんを追う人を探していたのです」

山本係長は、そこで机上に置いてあるカメラに眼をやって言った。

「奥様が正札をつけかえるところを、望遠レンズで写真に撮りました。そして奥様が、あの洋服簞笥を鴨村兵造あてに送ろうとなさっている横顔を見た時、七年前の奥様を思い出したのです」

七年前と今では顔も違っているし、化粧も違っている、この男は嘘を言っているに違いないとマサは思った。

「あなたの横顔は、七年前のあの時とそっくりでした。ああいう場合、たいていの女のひとはひどく興奮して、泣いたり、わめいたりするものですが、あなたはなんていったらいいか、理知的な美しいお顔で、鴨村さんをじっと睨《にら》みつけておられました。今日も奥様の美しい横顔を見て、七年前を思い出したのです」

山本にとってマサの顔が美しいなどとはちっとも思っていなかった。

山本の記憶に残っているのは、泣かないでいた女と耳の下のホクロの二点だった。その特徴から推して、山本はマサにかまをかけてみたのである。

「そうです、七年前ここへ来た女は私です。しかし、今あなたが私をここに連れて来た理由はなんですの」

マサは美しい横顔をした女と言った山本に好感を持った。決して美しいとは思っていないのに、美しいと言われると悪い気はしなかった。彼女は表情をいくらかやわらげた。

「このカメラの中にあるフィルムには、あなたのいたずらが撮られています。私は奥様の前で、このフィルムを露出して、なにもなかったことにしようと思うのです。いかがでしょうか奥様、こんなことで今までのことをお許しいただけませんでしょうか」

山本はそう言いながらカメラのふたを開けて、フィルムを彼女の眼の前で露出して紙屑籠に捨てた。彼女には写真の知識がなかったから、山本に一杯食わされたことに気がつかなかった。

あの場所で、フラッシュもたかずに、彼女の手先の動きが撮れるものではないし、そのカメラには望遠レンズなどつけてはなかった。

「奥様、今後もPデパートをご利用くださいませ」

彼女を送って来て、慇懃丁寧至極に腰を折り曲げてお世辞を言う山本を尻目に、マサはどうにも寄りつけそうもないくらい、貴婦人然と、つんとすまして、Pデパートを出て行った。

おしゃべり窓

一

アパート各階のベランダは南向きに、やや広めにせり出していた。ベランダに植木鉢を置いたり、空箱を置いたり、時にはそこに犬小屋を置く家もあった。ベランダは土のない庭であった。

隣家との境には金属製のしっかりした塀があって、人は通行できないけれども、隣家と話したいときは、小窓を開《あ》ければよいようになっていた。

アパートの住人はこの窓をおしゃべり窓と呼んでいる。男たちにはあまり用のない窓だし、独身者や共稼ぎの家の窓の引っ掛けかぎは錆《さ》びていたが、一般家庭の奥さんたちには案外重宝がられていた。

四階のエミ子とかつ江は一日に一度か二度は必ず覗《のぞ》き窓を通しておしゃべりをするから、覗き窓は開け放しにしてあり、覗き窓を通して両家の庭を風が吹き通していた。

彼女たちが夫を送り出し、掃除を済まし、洗濯物を持ってベランダに出る時刻はほぼ同じであった。二人はなんとなくおしゃべり窓に寄った。

二人のうちで、どちらかといえば、エミ子の方が話好きであり上手《じょうず》だった。主題は彼女の生まれた家を中心に選ばれていた。四国と瀬戸内海が話の背景であった。

「それはそれは広いのよ、歩くとたっぷり一日はかかるくらい広いのよ」

エミ子が彼女の生家の経営する塩田の話をするときにいう言葉である。それは、それはと繰り返すあたりは、なにか物語めいていた。登場する人物は、彼女の肉親や親戚であり、主役はそれらのうちの誰かが務めていた。

エミ子は父を語り、母を語り兄を語った。突然、源平合戦の時、源氏に味方した先祖にまで話が飛躍することもある。

エミ子は話し出すと、その話に区切りがつくまではやめなかった。聞く方のかつ江にしても、途中でやめられると、なんとなく、物足りなかった。

エミ子は確かに話すことに特別な技術を持っていた。

かつ江も、聞いているばかりでなく、エミ子に話して聞かせたかった。

「私の家から荒川《あらかわ》までは……」

そんなふうに話し出して、かつ江は、暗い過去を思い浮かべてやめた。明るい話は一つもなかった。飲んだくれの父や、父に向かって激しい悪罵《あくば》をあびせる母や、家を出ると二日も三日も帰らない兄のことは誰にも話したくなかった。過去は秘密にしておきたかった。黙っているかぎり嗅ぎつけはしない。

かつ江は自分のことは話したくなかったけれど、おしゃべりはしたかった。今日こそ、私が話す番で、エミ子に聞かせ役を務めさせようと思っても、おしゃべり窓に向き合って立つと、かつ江は話題でエミ子に負けた。流行がどうのこうのとか、アパートの近くに今度新築された八百屋《やおや》が高いの安いのという話はお互い同士すぐ飽きた。おしゃべりは、ちゃんと筋を持ったお話でなければ、話す方も聞く方も飽きる。この点エミ子の話術は卓抜しているとも言える。

「あら、あら、ずいぶんおしゃべりしてごめんなさい」

エミ子はひとしゃべり区切りをつけると、かつ江に、おしゃべりの時間を独占したことをわびた。

「いいのよ、どうせ私は、奥さんのように、面白い話ってないから」

そんな時かつ江は聞く方の側にばかり立たされている自分がひどく情けなかった。

おしゃべり窓から離れてひとりになるとエミ子の話が、もう一度かつ江の頭の中の俎《まないた》の上に置かれる。話は大きな鯉の時も、鯛のときもあった。鯉はうちの池で獲れたのであり、鯛のとれたところはうちの海であった。うちの海にうちの舟を浮かべて、うちの使用人を大勢乗せて釣り上げた鯛であった。

「お隣りの奥さんの話って、全部が全部お里の自慢よ」

かつ江は夫の峰沢宗治《みねざわそうじ》に言った。宗治は高校の教師をしていた。

「どんな話だ」

「それがまた、ぜんぜん嘘《うそ》らしいのよ。まるで瀬戸内海を自分の家のように話すのだから」

　エミ子の話をすると宗治は面白がった。

「ほらだと思って聞いていれば、腹は立たない。塩田を一周するのに、一日かかるなんて、いかにも、もっともらしく面白いじゃあないか」

　かつ江はしゃべりたい欲望を夫の前にぶちまけた。エミ子の話の受け売りを、エミ子が話した時間以上に尾鰭《おひれ》をつけてしゃべりまくった後で、

「結局、女の見栄《みえ》よ、虚栄よ、実家の自慢以外になにものもないのよ」

　かつ江は最後に、きっとその話にとどめをさして溜飲を下げた。

　思い切りしゃべった夜のかつ江は機嫌がよかった。しゃべるだけしゃべり、里自慢することと以外能のない人間だとエミ子を罵倒したあとは気がせいせいした。身体中が一種の興奮状態におかれて燃えた。こういう夜は、かつ江の方から、鼻声を立てて、宗治の方へ身をすりよせていった。

二

　アパートの四階からは芽を出したばかりの麦畑をへだてて、欅《けやき》の巨木と樫《かし》の木の防風林が見える。薄い朝靄《あさもや》の層の中に防風林は閉じこめられ、森の中の農家から立ち上る紫

色の煙が靄の層に突き当たって水平に折れる。

峰沢宗治は起き上がるとすぐベランダに出て、歯を磨く。ほんの二分か三分、鏡に向かって、楊枝《ようじ》を動かす時間を、そこに立って、外を眺めるのである。三分以上、そうしていることはないが、おそくなりますよ、とかつ江に注意されて、口をすすぎ顔を洗う。

「武蔵野の名残りが窓一杯に見える」

彼はその言葉がひどく好きだった。誰が来ても、窓に向かってこの言葉をはいた。相手がその言葉に共感を示さないと補足した。春らしくなったとか、欅の萌黄《もえぎ》色の葉が美しいとか、秋の武蔵野のすばらしさは、くぬぎ林にあるのだとか、季節季節に応じた感想を述べた。

「そうね、でも私はこういう平凡な景色よりも、窓から風に揺れるアドバルンが見えたり、夜になると遠くネオンの灯が明滅するような風景の方がいいわ」

その朝は宗治の武蔵野礼讃《らいさん》に対してかつ江が反撥《はんぱつ》した。

「いまにお前もこの景色が好きになるさ。金で買えない眺めだよ。生涯ここに住んでいても、決して悔いのないところだ……だが……」

宗治は箸を動かすのを止めた。

「だが、どうしたのよ、急に話を止めて……」

「妙なことを思い出したんだ。きのうの午後廊下を歩いていると女子生徒が、幸福って長く続くものではないわと言っていた。そんなことは誰だって言うことだ。そのあたり前のことが、今突然、頭の中に浮かび上がったのだ」

「あなたは、現在が幸福の絶頂だと思っているから、頂上からころがりおちる恐怖におびやかされるのよ。私はそうは思わない」

そうは思わないというところにかつ江は力を入れて言った。

「すべからく人生に希望を持てとでも言いたいだろう……先の希望なんて全然ない教師が生徒に向かっていう寒い言葉だ」

そして彼はドテラを脱いで、洋服に着かえながら、

「もうすぐ冬だな」

とひとりごとのように言った。

「そう、すぐ冬が来るのよ、お隣りの奥さんが、にせもののミンクのオーバーを見せびらかす冬が来るのよ」

「にせものか、あれが……」

宗治は両手をうしろに伸ばして、かつ江が上衣《うわぎ》を着せかけてくれるのを待った。そうすれば、いつもなら、黙っていても、滑りこんで来るはずの上衣が、手に触れないので、振りかえると、かつ江が、上衣を両手に持ったまま、横眼で隣家の壁を睨《にら》んでいた。

宗治を送り出してからかつ江は、いつものようにすぐ跡かたづけには手を出さず、べ

ランダの椅子に座って外を眺めていた。大きな声をあげて叫ぶか、羽があったらベランダの手すりから両手をひろげて飛び出したいような気持ちだった。

「この景色のどこが一体いいのだろうね」

彼女は武蔵野に向かって毒づいた。日が上ると、靄は消え、前の森に影ができた。

「お静かね、奥様」

物干し竿に洗濯物を通す音がした。エミ子の顔が覗き窓に寄る前にかつ江は椅子から立ち上がって、とんがった唇を引っこめ、笑顔になりかかる前の表情を用意していた。

「武蔵野って広いのね……アパートもいいけれど、やはり、庭のある家を武蔵野のどこかに欲しいわね」

かつ江が言った。

「私の従兄《いとこ》の家はね……」

エミ子が身体を乗り出して、話し出した。エミ子の従兄の家は渋谷《しぶや》にある。二千坪ほどの邸の広さで、中に築山《つきやま》もあるし、プールもある。

エミ子が私の従兄という時には、従兄と自分自身を同位に置いて話しているようであった。従兄が広い家に住み、多くのひとを使い、うまいものを食べ、高級車を走らせることが、まるでエミ子の日常生活のことのように話していた。

(とうとうお里自慢は従兄にまでなったのね)

かつ江は黙って聞いていた。エミ子の話が創作だと思えばたいして腹も立たなかった。

「いいわね、立派なご親戚があって。渋谷のどこなの、なんていうお宅」

かつ江は意地悪く聞いた。話は全部エミ子の創作で、渋谷に従兄はいても、小さい家に住んでいるか、または前に住んでいたことがあって、その近所に大きな邸宅でもあるのだろうと思った。しかしエミ子の回答はしっかりしていた。町名も番地もはっきりしていたし、道順もはっきりしていた。

「ほんとだよ、その従兄のことは」

その夜、宗治はたった一本の酒に顔を赤くして言った。

「私は嘘だと思うのよ。ほんとだったら、なぜもっと早く言わなかったのかしら、お隣りとはもう一年のおつき合いよ。お隣りの奥さんの自慢は、実家から始まって、兄弟、伯父、伯母……ずいぶん聞いたわ。でも従兄の話は今度がはじめてよ。きっとお隣りの奥さん、自慢の種がつきたのよ」

「さあ。だが、どうもその話は本当のような気がするんだ。話の中に真実性があるようだね。その家に行ったことがないと、そうまでくわしくは話せない」

翌朝、かつ江は渋谷のデパートに出かけていって、電話帳をくった。エミ子の言ったとおりの家がちゃんと電話帳に載っていた。かつ江は電話機の前でしばらく考えた末、受話器を上げて十円玉を落とした。

「こちらは私立探偵社の者でございますが、お宅のご主人と砂宮良子《すなみやよしこ》さんとはご親戚でございましょうか」

かつ江はその家の主婦を呼び出してとぼけて聞いた。砂宮良子はエミ子の妹であり、ときどき隣家に遊びに来る。

「主人の従妹《いとこ》ですが、なにか……」

「はあ、ちょっと……結婚調査の依頼を受けましたので……」

かつ江は電話を切った。冷や汗が出たついでにエミ子に教わったとおりの道順で、その家へ行ってみた。二千坪はなかったが大きな家だった。エミ子の自慢はほぼ当たっていた。

「そらみろ。案外お隣りの奥さんの里自慢は、ほんとうかもしれないぜ。一日走っても回り切れない塩田があるかもしれない。広いという意味ならば、一日走るのを二日にしても、嘘を言っておこるほどのこともないだろう。親も兄弟も親戚も揃って恵まれたひとだってあるだろう……お前の場合とは……」

と言いかけて宗治はあわてて持っていた盃《さかずき》を口にやった。狼狽《ろうばい》が顔に現われていた。

かつ江は父の失業のために、高校を二年で中退させられるところを、その高校の教師であった峰沢宗治の援助で卒業した。二人が結婚したのは、それから四年目である。

「あなたは私と結婚したことを後悔しているのね、お隣りの奥さんのように、兄弟親類がみんな立派な人と結婚すればよかったと思っているのでしょう」

寝床に入ってからかつ江が言った。

「ばかな、今さらなにを言うんだ。お前のために俺はあやうく、学校をくびになりそうになったのだ」

そう言いながら伸ばした宗治のゆび先がかつ江の身体に触れると彼女は、不潔なものからでも逃れるように飛び退《の》いて、彼女の布団を部屋の隅に引いた。

三

ベランダにいるかつ江は強い防虫剤のにおいを嗅いだ。彼女は覗き窓の方にきつい眼をやった。においは覗き窓を通して西風に送られて来るものだった。

かつ江は覗き穴に近よろうかどうしようかしばらくためらっていたが、結局、覗いた。思ったとおり、ミンクのオーバーが竿に吊り下げてあった。

そのオーバーがミンクでないことをかつ江は去年調べて知っていた。ほんもののミンクのオーバーを銀座まで見に行って、にせものとの見分け方までちゃんと聞いて来たのである。エミ子のオーバーは、ミンクまがいのものでもずっと劣等品であった。

かつ江はにせもののミンクのオーバーなど羨《うらや》ましくはなかったが、エミ子の自慢が、また蒸《む》し返されるかと思うとやり切れない気がした。

そのオーバーはアメリカに行っているエミ子の姉からの贈り物であった。エミ子の里自慢は、姉において頂点に達していた。

会社の駐在員の妻としてアメリカに渡った、エミ子の姉の生活が、いかに華美であるかをエミ子が話し出すとたっぷり一時間はかかった。

「奥様……」

と隣りの窓から声がかかった。

お寒くなりましたわね、エミ子は言った。そして彼女は、いきなりミンクのオーバーの自慢を始めたのである。

「ほんもののミンクのオーバーって、日本には数えるぐらいしか輸入されていないんですってね」

そしてエミ子はミンクのオーバーを持っている女性の名前を次々とあげた。なにかの本を読んだらしかった。

「私ってうかつね。ミンクのオーバーが、そんなに高価で、一流婦人しか持ってはいないってことをこのごろやっと知ったのよ」

エミ子は白く塗った顔を覗き窓一杯に見せて言った。化粧したエミ子の顔はおかめに似ている。覗き窓の額縁にはめこまれたおかめの面はやや上気していた。

にせものよ、それは。私は銀座の毛皮商でちゃんと調べて来たのよと、かつ江は言ってやりたいのをかろうじて我慢していた。かつ江は利口者であった。高校をずっと一番の成績だったし、器量もよかった。だから峰沢宗治が、中退しようとするかつ江に援助の手をさし伸べるつもりになったのである。

「ほんとに羨ましいわ。そんなすばらしいオーバーを着ているひとなんか、この辺どこにもいやあしない」

かつ江は心の中でぺろりと舌を出していた。

「ほんもののミンクっていいものね。姉から貰ってもう三年たつけれど、毛一本抜けるでなし、色だって変わらないのよ」

エミ子はいくらか、身体をずらして、竿に吊り下げてあるオーバーをゆびさした。オーバーの上に、鉛色の冬の空があった。

「あなた、稀硫酸《きりゆうさん》を少しばかり、びんに入れて持って来てくださらない」

「稀硫酸？」

宗治はかつ江のあまり突飛な要求に思わず大きな声をあげた。

「稀硫酸と亜鉛を持って来ていただきたいの」

「稀硫酸と亜鉛、水素でも作るというのか」

宗治は学校で化学を教えていた。

「風船を飛ばしてみたくなったのよ。赤や青の風船を部屋一杯飛ばしている夢を続けて二晩も見たのよ。とても楽しかった。ひょっとしたら……」

彼女は下を向いて小さい声で、できたかもしれないと言った。

「できた？　できるはずがないじゃあないか」

「でもわからないわ。あなたっていつもせっかちだから」

そう言われると宗治も、避妊法が完全だったという自信はなかった。

「できてもいい。そろそろ俺も、赤ん坊が欲しくなった。だが、風船とできたのとどういう関係があるのかな」

「妊娠するとまず食物の好き嫌いが始まる。そして気分が落ちつかなくなる。なにかしてみたいと思うと、それが抑制できなくなるのだそうよ」

なるほどと宗治はうなずく。かつ江はすでに、妊娠に関する予備知識を本で読んでいるのだなと思った。

「さからわないで、そっとしておけば、妊婦の気分は間もなく落ちつくわ」

かつ江は妊婦になり切ったような顔で笑った。

「でも、そんなことひとに言っちゃいやよ。女房が妊娠したので風船を飛ばしてみたくなったなどと他人に話してごらんなさい、いい笑い者にされるから」

宗治は登校するとすぐ実験室に入って、稀硫酸と亜鉛を用意し、発生した水素ガスを導く三角フラスコとゴム栓とガラス管を準備した。

アパートに帰るとかつ江が風船を買って来て待っていた。

「その泡の一つぶ一つぶが水素ガスなのね」

彼女は宗治が水素ガス発生装置から出る水素を風船につめる手先を注意深く見詰めていたが、自分から手は出さなかった。

「明日一日かかって、私は風船で、この天井をいっぱいにするのよ」

彼女は宗治と枕を並べて寝てから言った。

「風船でいっぱい？　それは大変だな。あれだけの稀硫酸では足りない」

「あれだけあれば十分よ」

天井に向かってたたきつけるような言い方だったので、宗治は、彼女の横顔を見た。なにかを狙《ねら》うような眼で彼女は天井を見ていた。天井を赤と青の風船でいっぱいにする予定を考えている顔ではなかった。

「かつ江どうしたんだ」

宗治が彼女の肩を軽く叩《たた》くと、かつ江は、はじかれたように、彼の方を向いて、抱きついて来て、乱暴にも思われるほどの積極さで愛撫を求めた。

どうかしているなと宗治は思った。今までとは確かに違った。一方的に目的に向かって前進しようとするかつ江だった。男と女を転倒したようにかつ江は夜の主導権を握った。

宗治は熟睡した。昨夜は大変な儲《もう》け物をしたような顔をして眼を覚ますと、傍《そば》にはもうかつ江はいなかった。天井にくっついたままになった赤と青の風船は、昨夜にくらべると、やや体積を収縮したようだった。かつ江はベランダに出て空を見ながらなにか考えていた。

「注意するんだぞ。稀硫酸はこぼしてもいけないし、水素に火気は禁物だ。分かっているな」

宗治は家を出る時、かつ江に水素ガス発生装置についてもう一度注意した。

かつ江は首肯《うなず》いた。

その夜宗治は、天井に少なくとも、二十個ぐらいの風船がひしめきあっているだろうと想像して帰って来たが、風船は朝あった二個だけだった。

「どうしたんだ、風船は」

「気が向かなくなったの」

かつ江は、けろっとした顔で言ってから、やはりそうよ、今朝あなたが出てから、少々吐いたのよと言った。

急に風船を欲しがったり、装置を用意すると、もうそんなことはどうでもいいような顔をするかつ江は、たしかに今までと違って見えた。宗治はそれをかつ江の妊娠と結びつけていた。

二個の風船は天井に張りついたまま四日たった。

その日も覗き窓は開けたままだった。九時になって、エミ子が、デパートに買い物にいかないかとかつ江を誘った。

「光栄よ。ミンクのオーバーのお供ができるもの」

かつ江はエミ子との同行を承知して部屋に戻ると鏡に向かった。おそろしく、思いつめたようにとがった顔がそこにあった。

「ほんとに妊娠したようだわ」

彼女は鏡の中の自分に言った。鏡の隅に天井にへばりついている風船が見えた。どこからか吹きこんで来る風で、二つの風船がぶっつかり合っていた。かつ江は化粧を途中でやめて、物差を持って立ち上がると、風船を打った。風船は一つは簡単に破れたが、一つは割れずにふわり、ふわりと逃げ回った。ちきしょうめと、彼女は女の口からはあまり聞かれない言葉を吐いた。逃げ回る風船は、彼女の心の秘密をなにからなにまで見ていたような気がする。生かしてはおけない風船だった。

手応えがあった。風船は一メートルも飛んだが、割れずにベランダに逃げた。窓を閉めておかなかったのが悪かったと思ったが、もう遅かった。ベランダに出た風船はそこに待っていた、冬の西風がさらって逃げた。

かつ江は、押入れを開けて、木の箱の中から稀硫酸のびんを出して、ミシン油のからびんに、スポイトで注意深くうつし取った。栓は厳重にした。ハンドバッグにそのびんを入れてから、彼女は台所に立っていって水を一口飲んだ。

「ミンクのオーバーを着ているひとって、全然見かけないわね」

エミ子は自分の心の中に持ちこたえられないものをかつ江の前に出した。

「それはそうよ。ほんもののミンクのオーバーは日本に数えるほどしか輸入されてはいないんですもの」

かつ江はいつかエミ子から聞いた話をそっくり、エミ子に返上した。

「でも銀座に出たらどうかしら」

「行ってみましょうよ、銀座へ。東京中歩き回ってもおそらく、奥様のミンクのオーバーほど立派なオーバーを着ているひとには出会いませんわ」

讃《ほ》め過ぎたなとかつ江は思った。心の中の憎悪が、当てつけのかたちで、ひょいっと表面に浮かんだのだと思った。かつ江はいそいでそのつぐないの言葉を考えた。

エミ子は至極機嫌がよかった。かつ江の当てつけをエミ子は当てつけと気がついていないようだった。エミ子が顔をやや傾けて、そうかしらと言うと、いよいよおかめに似て見えた。

頭が弱いんだなとかつ江は、エミ子の横顔を見ながら思った。弱い頭にしては、おしゃべり窓でのお話がなぜあんなに上手にできるのか不思議だった。

デパートの食堂で、かつ江は窓側に席をとってからエミ子を手招いた。

「窓側の方が落ちついていていいわね」

食事が運ばれる前にエミ子が洗面所に立とうとして、ミンクのオーバーを椅子にかけておこうとするのを、かつ江が手を伸ばして、よごされたらいけないから、私の膝の上へ置くわと言った。エミ子の姿が見えなくなると、すぐかつ江は膝に載せたミンクのオーバーの上でハンドバッグを開いて、バッグの中で稀硫酸のびんの栓を取った。

用意はできた。彼女は周囲を見回した。背後はガラス窓、前の席には、田舎の人らしい一群が大きな声で話しながら食事をしていた。

彼女はオーバーの背筋にそってハンドバッグを動かした。ハンドバッグを眼かくしにして、稀硫酸の小びんを一直線に引いた。小びんの中の液体の三分の一はオーバーにそそがれ、白い小さな泡を立てて毛の下に吸いこまれていった。彼女はハンドバッグの中に小びんをしまいこむと、ハンカチで、毛皮の上をこすった。二、三度こすると、もう液体のこぼれた感じはなかった。右手のゆび先に稀硫酸がついて焼けるように痛かった。改めて彼女はハンドバッグの中からコンパクトを出した。かつ江の化粧はエミ子が席に戻って来るまで入念に続いた。

「風船はどうしたんだい」

宗治が帰って来て言った。

「逃げたわ、逃がしてやったのよ」

「でも一つは割れている」

宗治は割れた青い風船をつまみ上げて、風船とかつ江の顔を見くらべていた。

「私が割ってやったのよ。憎らしいから私が物差で追いかけ回して切りつけてやったんだわ」

彼女は風船に対する憎悪だけでは済まされないようだった。彼女は押入れを開けて、稀硫酸と水素ガス発生装置の入った木箱をさして宗治に言った。

「危険なものは家に置かないで、学校に持ち帰ってちょうだい、もう見るのもいや」

宗治はなにも言わなかった。かつ江は妊娠したに違いないと思った。

「近ごろ、お隣りの奥さんの話をちっともしないじゃあないか」

夕食の膳に向かって宗治はかつ江に言った。

「もう自慢することがなくなったのでしょう」

「自慢話も面白いが、自慢でない話だってあるだろう。隣り合っているのだから」

「あなたはお隣りの奥さんの自慢話が聞きたいのでしょう。瀬戸内海に島を五つも六つも持っている実家の自慢話や、エレベーター付きの高級アパートに住んでいる兄さんの話や、東京と大阪を毎日飛行機で往復している伯父さんの話などが聞きたいのでしょう。そういうブルジョア趣味があなたにあるのだわ」

しかし、宗治はかつ江の突っかかりをまともには受けず、

「ブルジョア趣味といえば、例のミンクのオーバーは相変わらず着て歩いているかね」

「女って、ある物は見せびらかしたいものなのよ」

宗治はかつ江の顔を見た。ひょっとすると隣りといさかいをしたのかと思った。それならそれで、それらしいことを言ってもいいはずのかつ江が、隣家のこととなると、近ごろさっぱり口に出さないのを変だなと思っていた。

霜が何回かおりると、武蔵野の景色はまた変わった。峰沢宗治はベランダに出て、大きく深呼吸をついて言った。

「武蔵野の名残りが窓一杯に見える」

いつもの癖だったがいつもより声が大きかった。彼はその声が隣りに聞こえはしないかと思った。覗き穴の向こうに、誰かが動いているのが見える。宗治はいそいで楊枝を口にくわえた。アパートから駅までの霜柱の道を通勤者が一列になって歩いていた。列は駅の構内でくずれて、プラットフォームに横に並ぶ。

「武蔵野の名残りが……どうしたのでしょうか、あとがよく聞こえませんでしたが」

隣家の須賀森重雄《すがもりしげお》が宗治の姿を見かけて笑いながら言った。

「ああ、ベランダでのひとりごとを聞かれたんですね。あれは、武蔵野の名残りが窓一杯だと言ったんです」

なるほどと、須賀森重雄は、その言葉をなんどか繰り返してから、うまいと讃めた。

電車が止まると座れるあてもないのに、通勤者は入口に殺到した。

「こみますね」

「オーバーの厚みだけ、夏より窮屈になった」

「そう、オーバーですよ。こいつは男にとっても女にとっても厄介なものですな。なくったって、東京の冬ならどうにか過ごせるが、あるためにいやな思いをしなければならない」

須賀森重雄はそこまで言っておいて、ちょっと周囲を見回してから、宗治の耳に口をよせて言った。

「うちの女房のミンクのオーバーに硫酸をかけられたんです。たぶん電車の中だろうって話ですがね」

「硫酸を」

宗治は思わず大きな声を出した。

「毛の色が変わって来たので気がついたのですが、硫酸は皮までしみこんでいるらしい」

「えらい損害ですな」

硬直したかつ江の顔が浮かんだ。かつ江の右手の爪先《つまさき》の間に、爪垢《つめあか》とも思えないほどの黒ずんだしみをみとめて、覗きこんだ時、急に手を引っ込めたかつ江の青い顔を思い出した。

「お隣りの奥さんのミンクのオーバーに硫酸がかけられたそうだ」

家に帰ると宗治はかつ江の眼を見ながらそれを言った。やはりかつ江は宗治の凝視にたえられずに、横を向いた。

「たぶんその話はお隣りの奥さんから、お前も聞いただろう。なぜそれを俺に話さないのだね」

「いちいち、お隣りの奥さんの言ったことをあなたに報告しなければならないのでしょうか」

かつ江の腹がすわった。徹底的に否定し続けるつもりでいた。宗治はいつものようにドテラに着替えようとしなかった。彼は、一分の隙もなくかまえている妻の前を通ってベランダに出た。

武蔵野の夜景にも、名残りがあった。防風林の中の農家から洩《も》れるあかりが、梢《こずえ》のゆれるたびに明滅していた。

「いつか、学校で耳にかけた、幸福というものは長くは続かないということは本当だったよ」

彼は闇に向かって言ってから、引きかえして来ると靴を履《は》いた。

「どうするのあなた、あなたは私を捨てるつもり」

「お前がおれを捨てたのだ。稀硫酸に一度も手を触れたはずのないお前の右手の爪先の色がなぜ変わったんだ」

「でも私はあなたを愛している。それに、私は妊娠している」

「明日医者に診《み》てもらうんだな。本当に妊娠しているんだったら考え直そう。とにかく、今夜からは別居だ」

宗治の靴音が聞こえなくなってもかつ江は玄関に突っ立ったままだった。

執念

一

終戦の年、屋東柳太郎《やとうりゅうたろう》は東京近郊の軍需工場の監督官をしていた。当時の軍人の誰でもそうであったように、彼の眼光は人を刺すように鋭く、彼が怒鳴り立てると硝子がびりびりふるえた。彼は左足をやや引きずるようにして歩いていた。支那事変が始まって間もなく、敵の弾丸を受けたのだと一般には伝えられていたが、工員の一部の間に、彼の負傷は後ろ弾《だま》、つまり味方の狙撃《そげき》によるものだとまことしやかに言っているものもいた。このような噂《うわさ》が流布《るふ》される原因は彼自身にあった。この軍需工場の従業員に対する彼のやり方は苛酷《かこく》というよりもむしろ狂人的でさえあった。彼はしばしば、予定生産量に達しない場合は、その職場の責任者を叩っ切ると豪語した。ある職長は彼の組の生産量が予定額に達しなかったという理由で、おおぜいの工員の見ている前で、屋東に殴《なぐ》り倒され、靴で蹴とばされた。

屋東柳太郎は監督官室にふんぞりかえっていた。工場主はこの気むずかしい独身の監督官のご機嫌でもとるつもりか、彼が机上のベルを鳴らすと、隣室の総務係の女事務員が御用を伺いに参上することにしていた。この計画はある程度成功した。屋東柳太郎も若くて美しい女の前で軍刀を抜くようなことはしなかった。ただ彼はひどく気むらであった。三カ月も経過すると、気が利《き》かないという理由で事務員を交替させた。

三度目の屋東柳太郎付きの女事務員として選ばれたのは赤根《あかね》トリであった。トリは徴用工として、東北のある女学校から集団でこの工場に来ていた。彼女の朋輩《ほうばい》の多くは、工員としての職場を与えられたが、彼女は手をよごさないで済む、総務課に配置されていた。頰の赤い、眼のぱっちりした可愛らしい十七歳の少女であった。

赤根トリは総務課長に連れられて、軍監督官、屋東柳太郎の前に立った時、思わず身震《ぶる》いをした。処女の直感が屋東の混濁《こんだく》した眼の中からおそろしいものを読み取っていた。うつむいたまま、かすかに身を震わせているトリに、屋東は落ち着いた声で言った。

「故郷《くに》はどこだ」

トリはほとんど聞こえないくらいの小さい声でそれに答えたが、顔を上げられなかった。

「ものを言う時には相手の顔をよく見ていうものだ」

屋東にそう言われて上げたトリの顔は蒼白《そうはく》だった。屋東は前よりもいくらかやさしく、

「そう固くならないでもいい、なにごともごく自然にすればいいのだ」

そして屋東は気をつけの姿勢で突っ立っている総務課長に笑顔を見せた。めったに見せたことのない屋東の笑顔を見た総務課長は、トリの第一印象が監督官を満足させたことを疑わなかった。彼は監督官室を出た足で、工場長にそのことを報告した。

トリの仕事はごくやさしい仕事であった。屋東がベルを鳴らすと、監督官室に入っていって、用件をうけたまわって、それぞれの部署に伝達することと、回って来た文書を屋東の机の上の未決と書いてある箱に入れるだけであった。たいてい書類には㊙の朱印がついてあった。秘という文字に会うたびに彼女は顔をそむけた。秘と書いた書類を持ち運ぶうちに、自分自身、大きな秘密の中に埋もれてしまいそうで不安だった。

昼食時になると食堂から監督官専用と書いてある箱の中に入れられた食事を選ぶ仕事と茶を淹《い》れる仕事があった。この方は書類運びや、形式的伝言の承《うけたまわ》り役より楽であった。茶を淹れながら彼女は、白い飯を丼《どんぶり》一杯食べられる監督官の身分をうらやましいとか、不公平だなどとは決して考えなかった。彼女は監督官の口に運ばれている白い飯粒が、彼女の故郷で穫《と》れた米ではないかと考え、もう幾月も会っていない、両親や、妹のことを考えた。すると、むしょうに悲しくなった。故郷へ帰りたい、家へ帰りたいという気持ちが、彼女の顔を曇らせた。

「ドアをしめろ」

屋東が言った。トリがドアをしめると屋東は半分食べかけた飯の丼とおかずの皿を両手に持って彼女の前に突き出して言った。

「これを食べろ、早いところ食べるんだ」

彼女たちは会社の食堂で明けても暮れても雑炊《ぞうすい》ばかり食べていた。常に飢えていた。

食べたいという欲望があらゆるものに勝って熾烈《しれつ》だったが、屋東に食べろと言って出された、白い飯と、芋と肉の煮ころがしにはすぐ手が出せなかった。好意とは見えなかった。憐憫《れんびん》でも、もちろん軽蔑とは思えなかったが、なにか屋東のそうした行為の中に不純な裏があるように感じられた。

「食べないのか、さっさと食べろ」

屋東は丼と皿を彼女に突きつけて言った。半ば命令口調であった。彼女が一歩さがると屋東の丼と皿はさらに一歩前進して、彼女の胸のふくらみのあたりを突くように狙《ねら》った。彼女はその攻撃をよけるために、思わず、丼と皿に手を掛けた。

「食べろ、そこで座って食べろ」

屋東は黄色い歯を出して笑った。トリは丼と皿を両手に持ったまま敗北を感じていた。それ以上に食べることに抵抗していると軍刀でも抜きそうに思われた。彼女は、冷たい床の上にきちんと座って、飯を食べた。犬になった気持ちだった。旨《うま》いはずの飯が砂を嚙む感じだった。

この日の屋東の好意は屈辱として彼女の心に重く沈んだ。

監督官、屋東柳太郎は翌日外出した。トリは昼食時の休憩時間を利用して、彼女と同じ町の中学校から徴用されて来ている従兄《いとこ》の折里幸司《おりざとこうじ》を探した。幼い時から兄弟のようにつきあっている従兄に彼女の心の重荷をうったえたかった。

二人は日当たりのよい板壁を背にしていた。屋東が、飯を丼に半分食べ残して、彼女に食べろとすすめたことを話すと折里幸司はちょっと悲しそうな顔をした。なにも言わなかった。腕を固く組み合わせたままで、眼を細めて、太陽を仰いでいた。

「ねえ、幸司さん、今度食べろと言われたらどうしたらいいの」

「そうだな……そう言われない前に、部屋を出てしまったら」

トリはその次の日、幸司に教えられたとおりにやった。その日はそれで済んだが、その翌日屋東は、食事にかかる前に、はっきり言った。

「一緒に食べろ」

彼は丼のふたに、飯を半分盛り分けて彼女に渡した。

「椅子を持って来て、俺と一緒に食べろ」

それは斥《しりぞ》け得られない命令であった。床の上に座って残飯を食べた時のような屈辱はなかったが、すぐ眼の前で箸《はし》を動かしている屋東柳太郎の脂切った顔を見るとやっぱり咽喉《のど》に通らなかった。外見的には屋東の飾り気のない好意のようだったが、彼女にはそれが、屋東のなにかの目的のための基礎がために思われてならなかった。

二

その日、赤根トリは屋東柳太郎の命令どおり、紙包みを持って、彼の家を探した。思ったより大きな二階建ての家だった。手伝いの婆さんがいるから、包みをその女にわたしてくれとたのまれたのだが、老婆はいなかった。何度声をかけても無人の家のようにしんとしていた。トリはこわくなった。包みをそこに置いて帰ろうか、老婆の来るのを待とうかと玄関に突っ立ったままで考えていると、背後に引きずるような靴音を聞いた。

やあ、ご苦労、さああがれと屋東柳太郎は取ってつけたような笑い方をした。笑いながら、彼は内側からキーキー音を立ててさし込み錠をかけた。

「二階へ上がるんだ」

命令口調であった。摑《つか》まれた腕は折れるほど痛かった。声も出なかった。二階へ引っ張り上げて、彼がなにをしようとしているのか、トリにはほぼ想像がつきかけていた。

彼女は泣きながら、許してくださいと言った。

「許してくださいか、あいつもそう言った……」

屋東はトリの哀願をせせら笑いながら、摑んだゆび先にさらに力をこめて、彼女を二階に引きずり上げていった。

偶然のように二階の窓が開いていた。トリは屋東に抵抗しながら、いよいよとなったら、その窓から飛びおりるより方法はないのだと思っていた。冬の弱い日が、部屋の中ほどまで、さし込んでいた。

屋東は六畳の部屋に追いこんだ小鳥にすぐ爪をかけなかった。猫が捕えて来たえものをすぐには殺さないで、もてあそぶ時のように、トリの無力にも等しい抵抗を楽しんでいた。トリが結局はあきらめて、すべてを放棄することを確信していた。だが、トリは彼が経験した他の女とは違っていた。彼の手が、トリのモンペの紐《ひも》にかかると、彼女は絹を引きさくような悲鳴を上げた。屋東としては予期しないことだった。彼はいささかあわてて、彼女の口を手でふさごうとした。

道路をひとつ越して隣り合わせている家の窓が開いて、子供が顔を出して、なにか叫んだ。家人でも呼んでいるようであった。

屋東はその時になってはじめて、窓が開いていたことに気がついた。屋東が窓をしめにかかったすきに、トリは彼の手から逃れて階段をかけおりた。玄関のさし込み錠前《じょうまえ》をあけながら、肩に屋東の手がかかったら今度こそおしまいだと思っていた。

その夜トリは男子寮に従兄の折里幸司を訪ねた。中学生たちを引率して来ている中学校の教諭が従兄に面会したいというトリの希望を許した。夜分のことだからと、トリに五分間の面会時間を許して、二人を寮長室に入れた。

「なんの用だね、トリちゃん」

幸司はトリが来たのは、おそらく、監督官付き女事務員という妙な職場に対する不平でも聞いてもらいたくて来たのに違いないと思っていた。

「わたしいやになったの」トリが言った。

「いやになった？　俺だってこんな生活はいやさ、口にこそ出して言わないが、誰も彼も早く戦争がおしまいになってもらいたいと思っている」

「違うのよ幸司さん、わたしは今のところがいやになったのよ、おそろしいのよ、いやらしいのよあの監督官……」

しかし、その先は言えなかった。なにもかも洗いざらいに、この従兄に言ってしまうつもりで来たものの、言えなかった。恥ずかしさもあったが、従兄に言って、従兄に迷惑がかかることをその時になってあらためて想起した。

トリはなにも言わなかった。面会時間が終わるころになって、彼女は、

「わたし殺されるかもしれないわ、殺されなかったら、自分で死ぬかもしれない……」

投げ出すような言い方をした。

「誰がトリちゃんを殺そうとしているのだ」

彼女はその人の名を彼女の口の中で言った。声にはならなかったが、折里幸司にはその男の名前が聞こえた。

「どうせ殺されるなら、幸司さんに殺されたい」

トリはかっと眼を見開いて言った。一瞬折里幸司は彼女の眼の中から、彼女の持っているあらゆる憎悪を継伝《けいでん》されたような気がした。折里幸司はつばと共に彼女の不定形な

願いを飲みこんだまま震えていた。

トリの死体が防空壕の中から発見されたのはそれから数日たってからだった。犯されていた。最後まで激しく抵抗した跡が残されていた。

幾人かの男が容疑者として警察に引かれていった。赤根トリの従兄として折里幸司も警察に呼ばれたが、彼はトリに関してなにごとも語らなかった。赤根トリの遺骨を受け取りに故郷から彼女の父と妹の春子が上京した。

いよいよ骨を抱いて故郷へ帰る日、親娘《おやこ》は監督官室に挨拶に行った。父親は丁寧に頭を下げて礼を述べたが、トリの妹の春子は、頭を下げながらも上目使いに屋東の顔を睨《にら》んでいた。

赤根トリの殺人事件は迷宮入りとなり、工場は夏を迎え、再度の爆撃に遭《あ》ってその機能の半ばを失った。

終戦と同時に会社は閉鎖の形式をとり従業員全部を解雇した。会社側は一応こうしておいて、後で少数の人員を集めて、会社再建を計ったのである。地方から上京していた徴用工たちのほとんどは敗戦と同時にそれぞれの故郷に帰っていった。がら空きになった女子寮に総務課に所属していた三人の女が残っていた。総務課長が帰れと言っても首を横に振った。ひとりずつ別室に呼んで帰らない理由を聞くと、女たちは屋東柳太郎との肉体関係を初めて明らかにした。

徴用男子工の中で、一人だけ故郷に帰らない男がいた。折里幸司である。その日折里幸司は一度は会社の門を出たものの、すぐ引きかえして、トリが殺された防空壕のあたりへ歩いて行った。夏草の中へしゃがみこむと彼の姿は見えなくなった。彼はそこにじっとしていた。

「なにをしているんだ」

不意に声をかけられた折里幸司は眼を上げた。彼とそう遠くないところに、工員服を着て、作業帽を深くかぶった男が、折里幸司と同じような姿勢で草の中に座っていた。工場で職長をしていた男だった。

「貴様も、すぐに帰れない理由がなにかあるのだな」

男は草叢《くさむら》の中を這《は》うようにして折里幸司の傍《そば》に来て言った。折里幸司はなにも言わなかった。二人は無言のままで、草の中に座っていた。草の間から監督官室の入口が見えた。

屋東の姿が見えるたびに男はきっとなって、ポケットに手を入れた。日が落ちて、蒸し暑い夜になった。監督官室の電灯がついた。遮光幕《しゃこうまく》を取った監督官室は別の世界のように明るかった。

「屋東を狙っているんですね」

折里幸司が言った。草の中で長い時間、じっとしている二人の目的が無言の裡《うち》に通じ合っていた。

「殺してやるのだ、俺はあいつに犬ころのように蹴とばされ、傷つけられたんだ」

男はポケットに忍ばせている小刀を折里幸司に示して、

「当然殺されていい奴なんだ、屋東はこの防空壕の中で赤根トリを殺している。俺は、その夜屋東が、この防空壕から出てくるのを見ていたのだ」

「なぜ、そのことを言わなかったんです」

「馬鹿め、戦争中はあいつは神様だった。そんなことを言ってみろ、犯人は俺にされる……」

屋東が会社の幹部たちとあわただしく監督官室を出て行った。

「尋常な手段ではあいつを殺すことはできない。時間をかけて、機会を摑《つか》むのだ。十年、二十年……」

折里幸司はうめくように言った。

屋東柳太郎は終戦の日を境として、めざましい活躍をはじめた。軍需物資のいんとくである。彼はこの大仕事を会社の一員としてやった。敗戦の日から彼は監督官の立場をやめて会社側に立っていた。

「どうしたんだ、その男は」

総務課長に叱られてしょんぼり立っている折里幸司を見て屋東が聞いた。

「故郷へ帰りたくない、ここに残って働きたいというんですが、徴用工ですから……」

徴用工の腕なら、錆落《さびお》としぐらいしかできないだろうと見下げた言い方だった。

「そういうんなら使ってやれ、これからはけっこう人手が要るぞ、なんていうんだ」

屋東は直接折里幸司に聞いた。

「はいっ、折里幸司であります」

気をつけの姿勢をして、そう答える折里幸司の眼は特攻機に乗って出発する直前の戦士のそれと似ていた。

「折里幸司、聞いたような名前だな」

屋東は口の中でつぶやいていたが思い出せなかった。

「よし、今から俺の部下となって働け」

屋東は折里幸司に命令口調で言ってから、折里幸司と、もう一度心の中で繰り返した。どこかで聞いたことのある名前だった。漠然《ばくぜん》としていたが、いいことより悪い追憶につながる名前のような気がした。彼は挙手の礼をして立ち去ろうとする折里幸司を呼び止めて、彼の身許について尋ねようかと思った。電話のベルがなった。電話で話している間に、彼の頭から折里幸司は去った。

三

屋東柳太郎は終戦後一年目に独立して工場経営を始めた。下請工場であった。まずまず順調な歩み出しであった。親会社に食いついているかぎり、どうにか食いつないでいけるだけの仕事はあった。

朝鮮戦争が始まると、彼の会社も一時的な好景気に恵まれた。彼はこの機会を摑んで工場を拡張した。工員も三十名に殖《ふ》えた。

顧客に対する屋東の頭は低かった。どこを探しても昔の監督官の面影はなかった。しかし、それは、彼の会社以外の人に対する態度であって、相手が彼の会社に隷属《れいぞく》しているかぎり、昔以上に苛酷な取り扱い方をした。徹夜作業をしても、十時にうどん一杯を出すだけで夜勤手当は出さなかった。戦争中彼は軍刀を抜いて部下を驚かしたが、戦後は馘首《かくしゅ》をふりかざして従業員を恐怖させていた。刃物を使うか使わないかの相違だけであった。

馴れた工員は次々と彼の会社を去った。そのあとに安い給料で人を雇った。人はいくらでもあった。彼の経営する下請工場では、たいして技術を要するものはなかった。いわゆる数の仕事であった。尻を叩けば数の上がりは増した。

工員の一人が屋東と正面衝突をして会社をやめる時、屋東の前で折里幸司に向かって言った。

「なぜ辞《や》めないのです。あなたはいったいなんの未練があって、こんなけちな会社にくっついているんです。あなたが辞めたら、こんな会社は一日も持ちゃあしないでしょう」

それは言い過ぎではなかった。終戦後十年という年月が折里幸司を、小工場の技術者として十分な経験者に仕立て上げていた。この工場で設計図が書けたり読めたりするのは彼しかいなかった。このささやかな工場に注文があるのは折里幸司の技術を基盤としての信用と言っても過言ではなかった。

折里幸司はその言葉を聞き流していた。その言葉はもう何度か聞いていた。折里幸司は下を向いて苦笑した。捨て台詞《ぜりふ》を残して去っていこうとする工員に対する冷笑のようでもあるし、なんと言われても、この会社にかじりついている意気地のない技術者の自嘲のようでもあった。

「え、折里さん、あなたなら、どこへ行っても今の給料の倍は貰えるでしょう。こんな狒々《ひひ》おやじの会社に食らいついていたって、ろくなことはありゃしない」

事務室でそろばんをはじいていた女事務員のヤスの手がとまった。振り向きこそしないが、その工員の言葉の針に刺されたまま、身をこわばらせていた。

屋東の女に対する悪癖は前と少しも変わらなかった。事務員として採用した女に次々と手をつけていた。ヤスもその不幸な女のひとりであった。結婚すると欺《だま》されて関係をつけられ、やがて捨てられる運命にある女であった。

退職金を一銭も貰えない腹いせで、怒鳴るだけ怒鳴ってその工員が出て行ってから、屋東は折里幸司を社長室に呼んだ。社長室だけが、工場施設に比較して不均衡《ふきんこう》に立派だった。

「どうも最近、あまりぱっとしないな」

屋東は、ぱっとしない原因が折里幸司の失策でもあるような言い方をした。

「部分品だけ作っていちゃあ、いつまでたってもこのままですよ。このへんで思い切ったらどうでしょう」

「通信機械の組み立てを始めろっていうんだな……」

「そうです。今がチャンスです。だいたいこの工場はせま過ぎる、郊外に新しい工場を建てたらどうでしょう」

折里幸司に言われるまでもなく、屋東は考えていたことであった。工場は旧市内の住宅地であり、工場としては不向きであった。増築の余地はなかった。工場の隣りの金持ちが人を通じて、何度か、屋東に土地の買収を申し入れて来ていた。戦後安く手に入れた土地だったが、現在では大変な値がついていた。

「いい場所があるのか」

「戦争中、僕らがいた、あの工場の敷地が売りに出ています。分割売りです」

「貴様行ってみたのか」

「ずいぶん変わっていますよ。僕ら徴用工のいた寮はその後火事で焼けて、畑になっています。あの会社はあそこを土地会社に売って、元の木工場のあたりにコンクリートの塀をめぐらせた立派な工場を建てました」

屋東が監督官としていた会社が、戦後、こぢんまりとかたまったことは彼も知っていたが、徴用工たちのいた寮が焼けたことは知らなかった。

「ほう、あの寮が焼けたのか、あの寮がね」

屋東の頭に戦争中、その寮にいた女子従業員で、彼の獣欲の対象となった女の顔が次々と浮かんで消えていった。最後に彼が殺した赤根トリの顔が残った。赤根トリ――屋東は頭の中で彼女の名前を言ってみてから、ふと前に立っている折里幸司と、赤根トリが何らかの関係があったような気がした。ほんのかすり疵《きず》のような記憶だった。

「きみ、赤根トリという女を知っているかね」

「赤根トリ、さあ覚えていませんね」

折里幸司は屋東柳太郎の眼をはねかえすように見て言った。

「その女がどうかしたんですか」

怒ったような聞き方だった。

「女子寮にいた徴用事務員だった。終戦の年の春、防空壕の中で殺されたんだ」

「そんなことがありました。もうだいぶ古い話ですね」

「そうだ古い話だ……」

そして屋東柳太郎は口をゆがめて笑った。折里幸司は屋東の顔の動きを瞬《また》きもせず見詰めていた。

四

工場の移転は成功した。前の工場敷地をそっくり売って、その金で新築した工場の建坪は、以前にくらべてずっと広かった。屋東柳太郎は、新工場に移ると同時に製作品目を、部分品作りから、通信機用の測定器械に切りかえた。仕事は軌道に乗ったが、屋東にとっては思いがけない問題が、工場に隣接して彼の私宅を建築した時から持ち上がった。

工場移転と同時に解雇され、屋東との関係を断たれようとしたヤスが、彼との口約束を楯《たて》にとって、新居に乗りこんで来て居据《す》わった。ヤスの背後に彼女の兄がいた。ヤスの兄は、常時、懐中に刃物を呑《の》んでいるような男だった。乾分《こぶん》の二、三人を引き連れて来て、屋東の前に座って言うことはきまっていた。

「妹をどうしようっていうんだ」

屋東柳太郎にとって困った問題はさらに続いた。屋東の取引先の会社の破産によって、売掛金の回収が不能となったことである。

「どうもこっちへ来てからろくなことはない。へたなスキーヤーが坂を滑りおりるみたいなようなものだ。このままでいくと、転ぶまでとまらんぞ」

屋東は折里幸司の顔を見ながら、会社の移転の進言をした責任を追及するような言い方をした。

「社長、スキーをやるんですか」

「中学生のころは選手だった」

スキーができるんですか、それは……と折里幸司はなにか考えていたが、

「社長、スキーはやがて谷底へつく、それからは登り坂です。こういう時は、景気よくお祓《はらい》でもやって、社員の気持ちを更新させるにかぎります」

「お祓？　なんでお祓をする必要があるんだ、貴様だって、いくらか科学をかじっている技術者だ、そんな迷信を信ずるのか」

「信じませんよ僕は。僕は転居先の方向だとか、この工場の敷地についての因縁話など毛筋ほどにも意に介してはおりません、だから社長に転居をすすめたんです。僕は信じ

ませんが、工場内にそんな噂が立った以上、なんとかしないと士気に影響しますからね」

そのへんのところは社長自身でお考えくださいといった顔だった。

「噂っていったいどんな噂なんだ」

「戦争中、この工場の敷地内で女が殺されたというんです。あの不幸な死に方をした赤根トリのことを言っているのでしょう」

「誰がそんなことを言いふらしたんだ。戦争中のことを知っているのは、俺と貴様……」

と言いかけて屋東は折里幸司の顔を見た。この前、赤根トリという女の名を知っているかと聞いた時にはほとんど覚えていないような答え方だった折里幸司が、今、屋東の前であの不幸な死に方をした赤根トリと言い切ったあたりになにかの矛盾が感じられた。

「不幸な死に方というと？」

屋東はとぼけて聞いた。

「ご存じのはずです。赤根トリは当時監督官をしていたあなたの傍にいた女です。ここへ引っ越して来てから、当時のことをはっきり思い出しました」

「まさか噂の震源地は貴様ではないだろうな」

「案外そうかもしれませんよ。他人の心は見えませんからね」

折里幸司は声を上げて笑ってから、急に周囲を警戒するように眼を配って、

「工事中に白骨が出たのだそうです」

と声を細めて言った。

「もちろん警察に届けたろうね」

「いや、そんなことで工事が中断されると面倒だから、そのまま埋めてしまったそうです」

赤根トリの死体は片づけられたはずである。その骨と赤根トリとは何ら関係はないことだったが、屋東にとっては気にかかる話だった。

翌日屋東は、工事請負業者を訪ねた。電話で済むことだったが、電話で話をするのがなんとなく気が引けた。

「骨ですか、ああ出ましたよ。牛か馬の首ですよ。人間でないことは確かですから、そのまま埋めこみましたがね」

なんで、そんなことを聞きに来たかという顔だった。

屋東は会社に帰ると、すぐ折里幸司を呼んで、そのことを告げた。

「そうですか、しかし、よかったですね、牛か馬の骨で。僕は、その骨がひょっとしたら恨みを呑んだ赤根トリの骨かもしれないと思っていました。赤根トリの殺された防空壕がちょうど社長住宅の下になっていますからね」

冗談ともいやがらせともつかないことを言って出ていく折里幸司の後ろ姿を見ながら屋東は、終戦直後に彼の前で気をつけの姿勢で折里幸司と名乗った徴用工姿の彼を思い出していた。徴用工——折里幸司——それ以上屋東は折里幸司について知らなかった。終戦後ずっと一緒に仕事を続けていて、今は、社長と技師長という不離の関係にありながら、折里幸司の履歴書さえも手許に持っていないことが大変迂闊《うかつ》だったことのように考えられた。

徴用工折里幸司、屋東はその言葉を頭の中で繰り返していた。するとその言葉に並んで、徴用工赤根トリが浮かび上がった。二人とも東北地方から集団で来ていた徴用工であった。

だがそれ以上屋東の想像は発展しなかった。

悪いことはさらに続いた。失火である。幸い発見が早くぼやの程度で済んだが、一時は大変な騒ぎであった。採用したばかりの工員が電気ハンダゴテのスイッチを切るのを忘れて帰ったための失火であった。責任者の工員は即日馘首された。

火事の数日後、製品を運搬するオート三輪車が踏切事故を起こした。工員の中に、熱心にお祓いをすすめる者がいた。工員全体の意志として、折里幸司を通じて、お祓の話が屋東に伝えられた。その工員が、よぼよぼの老人を連れて来たのは、十一月もおしせまった寒い日であった。お祓は最低の出費で終わった。

「社長様、ちょっとあなたの人相を見て進ぜよう」

と老人はお祓の済んだ後、屋東の顔をしげしげ見て言った。

「易《えき》はまず、その人の相に現われまする」

屋東と向き合うと老人は重々しい口調で言いながら、筮竹《ぜいちく》を出して、卦《け》を立て始めた。

「あなたはこの二、三日のうちに大変な幸運を掴むことになる」

屋東はその老人の言葉を笑いながら聞いていた。

「二、三日の間に幸運が来る？」

彼の傍で、老人の手口と宣告を聞いていた折里幸司が、老人の帰ったあとでひとりごとを言った。

「もちろんでたらめだ、でたらめのお世辞を言ったところで、俺は無駄な祝儀など一銭も出さないからな」

屋東は、神妙な顔をして考えこんでいる折里幸司に、ああいうことは一つとして当たったためしはないものだと補足した。そうでしょうか、社長……折里幸司はそう言って屋東の顔を見詰めていたが、

「でも僕は待っていますよ。きっと二、三日中には、いい話があるでしょう」

折里幸司の顔が急に輝き出したのを、屋東はあきれた顔で眺めていた。

その夜折里幸司は、工場に隣接して作られた、物置同様にも見える彼の居間で、電灯

を消したまま、夜遅くまで起きていた。

「計画を変更して、あのうらない師の予言に便乗するか……それには……その手段は……」

断片的なひとりごとを通して、赤根トリと屋東の名がときどき彼の唇から洩《も》れていた。

翌日彼は休暇をとった。彼としては珍しいことだった。

それから三日後、屋東は直接社長に会って話したいという男と面接した。額にきずのある四十年輩の泉田庄平《いずみだしょうへい》と名乗る男だった。泉田は機械の設計図を出してその機械の製作を依頼した。代金は機械と引きかえに現金で支払うという条件のほかに、このことは内密にしてもらいたいという依頼がついていた。屋東は機械のことが分からないから折里幸司を呼んで、その設計図について説明させた。

その機械は全く妙な機械であった。望遠鏡と増幅機を一緒にした機械と言えばどうやら納得のいきそうな機械であった。

「うちの会社でできるか」

屋東は折里幸司に聞いた。

「できますが、一体これはなんにお使いになるのです」

しかし泉田はその機械の用途について説明しなかった。なんとなく折里幸司を警戒しているふうであった。

折里幸司が社長室を出た後で屋東がその機械の使用目的を泉田に尋ねた。

「あなたはここの社長さんだから、あなただけには話さねばならないでしょう」

男は椅子から乗り出すようにして、奇怪な話を始めた。

「あなたはこの広い宇宙に無限に近い数の星があることを知っている、その星の中には地球よりも遥《はる》かに進歩した人物が住んでいることも認めないわけにはいかないでしょう」

製作を依頼された機械は他の天体から宇宙機に乗って飛来して来ている宇宙人との通信機であった。その機械の望遠鏡を指定された天体の一点に固定し、指定された時刻にスイッチを入れれば宇宙人と交信が可能であると説明した。

ストーブがよく燃えていた。屋東は、小豆色《あずきいろ》に焼けたストーブを見ながら、現実とはあまりにもかけ離れているこの男の話を聞き流していた。設計図をさす泉田のゆびは太くて荒れていた。機械を使っている人の手である。

「あなたのご商売は」

もちろん機械に関するなにかだろうと期待していた屋東の質問に対して、泉田は呉服商と答えた。その意外の返事に屋東は、泉田の顔を改めて見直した。額の疵のあとが三日月型に光っていた。どこかで見たような顔だった。泉田は屋東の注視をかわすように、へらへらと笑った。一種の気違いだなと思った。気違いと取引はできない、ことわりの口実を考えていると、屋東の心を見すかしたように泉田が言った。

「私は気違いでも、誇大妄想狂でもありませんよ。宇宙人との交流は、今や世界的な事実です。その事実に各国の官憲はやっきになって弾圧を加えているから、表面には出ないだけです」

「弾圧を加えるって、なぜなんです」

「地球上の男が減少することをおそれているのです」

男はさらにおかしなことを言った。ある天体に非常に科学の進歩した地球人類とそっくりな人類がいるが、男性が不足して困っているから、地球へ応援を求めに来ている。向こうは非常に紳士的で決して嘘は言わない。帰りたければいつでも地球にかえすが、向こうへ行った男はほとんど帰りたがらない。向こうとこっちでは天国と地獄の差異がある。地球上では見られないような美しい女が地球から来る男を待っている。この国では地球と違って三百年生きられる。そして彼は懐中から小箱を出して、その中から一筋の緑色の毛髪を屋東の前に示して言った。

「その星に住む女の頭髪です。頭髪が緑色だという以外に、肉体上の構造は地球人と全く同じです」

泉田はあきれて聞いている屋東の前に、機械の前金と称して幾何《いくばく》かの金を置き、帰りがけに、この話は絶対内密にしてもらいたい。もし、注文した機械の性能がよければ、同じ宇宙研究グループに紹介する。そうなれば少なくとも、数十個の注文はあるでしょうと言った。泉田庄平が帰ってから、屋東柳太郎は、お祓に来た老人がここ二、三日中にいいことがあると言ったことを思い出して苦笑した。相手が気違いであろうがなかろうが、今の場合、この機械を纏《まと》めて受注できることは会社にとってありがたいことであった。

五

機械ができ上がった日、泉田は、

「今夜、あなたと立ち会い、試験をいたしましょう。その結果によって残金をお渡しする」

もっともな言い分であった。

その夜は晴れていた。夜おそくなって東の空高く、オリオン星座がかかる時刻を見計らって、泉田は望遠鏡をオリオン星座の三つ星の一つに向けてから、レシーバーを耳に懸け、マイクロフォンに向かってしゃべり出した。

「ペテルギュース十七号、ペテルギュース十七号……」

呼び出しを数回繰り返してから、スイッチを受話側に倒すと応答があった。

「こちらは宇宙人ペテルギュース十七号、あなたの呼びかけに感謝します」

その声は男のかぶっているレシーバーを通して屋東の耳にも聞こえた。宇宙人の声が屋東に聞かれたと分かると、男は機械の音量調整機をしぼった。宇宙人の声はもはや屋東の耳までは聞こえて来なかった。男は残金を支払って帰っていった。狐《きつね》にばかされたような感じだった。一日おいてその男は機械を持って現われた。昨夜使用中、機械に故障を起こしたから修理してもらいたいという依頼だった。屋東が折里幸司を呼んで調べさせたが、故障はすぐ発見できなかった。

「社長、この機械は、望遠鏡と、フォートトランジスターと増幅機の組み合わせです。この三つの機械はそれぞれ独立して作動はするが、その相互間には何ら機械的関連はないのです。はじめから、そういう珍妙無類な機械です」

折里幸司は泉田が帰った後で屋東に言った。

「だが、このレシーバーを通じて宇宙人の声を聞いた」

「冗談でしょう、社長。まさか社長まで宇宙病になったんではないでしょうね」

屋東は別のことを考えていた。

その夜、屋東は、その機械を庭に持ち出してオリオン星座が出るのを待って、望遠鏡を三つ星の一つに当てて、泉田がやったと同じように星に呼びかけた。七分は信ぜず、三分は疑っていた。スイッチを受話側に切りかえると、彼の耳にははっきり男の声が聞こえた。

「こちらは宇宙人ペテルギュース十七号、呼びかけを感謝します。用件をどうぞ」

彼は危うく声を上げるところであった。屋東は技術者ではないが、見よう見まねでいくらか技術上のことは知っていた。空中線のないのに、電波が発射されたり、電波が聞こえること自体が、技術的に矛盾していた。それにもかかわらず、声は聞こえる。宇宙人はいかなる地球上の国語も話し得ると、泉田庄平が言ったことが事実となって現われていることに彼は動顚《どうてん》した。彼がこの不思議な実験のからくりの秘密を考える前に宇宙人の声がまた聞こえた。

「用件をどうぞ……」

「緑色の頭髪について質問したい……」

屋東は彼の唇から出た言葉に、五十という年齢をかえりみず、赤面した。

「あなたはわたしたちの天体に住む、女性に興味を持っておられるのですね」

宇宙人は静かな口調で話し出した。

屋東柳太郎が宇宙交信に興味を持った根本原因は、緑の毛を持っている他の天体の女という空想めいた話に彼の猟色《りょうしょく》本能が動いたのにほかならない。彼は彼の新宅に同居しているヤスを扱いかねていた。出て行けと言っても出ずに頑張っているヤスの意図が、結局は彼女の兄を背景として、莫大《ばくだい》な手切れ金の要求にあることは分かっていた。ヤスがつきまとっているかぎり、彼には自由がなかった。彼は新しい女に飢えていた。

屋東は翌朝、社長室に折里幸司を呼んで、この機械が無線通信機としてどの程度の性能があるかを尋ねた。

「無線通信機ですって？　社長、これは望遠鏡と増幅機を並べたにすぎませんよ、空中線もないのに、電波を出したり、信号を受けたりすることができるはずがないじゃありませんか」

折里幸司は前と同じことを言った。

「この機械と全く同じものを、大至急もう一台作ってくれ」

「売るんですか」

それには答えず、屋東は、さらにきつい語調で至急作れと厳命した。

屋東の命令を素直に受諾して、彼に背を向けた折里幸司の顔にうす笑いが浮かんですぐ消えた。眼が光っていた。

機械ができてからの屋東の生活は急速に変わっていった。彼は二階の六畳間に上がったままで、夜遅くまで起きていた。六畳間に二重の鍵を掛け、階下にいるヤスを二階へは近づけさせなかった。日中、会社へ出ても、以前ほど社員に対してうるさいことは言わなかった。ひとりで考えこんだり、時によると笑ったりした。屋東の眼に薄い膜が張られた。寝不足の眼のようでもあるし、なにかに憑《つ》かれた眼のようでもあった。

「このごろ、あの人が変なんです」

ヤスが折里幸司の部屋の戸を叩いたのは一月も半ばを過ぎたころであった。

「変だって、どういうふうに変なんです」

折里幸司はヤスを彼の部屋には入れず、廊下に立ったままで言った。

「夜中になると、なにか妙なことをつぶやいているのです」

「妙なことって、どんなことなんです」

「それが分からないのです。誰かに話しかけているようですが、話の内容は聞こえません……きっとあの機械です。あの機械が、うちの人の気を変にさせたにちがいない……」

ヤスを送り出して戸をしめると折里幸司はすぐ電灯を消して、硝子窓越しに、ヤスが歩いていく、後ろ姿と、屋東がいる二階の窓を見上げてから、押入れを開けて中へ入った。すぐ折里幸司の低いわざとおしつぶしたような声が聞こえた。

「地球人には嘘があるが、宇宙人には嘘がない、あなたがわが天体に来る資格は、宇宙人を信ずることです。ペテルギュース十八号があなたを迎えに行きます。女性です。地球人と同じ服装をして、あなたを誘導します。特徴は緑の帽子、場所と日時は……」

宇宙人になりすました折里幸司は、スキー場の名前と日時をマイクロフォンに向かってしゃべってからスイッチを切って、押入れを出た。屋東が部屋の中を歩き回っている姿が夜遅くまで窓にうつっていた。

六

屋東柳太郎はスキー場についてから、二日間、無為《むい》に過ごした。宇宙人に指定された、三日以内に現われるはずの緑の帽子を被《かぶ》った女は彼の前に現われなかった。緑の帽子を被った女のスキーヤーは幾人かいたが、屋東が近づいても宇宙人が指定したスキーのストックを空に向けて、大きく円を描くという信号を送らなかった。

（だまされたかな……）

そう思い出すと、この一カ月間に亙《わた》る、宇宙人との交信全部が誰かのいたずらではないかとも考えられる。清澄《せいちょう》なスキー場の空気と、何年かぶりで穿《は》いたスキーの感触が彼の濁った眼の膜を剝ぎにかかっていた。

泉田庄平という男と、宇宙通信機と称する機械について、第三者の眼によって、洗ってみる必要はなかったか――屋東がそこまで反省しかけた時、折里幸司の顔が浮かび上がった。機械を作ったのは折里幸司だ、機械に細工をしたとすれば、折里幸司以外にない。しかし、折里幸司が、なぜ、そんなばかげたことをする必要があるのだ。

三日目の朝、屋東はスキーを穿いて、ゲレンデをゆっくり登っていった。緑の帽子を被った女に会うという希望はほとんど失いかけていた。今日一日で、スキー場を去り、東京に帰ったら、まず第一に、あの機械そのものを徹底的に調査してみようと考えていた。

十時を過ぎると南風が吹き出し、断片的な霧が南面の傾斜にそって吹き上げていた。

「霧が出ましたから、南側のゲレンデでは滑らないでください」

スピーカーが霧に対する注意を繰り返し放送していた。南側の斜面で滑っているスキー客は北側の斜面に移動した。北側の斜面の下には、スキー宿が並んでいたから、たとえ霧が出て帰路を失ったとしても、北斜面を下りさえすれば、危険はなかった。

屋東はスピーカーの放送を聞きながらタバコに火をつけた。何度やっても風のためにライターの火が消えた。彼は雪の中にしゃがみこんで、背を丸くしてタバコに火をつけようとした。彼の傍をスキーヤーが通った。強烈な香水のにおいが彼の鼻を衝いた。

緑のスキー帽をかぶった女が、彼のそばを通り抜け、彼に背を向けたままで、ストックを宙に上げて大きな輪を描いた。

「ペテルギュース十八号の女?……」

タバコに火をつけるのをやめて、女の背を見詰めていた。再度、信号があったら、声をかけようと思った。女はさらに数メートル前進して、スキーのストックで宙に円を描いた。

確かに、女の動作は、彼の六畳の部屋で宇宙人に指示されたとおりであった。だが、スキー場に来て、屋東の眼にうつった女は、宇宙人でもなんでもない、ただの女の姿に見えた。三日間の雪と寒気と睡眠が、屋東に、現実と空想を見分ける余裕を作り出していた。宇宙人との交信が、いたずらかもしれないと考え出したことが、さらに彼を臆病にした。

屋東は動かなかった。そのままの姿勢で、女の出方を待った。女はさらに前進して、スキーのストックを頭上でくるくる回した。あきらかに、女の方で、従《つ》いて来ない屋東に対して積極的に誘導しようとしているふうが見えた。

霧が二人の間をへだてた。屋東は、宇宙人とは別に、女を霧の中に見失ったことを、大変損をしたことのように思った。一目でいいから女の顔を見たいと思った。その彼の願いは、沢を吹き上げて来たやや強い風によって満足させられた。霧が突然晴れると、緑の帽子の女が彼の方を向いて立っていた。眼の大きな丸顔の女だった。健康に輝いた美しい顔立ちの女だった。女は照れかくしのように屋東に微笑を送った。作っている表情だった。目的を言えずにかくしている顔だった。

屋東の頭の中からその女が宇宙人ペテルギュース十八号で、地球の日本人の女に姿をかえたなどというばかばかしい妄想《もうそう》が一瞬にして消えた。うちこわされた妄想にかわって、だました相手に対する怒りが衝き上げて来た。

「おい、誰にたのまれたのだ」

屋東は女に声をかけた。

女の顔に驚愕の色が動き、それが彼女を狼狽《ろうばい》させた。彼女は、軽くジャンプして、方向を南斜面にとると、霧の中に滑りこんでいった。赤いアノラックが霧の中に溶けこんで見えていた。屋東は女のスキーの実力を誤診すると共に、彼自身が左足が制動技術に対して完全でないことを考慮の外に置いていた。彼女のスキー術は上手ではなく、追って、追っつけないことはなさそうだと思った。

屋東は、スキーを揃えて、彼女の後を追った。ゆるい傾斜だったが、なかなか追いつけなかった。もう一息で彼女のアノラックに手が届きそうになると、女は悲鳴を上げた。女がわざとそうやって彼を遠くに導きつつあることを屋東は気がつかなかった。

スキー場から遠く離れていった。スキーヤーの姿は全然見かけなくなった。霧鐘《むしよう》が背後で鳴っていた。

「おい逃げるのはやめろ、やめないとひどい目に遇《あ》わしてやるぞ」

屋東は女に言った。たとえ逃げるのをやめたとしても、屋東はその女をそのままではおかないつもりでいた。女がいかにじたばた騒いでも、もはや、誰にも聞こえないし、霧がすべてをかくしてくれる。屋東は摑んだ機会を絶対に逃がすつもりはなかった。だまされた代償としてこの女を犯してやろうと計算を立てていた。

「許してください」

と先を滑っていく女が言った。どこかで聞いたことのあるような声だった。突然、屋東は赤根トリを思い出した。前を滑っていく女の声と、さっき見た丸い眼から、ずっと前に、彼が殺した赤根トリを思い出した。

殺すつもりはなかったが、大きな声を上げたから、つい首をしめたのだと、屋東は彼の罪悪に弁解しながら、赤根トリが、

「ゆきじさん、助けて、ゆきじさん」

と叫んでいたことを頭に浮かべた。彼女が死の一瞬前に叫んだゆきじという人の名が幸司につながった。偶然の発見であった。

（折里幸司《こうじ》の幸司はゆきじとも読める）

赤根トリの従兄が徴用工として同じ工場にいたことをその時になって屋東は思い出した。

「折里幸司の仕組んだ芝居だな」

屋東には、ほとんどそれは間違いのないことに思われた。屋東の声を聞くと、女は背後を振り返って、憎悪の眼で彼を見てから、身体をすくめるようにかまえて、力一杯ストックを押した。彼女の姿が霧の中に消えた。

屋東にはそれが追いつめられた女の最後のあえぎに見えた。彼は相当疲労していたが、

獲物を前に置いて引きかえそうとはしなかった。霧は濃度を増し、前方はほとんど見えなくなった。急に降《くだ》り傾斜が増した。危険だと彼が感じた時、彼は断崖の端に立っていた。雪庇《せっぴ》の崩壊の音と共に、彼の身体は崖下に落ちていった。夜になって吹雪になった。屋東の女に対する執念の残骸の上に雪が降りつもっていた。

屋東柳太郎は翌朝死体となって発見された。霧が出たのに、危険な南斜面を遠走りしたことが遭難の原因とされた。

屋東が死んでから、屋東の家の二階の宇宙通信機なるものが、彼の工場の工員によって分解された。望遠鏡の中に、空中線が仕込んであり、機械そのものが、小型無線送受機であったことが分かったが、それと彼の死についての関連に思いいたるものは誰もいなかったし、屋東がスキーに出かけると同時に、折里幸司が、彼の押入れの中の小型通信機の一切を跡かたもなく処分してしまったことなど誰も気がつかなかった。

遭難死を折里幸司が泉田庄平に知らせに行った時、泉田庄平は、戦時中、屋東の軍靴によって割られた額のきずに手を当てて、

「これで、俺たちのほんとうの意味の終戦が来たのだ」

それ以上なにごとも言わなかった。

春が来た。赤根トリの遺骨を葬《ほうむ》ってある墓場に折里幸司と赤根春子が立っていた。

「スキーに自信はあったけれど、あの時はほんとにこわかった。私も姉さんと同じよう

に、あの男に殺されるかもしれないと思っていたわ」

　春子が言った。

「ほんとは、トリちゃんの殺されたところであいつを殺してやりたかったのだ」

　折里幸司は遠いところを見るような眼で、

「長い年月だった」

　とひとことつけ加えた。疲れきった声だった。

黒い顔の男

鈴木利造《すずきとしぞう》は背負っていたリュックサックから肩をぬいて河原に腰をおろすと、煙草に火をつけた。ひどくまぶしい。

一駅前で席を立って、デッキで待っている気の早い釣師の一群は、もうとっくに釣糸を垂れているにちがいない。

(ああいう奴らに鮎《あゆ》釣りの味が分かるものじゃない)

せっかちで、利己主義で、しょっちゅう、きょろきょろしている釣師はほんとうの釣師ではない。

釣れる釣れないにこだわらず糸を垂れる気持ちを楽しみに来るようでなければなどと考えながら、鈴木利造は、竿袋から竹竿を出して継ぎ合わせた。

糸を調べ、鉛のおもりをつけ、おとり鮎をひっかける鼻環《はなかん》をつけ、その下に五本の鉤《はり》を等間隔にむすびつけた糸を調べてからゆっくりと立ち上がって、河原の石を踏みながら川に近づくと、川っぷちに沈めてあるおとり箱の前にしゃがみこんだ。

中は見えないが、相当の数の鮎がいるらしい。通水孔に泡立ちが見える。

「友《とも》を一つ分けてくれませんか」

鈴木利造は彼に、背を向けて釣っている男に声をかけた。

大きな麦藁《むぎわら》帽子をかぶり、長靴を穿《は》いて釣っている後ろ姿から見て土地の釣師であることは一目で分かる。

「いきのいい友を一匹欲しいんだが」

鈴木利造は前よりも大きな声で言った。釣師はそのままにして、後ろを振りかえった。黒い顔の、眼だけが光っている男だった。

「たねですか」

男は鈴木利造に背を向けてから、もう一度、川の流れにそって、竿を動かしておいて、

「あまりいいたねではないですよ」

男はそう言いながら、河原に引き返すと、おとり箱の重しの石をのけて、浮かし加減に水から箱を上げ、ふたを取って鈴木利造に中を覗《のぞ》かせた。十数匹の鮎が泳いでいた。

「どれにしますか」

「どれでもいい、生きのいいのなら」

どうぞと男は言って、おとり箱を水の中で鈴木利造の方へ押した。

中の鮎がはねた。

「一匹いくらです」

「いくらでもいいんです。後で返してもらってもいいですよ」

「それは困る、ちゃんと値を言ってもらわないと」

男がしゃがんだまま鈴木利造の顔を見上げた。変なことをいう奴《やつ》だなと、なんの気なしに覗き上げた眼が、二、三度まばたきすると、前より大きく見開かれて鈴木利造の顔

を凝視した。なにかを探り出そうとするような眼である。

（えらく底黒い顔の男だ）

鈴木利造はその男の黒い顔の中に光っている眼を、どこかで見たような気がした。

思い出せなかった。

「五十円いただきましょう」

男は立ち上がって、鈴木利造が右腕をまくって、おとり箱の中へ突っ込むのを見詰めていた。

鈴木利造は右手で鮎をとらえた時、立っている男の身体が、こきざみにふるえて、急に息使いが荒くなったような気がした。

ほんの感じだけだった。すぐ男は前と同じように無表情な顔にかえって、鈴木利造が鮎の鼻に鼻環をつけるのを眺めていた。

鼻環をつけた鮎を泳がせながら鈴木利造は、男のことが気になった。

あの顔はどこかで見た顔だ。日に焼けた黒さではない、あれは生まれつきの地顔なんだ。それにあの眼には覚えがある。

彼は少年時代、中学時代、兵隊時代、戦後と分けて、彼と接触があった多くの人の中から黒い顔の男だけを拾い上げてみた。

黒い顔の男は幾人かあったが、その男とはどこか違っていた。

鮎はさっぱり釣れなかった。桂川《かつらがわ》の鮎だけが別種であるはずがない、釣れないのは、たぶん場所が悪いのに違いないから、思い切って、対岸へでも移ろうかと考えたが、川の中央を流れている水の色を見ると、川を横切る自信はなかった。

鈴木利造は泳ぎができなかった。

彼から三十メートルぐらい離れたところに、さっきの男が釣っていた。ほとんど鈴木利造の動いたコースを、後からゆっくり追って来るような位置に釣糸を流していた。

男が釣りをするふうをよそおいながら、なんとなく、自分の方に眼を向けているような気がした。別に眼が合ったわけではないが、どこからとなく男に見詰められているようで、いやな感じだった。

男の竿が動いた。竿が弓なりになった。

男は右手で竿を器用にあやつりながら、鮎を手許に引き寄せるとタモですくい取った。タモの中ではねている魚の銀鱗が光る。

釣れた場所は、十数分前に鈴木利造が竿を延べたところだった。

男は鈴木利造を意識しているふうはなかった。一匹一匹たんねんに釣りながら、川のふちを一方向に移動しているという格好だった。

男が鈴木利造の傍《そば》まで来て、眼の前で一匹ひっかけるのを見ると、彼はもう黙っておれなくなった。

「うまいもんですね」

「いや、なに、この川に少しばかり馴れているにすぎません、失礼ですがあなたが釣れないのは、鉤のつけ方がよくないのじゃあないかと思いますが」

男はそう言って、自分の竿を引き上げ、おとり鮎を夕モですくい上げて見せた。

「タネの尾とすれすれのところに一個、尾の先から一寸五分のところに一個、鉤は二本以上つけてはいけないんです。あなたの鉤は多すぎるし、それに間隔が長すぎますよ」

直してあげましょうと、男は鈴木利造の傍にしゃがみこんで、ついでに友鮎を新しいのに取りかえた。

男の好意は、さっき五十円でいいと言ったのに、百円出したことに対する返礼の意味も含めての、同好者に対する思いやりでもあろうかと鈴木利造は考えていた。

今度は釣れた。一見、鮎なんかいそうもないような川底に友鮎を持っていくと、ぐんとはげしい手応えがあった。

「釣りはいつから始められたんです」

河原に並んで昼食をとりながら男が聞いた。

「戦争に行く前はよく釣りにでかけたものだが、戦後はなにかといそがしくて……やっと最近ですよ、始めたのは」

鈴木利造は正直のことを話した。

「僕も戦争に行きました。終戦はどちらで」

「満州でした」

満州と聞いたとき、男は動かしている箸《はし》をとめた。

「あなたも満州？」

「いえ僕はフィリピンで終戦を迎えました」

鈴木利造が、眼の前で飯を食っている黒い顔の男から、山本信一郎《やまもとしんいちろう》を思い出したのは全くの偶然ではない。

終戦、満州、黒い顔の男、この三つのことがつながれば、山本信一郎は当然、出て来なければならない人物であった。

終戦の年の秋、鈴木利造は延吉《えんきつ》の捕虜収容所にいた。発疹《はっしん》チフス、栄養失調、希望のない生活、いつシベリアへ送られるかも分からないという不安が捕虜収容所にいる男たちの心を暗くした。

広い練兵場に穴掘りが始められた。防空壕によく似た墓穴だった。

冬になると穴が掘れなくなるから秋の間に掘ったのである。

冬の間の死者一万人が予想されているという噂《うわさ》がとんだ。事実、朝起きると、同じ小隊で誰かが死んでいた。

脱走すれば銃殺される、そのままでいれば病死する、男たちの恐怖は絶頂に達していた。

鈴木利造はハルビンの商社にいた関係で、片ことのロシア語を知っていたから、一群の通訳たちと共にソ連軍の守衛所にいた。

あまり通訳がうまくないからソ連軍に好かれていなかった。

彼は通訳としてうまい地位を得ようと苦慮して、腕に入れずみをしたソ連兵などに必要以上に深く取り入っていた。

山本信一郎を含めて、三人が脱走に失敗したのは十一月の終わりごろであった。彼らは鉄条網を破って逃げようなどという危険は冒さないで、堂々と衛兵所を出ようとたくらんだ。

山本信一郎は得意の中国語を使って、特に収容所へ立ち入りを許されている中国人と連絡した。夜陰に乗じて鉄条網の外から中国服を営内に投げこませ、それを着て中国人に化けて営門を出ようとした。三人分の中国服の借用代として、時計三個が当てられた。こういう方法で脱走に成功した男は幾人かあった。日本人同士では知らぬ顔をしていた。一人でも口が減れば、それだけ食糧が助かる。

自分の責任でソ連兵の眼をごまかすことについては、守衛所にいる日本人通訳の知ったことではなかった。脱走者は死んだことにすればよかった。

中国服を着た三人は守衛所のソ連兵の前を無事通過したところで鈴木利造に呼びとめ

られた。山本信一郎は中国人になりすませたが、他の二人は中国語を話せなかった。三人は脱走者としてソ連兵に引き渡された。鈴木利造は日本人をソ連軍に売った功績によって、いくらか通訳の地位を上げられた。

三人は銃殺された。

「あなたはこの近所ですか」

鈴木利造が男に聞いた。

鶴川《つるかわ》が桂川に合流するあたりに村が見えるでしょう、あの細長い部落がそうなんです、と男がゆびさすあたりは新緑におおわれた谷間だった。

三時に鈴木利造が釣りを打ち切るまで、二人は鮎釣りを通して親しくなっていた。

「これから夕刻にかけて一番よく釣れるんですがね」

男が言った。

「いや、おそくなると汽車が混むから」

早く引き揚げるのは汽車が混むからではなかった。鈴木利造は、日曜にやらねばならないもう一つのレクリエーションが残っていた。

「いやどうも今日は大変愉快でした、この次もまたご一緒にお願いしましょう」

彼は男の釣った鮎を買い取って、氷のかけらが入れてある魔法瓶《ジャー》の中に落としこみながら言った。

「こちらこそどうぞ、私は山本と言います、日曜日にはたいがいこのへんで釣っていますから」

山本と聞いて、鈴木利造はもう一度男の顔を見直した。山本信一郎とは似ていたが、彼の記憶の山本信一郎はもっとやせた男だった。

山本と名乗った男の顔にはことさら変わったところは見えなかった。鮎を買い取ってもらった手前、自己紹介したにすぎないという態度だった。

汽車に乗ってから鈴木利造は前の座席にいる二人連れの釣師の話をうつらうつらしながら聞いていた。

「釣りの好きな人は暢気な性格で辛抱強いなどというのは嘘だな、釣師は短気だよ、気が長くちゃあ釣りはできない、……それにだ、釣師にはスケベエが多いな」

二人は声を合わせて笑った。

最後の方が鈴木利造の耳に入った。自分のことを言われているような気がした。鈴木利造はいつもの旅館でいつもの女と落ち合った。日曜ごとに釣り道具を担《かつ》いでの情事であった。

「一日で日に焼けたわね」

と女が言った。

「河原は日射《ひざ》しが強いんだ、お前だって一日いれば真っ黒になるぞ」

「なりたいわ黒く。黒くなるほど日を浴びたい、そういうところが私は好きなのよ、男だって、青白い人より黒い顔の方がいいな」

女は、はすっぱな笑い方をした。

「生まれつき黒い顔の男はどうだ、たとえば……」

と言いかけて、鈴木利造は桂川で会った、山本の顔を思い浮かべている自分に気がついた。

女は山本の顔を知らないから、言ったところで分からない。

「たとえばどうしたのよ」

「いいんだ、今日桂川の河原で黒い顔の男と会ったのだ、その男から鮎釣りを教えられた」

女にはそんなことはどうでもよかった。

彼女は待ちくたびれた顔で、鈴木利造の前で背伸びをした。

旅館を出る時女が鈴木に言った。

「私のお友達の山本ユミさんが新宿でバーを始めたのよ。行ってあげてちょうだい」

「山本ユミ？」

「そう、きれいなひとよ」

女はバーの名前と場所を彼に教えた。

「山本って苗字は多いんだね」

鈴木は山本ユミの山本から、桂川であった山本をまた思い浮かべた。

銃殺された山本信一郎が生きているはずはないが、黒い顔の山本はやっぱり気になる男だった。

「鈴木、山本、馬の糞っていうほど鈴木、山本は多いのよ、ごめんなさい」

と女は言った。

「とうとう、馬の糞にしやあがった……」

鈴木利造は笑いながら、あの黒い顔の山本も、数多い山本の中のひとりにすぎない、山本信一郎とは何ら関係がないのだと、頭の中の山本信一郎を否定した。

次の日曜日に上野原駅で下車した鈴木利造は、すぐ河原にはおりずに橋を渡って対岸へ行った。

一週間の間に、山本のことは、彼の中から遠のいてはいたが、桂川の水を見ると、一週間前を思い出した。特に山本をさける必要はないのだが、山本の黒い顔を通して、過去を思い出すのがいやだった。

土地の釣師から、おとりの鮎を買って、前の日曜日に山本に教わったとおりの方法で、川を遡《そ》行《こう》したが釣れなかった。

大きな石が、根本を水流に洗われながら突っ立っていた。

その石の陰を回りこんだところに大きな麦藁帽子をかぶった山本がいた。まるで鈴木利造の来るのを先回りして待っていたかのような出会いかただった。

山本は鈴木利造を見かけると、竿を上げて近づいて来て、

「このへんは友釣りは駄目ですよ、ころがしでないと鮎はかからない」

山本は鮎釣りを鈴木利造に教えるのが前からの約束でもあったように、鉤は九分で、はりすは一厘、おもりは五匁、鉤は十二本で、鉤と鉤の間隔は五寸でなければならないと口で言いながら、鈴木利造の竿に、山本の用意してあった糸やおもりや鉤をつけかえると、

「竿は水平にして、おもりが川底の石にこつんこつんと当たる感じで移動させるんです」

山本は自分で実演して見せてから、鈴木利造に竿を渡した。

山本に教わったとおりにやると、確かに鮎がひっかかった。

鮎が釣れ出すと、鈴木利造は、鮎を釣ることだけで頭が一杯になった。

「鈴木さん……」

並んで釣っている山本が声をかけた。

「鈴木さん、もっと川の中ほどへ立ち込まないといけませんよ」

「大丈夫かね、僕は泳げないんだ……」

鈴木利造は山本にそう答えてから、鈴木という名をどうして山本が知っているかに疑問を持った。鈴木という名前を教えた記憶はなかった。

山本の射るような視線が鈴木利造をとらえて放さなかった。山本信一郎がソ連軍によって死刑を言い渡される直前の眼とよく似ていた。

山本信一郎と共に脱走を企てた他の二人が死刑を宣告されて部屋から連れ出された後で、山本信一郎はさらにくわしい取調べを受けた。ストーブが真っ赤に燃えていた。ソ連軍の将校も、通訳の鈴木利造も上衣を脱いで、シャツ一枚でいた。

「職業は」

「技師です」

鈴木利造が通訳した技師というロシア語を聞いて、ソ連軍の将校は、さらにその職業の内容を聞いた。山本信一郎は鋳造技師と答えた。

鈴木利造の貧弱なロシア語の知識では、それを通訳することができずにまごついた。

「通訳をかえろ」

ソ連軍の大尉はテーブルを叩いて言った。

その後鈴木利造は山本信一郎には会ったことがない。脱走を企てた三人は射殺されたと聞いたが、現場を確かめたのではない。

「僕は鈴木ではない……田中ですが」

彼は三時間後に会うことになっている女の姓の田中でその場をごまかした。嘘を言いながら山本の顔の動きを監視していた。

「失礼しました。僕の知っている、鈴木さんに似ているものですから、つい間違えまして」

その日も鈴木利造は三時に切り上げた。

「お帰りですか、残念ですね、この次は、もっと釣れるところを案内しましょう、七時ごろに引き揚げる予定でお出かけになってください」

鈴木利造は山本の言葉がいやに丁寧なのは、釣りの方法を教えてもらった礼として、山本の釣った鮎をそっくり買い上げてやったからだと考えていた。

汽車に乗るとすぐいねむりの出る鈴木利造も、その日にかぎってねむくなかった。

山本信一郎と釣師の山本の相似が彼の頭の中でからまり合っていた。

「あなたどうかしているのね」

女が言った。いつもと違って、あっさりことをすませて、帰り支度にかかろうとする鈴木利造にむけた言葉だった。

「どうもしていやあしない」

「確かにあなたは、どうかしています、あなた、私がいやになったのじゃないの、それとも、鮎釣りの方が私より好きになったのかしら」

女は鈴木利造に次の日曜日を約束させた。

次の日曜日は前日に雨があったせいか、川は濁っていたが鮎はよく釣れた。

鈴木利造は山本に教えられたころがしの方法で釣っていた。

きっとどこかで出会《でく》わすに違いないと思っていた釣師の山本は姿を見せなかった。

彼は三時までに形のいい鮎を二十匹あまり揚げた。彼は鮎釣りと女のダブルプレーを見事にやってのけることができる日曜日を、この日ほどすばらしく感じたことはない。

鈴木利造が河原伝いに橋の近くまで来ると、川下から登って来る山本に出会った。山本は鈴木利造の獲物を讃《ほ》めた。

「これはすごい、これだけ釣れる腕があったら、あの中州《なかす》でもう一時間も釣ったら、魔法瓶《ジャー》は鮎で一杯になるでしょうと言った。

一汽車遅らせたらいいでしょう、ここでやめる手はないと熱心に誘う山本の言葉に、鈴木利造は、一汽車遅らせて、女をじらせてやるのも悪くないと思った。

「浅瀬をえらんで渡っていけば、深いところでせいぜい膝までです、それにあなたはわらじを穿《は》いているから、すべる心配はありません」

山本は先に立って、中州へ渡っていった。中州はこまかい砂の堆積《たいせき》でできていた。

山本の言ったとおり中州で竿を延べると、今までと全然手応えが違った。一度に二匹も鉤にかかることがあった。

釣り上げるたびに、山本が傍で讃めた。あなたはたいした腕ですよ、三回来ただけで、桂川の鮎釣りのこつを覚えたなどとお世辞を言った。

お世辞だと分かっていても鈴木利造は悪い気はしなかった。

鈴木利造の鉤にはよく鮎がかかったが山本の方はさっぱり駄目だった。

今度はあなたから鮎釣りを教わりましょうかなどと冗談を言う山本の顔を見ながら、鈴木利造の心の奥に沈んでいた山本信一郎は消えていった。

どう見ても山本はこの土地の人、人のいい釣師にすぎなかった。

一汽車遅らせたことが鈴木利造の度胸を決めた。

あの女に今日は待ちぼうけを食わせてやろう、たまには薬だ。そう心が決まると、彼の竿さばきはいよいよ快調だった。

女も黒い顔の男も彼から去って、川の底にいる鮎だけが彼を牽《ひ》きつけるすべてのものになった。

川の水が増水しだしたのに彼が気がついたのは、六時を過ぎた直後だった。

「水が増えたようですね」

「上の発電所のダムで放水を始めたのでしょう」

山本はこともなげに言った。

水の増え方は急激だった。水は膝を越そうとした。鈴木利造は中州へ逃げたが、増水のために中州はみるみるうちに消えていった。

「大丈夫ですか」

「逃げないと、流されるかもしれませんね」

それでいて山本はひどく悠々《ゆうゆう》としていた。

鈴木利造はいそいで道具をまとめて、川へ入ろうとしたが、一度に押し出て来た放水量のために渡れそうもなかった。

「なあに大丈夫ですよ、流されたら泳げばいいんです鈴木さん……いや失礼しました田中さんでしたね、一歩一歩踏みしめながら僕の後をついてくるかぎり大丈夫です。さあ……」

と言って山本がさし伸べる手に鈴木利造が、すがろうとして、川の中へ踏みこむと、山本はさらに一歩二歩と前進してから、

「あなたとよく似た鈴木利造という男を僕は知っていますよ、ソ連軍の捕虜収容所で通訳をしていて、日本人三人をソ連軍に売った男です。二人は銃殺され、一人は助かった。最後のどたん場で、その男の技術が命を助けたのですね。おや、どうしました鈴木さん、いや田中さんでしたねあなたは。早く僕の手につかまるんです、早く川を渡らないと、あなたはおぼれて死にますよ、さあ早く」

鈴木利造は恐怖の眼で山本の顔を見詰めていた。もはや、疑うべくもなく、相手は、

山本信一郎に相違なかった。

「僕はあなたを助けようとしている、さあもう一歩、もう一歩前進して僕の手へつかまるんです」

奔流の勢いで水量が増していった。

鈴木利造は水圧にこらえかねて、思わず手を前に伸ばした。

「鈴木利造さん、あなたがおとり箱に手を突っ込む時あなたの右腕のロシア文字のいれずみを僕に見せなかったら、あなたの化けの皮は、はげなかったでしょうね」

鈴木利造はさし出した右手をあわてて引っ込めた。そのほんのちょっとしたバランスのくずれで、彼は水の中でよろめいた。

濁流が彼の腰をさらった。鈴木利造は叫び声もあげずに水の中に消えた。

三十分後に、ダムの放水が終わって、桂川が静かな流れに変わったころ、鈴木利造の溺死体はずっと川下で発見された。

胡〈くるみ〉桃

一

例年より早く霜が来たせいか、胡桃《くるみ》の葉は色の変わらないままで落ちはじめた。まだ青い葉が内側にまるまって、風が吹くとぱらぱら落ちた。中にはすでに黄色に変わったものもあり、村の公会堂の屋根に半分、あとの半分は公会堂の前のちょっとした広場に散った。誰も掃除はしないが、風が適当に運び去っていった。

公会堂の前の広場にバスの停留所があって、木のベンチがある。そこにおますは腰をかけて、胡桃の木を見上げていた。

おますは五十をとうに越した一人者の子守女である。背中に赤ん坊を背負い、習慣的に身体を左右に動かしていた。赤ん坊はよく眠っていた。

胡桃が落ちた。

おますは笑いかけたような顔で、

「三つだよぅ」

と言う。おますは胡桃の落ちるのを数えているのである。一週間もすると、胡桃の数は七つになり、陽が上がって、村の斜面にそって風が吹き上げてくると、ぱらぱらと続けていくつも落ちた。

小学校へまだ行っていない村の子供が、胡桃を拾いに来た。

「二十一だぞえ……」

おますは子供たちに教えてやる。子供たちは勝手に拾って、その収穫物をおますの所へ見せに来る。落ちた数よりも拾った数の方が少ない。おますはその差を覚えていて、子供が帰ってから新しく落ちるとその差に落ちた胡桃の数を加えていく。

十時を過ぎると背中の子供が泣き出す。おますはゆっくりと立ち上がって、坂を、村下の田圃《たんぼ》へ向かって下っていく。田圃で稲刈りをやっている、背中の幼児の母に乳を貰いに行くためである。

十二時前におますは、バスの停留所に引き返している。今度は胡桃の木を眺めず、村の下に気を配っているふうである。バスの音は十分も前から山峡の静寂を破って聞こえて来る。

するとおますの眼は急に生き生きとして、彼女の表情となっている笑いが、消えると同時に、バスがおますの前に停車する。数人の登山者と、村の人三人と行商人が一人バスから降りた。

おますは座ったままで、バスから降りてくる一人一人の顔を見る。バスの降車口が彼女の方に向いているから、バスがどんなに混んでいても、見落とすようなことはない。

「おます、子守けえ」

降りて来た村の人がいった。おますはうんと言って笑う。と、おますの顔は前どおりのいくらかとぼけた笑顔に返り、バスが広場で方向を変えて、町へ去り、誰もいなくなってしまうと、やれやれどっこいしょっと、腰を上げる。

彼女の日課の一つ、バスから降りた人の顔の確認は今日も間違いなく済ましたのである。それからおますは、公会堂の広場に落ちた胡桃を探しにかかる。一つ二つと、いかにも楽しそうに拾うが、それもせいぜい、五つか六つ拾うだけで、またもとのベンチへ引き返す。

おますは欲がなく、なまけ者である。だから、根気よく拾えば、一日に一升、風でも吹けば二升も落ちる、胡桃の実の収穫に無関心であった。

「カシぐるみならいいになあ」

おますは、公会堂の庭の古木が、この地方で鬼胡桃という、固い皮殻《ひかく》の胡桃であることを不平に思って言ったのではない。

彼女はずっと若いころ、働いていた、町の造り酒屋の裏庭にあったカシ胡桃を思い出したのである。歯で割れる、色の白いカシ胡桃から、彼女の思い出は、三十年も前にさかのぼる。

そのころおますは、造り酒屋の女中であった。奉公に来ていたのではなく、おますの覚えた時からそういうふうな境遇におかれていた。おますの両親の名も、出生地も分からない。ある年の夏、町へ旅役者が来た。この一行について来た、役者でない女がいた。その女がおますの母であり、おますを置いて逃げた母であった。おますが三歳の年であった。

おますが母から残されたものは、栄養不良の身体と、ますという名前だけであった。造り酒屋の主人がますを拾い上げたのは、ますという名前が、早逝《そうせい》した彼の娘と同じだという仏心《ほとけごころ》であった。ますが賢く、美しく成長したならば、酒屋の主人も、ますにかけてやる眼も違ったであろうが、ますが、おますと、おをつけて呼ばれるようになってからは主人もおますには大して期待は寄せなくなった。拾った子は拾った子としての待遇しか与えられなかった。

おますは醜い女ではなかったが、特に男の眼を惹《ひ》くという顔でもなかった。色白で、小柄で、のろまの少女になった。馬鹿ではないのに、おます、おますと酒屋の雇い人たちは、おますを一段低い眼で扱っていた。きりっとしたところがなく、ひとが良すぎるせいもあるが、確かにおますはどこかに足りないものを持っていた。言いつけられたことは半分はしたが、あとはあっさり放り出し、主人に叱られると別に悪びれた様子もなく、また与えられた仕事の前に座り、結局最後まではやり通せなかった。

小学校の成績は全体的には中以下であったが、算術がよくできた。暗算をやらせると、おますに勝つ者はいなかったが、分数だの小数だのと手がかかるものはやらなかった。仕事算だの鶴亀算の応用問題を与えると、誰よりも早く答えを出した。答えだけで式は立てない。式を立てないとできたことにはならないからと、先生に言われても、にやにや笑っているばかりであった。おますの頭脳の中には、おますにだけ通用する式がちゃんと立ててあって、それで答えが出るのに相違ないが、先生はそれを許さなかった。

おますが、暗算がよくできるということを聞いた酒屋の主人が、それを試し、これだけの頭があるならばと、珠算を教えて帳場に使ってみようとした。

番頭が寄せ算の方法を教えてから、何十何銭也と、数字を読み上げると、おますは球を動かさず暗算でやった。答えは合っていたがそれでは番頭が承知しなかった。何円何十何銭也と三桁《けた》の数字にしても、結構頭で算盤《そろばん》を入れた。それも程度があって、番頭が数字を読み上げる速度を上げると、頭だけではついていけなかった。

「だから、算盤を使うんだ」

番頭は、算盤を鳴らして、怒鳴《どな》った。おますは、はいと素直にかしこまった。そういうふうに教えこまれていたから、何を言われてもはいと返事をした。返事はよかったが、算盤玉には指先を掛けなかった。

番頭はおますの頭を算盤で叩いた。おますが泣いて、おますに与えられたチャンスは去った。

彼女はその時から、女中の下働きとしてこき使われる身分になった。

このころはまだおますは完全な馬鹿者扱いにはされていなかった。これはおますが暗算がよくできるということのためばかりではなく物覚えがいいことであった。彼女は酒屋に出入りする人の顔と、その人が出入りした年月日をよく覚えていた。

「ああ権助《ごんすけ》さかね、あの人は一昨年《おととし》の十一月二十七日に来て、去年の三月十一日に帰ったよ」

と、日記でも見るようなことを言った。それがでたらめではなく、本当であったから、驚くべきことであるが、彼女の記憶が、あらゆる人と事件に対してそうであるかというと、必ずしも当たらない。権助について覚えていたのは、権助が彼女にいやらしいことを仕掛けたからであった。

彼女は、自分が何年何月に小学校を卒業したかは覚えていなかった。

彼女にとって小学校の卒業などはどうでもよいことだったに違いない。

二

十九歳の秋、おますの処女は桐の下駄と交換された。小肥りで、肉感的な女に成長したおますに眼をつけた雇い人の安春《やすはる》が、町から買って来た下駄をおますに与え、今夜、裏庭の胡桃の木の下に来いと誘った。おますは貰った下駄を女中部屋の押入れのたった一つの彼女の財産である柳行李《ごうり》の中にしまった。藁草履《わらぞうり》しかはいたことのないおますには、赤い鼻緒の下駄が大変高価ですばらしい物であった。暇を盗んでは、女中部屋に帰り、行李を開けて、秘密の所有物を胸に抱いた。

胡桃の木の下に物置小屋があった。

おますをそこへ引っ張り込んだ安春は、ひどく性急に情交をせまった。

「なにをするんだえ」

おますは安春に抗《あらが》った。

「なにをするって、分かっているじゃあねえか。桐の下駄はただやったんじゃあねえ」

「……」

いやなら下駄を返せと、安春はおますを組み伏せた手に力をこめて言った。下駄を返すと言っても、安春が力をゆるめるものではないことをおますは知っていた。おますは声を上げなかった。赤い鼻緒の下駄を返すには惜しい気がした。おますは成り行きに任せたままで眼をつむった。

安春はおますがなにかつぶやいていることは知っていたが、それがなんであるか確かめる余裕もないほど、目的を急ぎ、済んだ後の、空虚な気持ちの中に飛び込んで来たおますの十三という言葉を、不思議なものに聞いた。

「なにを言っているんだ、おます」

「胡桃が十三落ちた」

おますは、安春に抱かれたまま、物置の屋根に落ちる胡桃の数を数えていたのであった。これは外科手術を受ける少女が、痛みをまぎらすために、数を数えるのと似ていて哀れであった。安春は、下駄一足でおますをごまかした罪を悔いたが、それはその瞬間だけで、小屋を出る時には、明日の晩もここへ来いと、おますに言いおくことを忘れなかった。

十日目におますは桐の下駄をはいた。生まれて初めてはいた赤い鼻緒の下駄は、ぴったり彼女の足の裏に張りついて、その感触は、草履よりいいものではなかったが、人並みに下駄を穿いたということが、彼女に大人を意識させた。

下駄の出処は正直に話した。安春がおますにちょっかいを掛けたなと、雇い人たちが気付いた時には、二人の間はだいぶ進んでいた。

安春はおますと一緒になる気は初めからなく、あくまで下駄一足で取引をしたつもりでいたが、おますが妊娠したという事実の前には逃避のしようがなかった。相手は俺一人ではないと、安春は主人の前で言い張ったが、おますが他の男と関係した様子はなく、逃げれば逃げるほど、彼の立場は不利になった。

安春は酒屋をやめて、おますを連れて村へ帰り、墓場の近くの薬置小屋を改造して新居をかまえた。小作人としての安春の生計は豊かではなく、安春はその不遇を馬鹿な女房を貰ったからだとおますのせいにして、口ぎたなくおますを罵倒した。いくら怒鳴られてもぶたれても、おますは出ていかなかった。安春との間にできた春太郎が四つの年の春、安春は材木を引き出しに行って、足を滑らせ、木の下敷きになって死んだ。おますは安春の死よりも、後に残された春太郎が可哀そうだと、春太郎を抱いて泣き続けた。

おますの二度目の亭主は馬喰《ばくろう》の三吉であった。流れ者で、村から村へ渡り歩く、農馬のブローカーであったが、馬喰にしては珍しく酒も煙草も飲まなかった。けちでなく、酒をのむと癲癇《てんかん》のような発作が起こり、煙草をのむとぜんそくのように咳をして苦しんだ。甘いものもいけなかった。

そのかわり三吉は女がなくては一日もいられない男であった。行く先々で、女とくっついた。

精神的な問題ではなかった。

どんな女であれ女でさえあればいいという男であった。

三吉はおますのぼろ屋で、彼女に、女として与えられる最大の快楽を教えた。その方法は露骨で、技術は多岐であった。

三吉はその場にいる春太郎を邪魔にした。春太郎のために、別に一揃いの寝具を買って来て与えたが、おますは春太郎と別々に寝ることを承知しなかった。春太郎は彼女の分身であり、いかなる場合においても春太郎をそばから離さなかった。三吉が春太郎を邪魔にすると、おますは三吉の要求を拒絶した。おますの春太郎に対する愛情は本能的というよりも動物的であった。四つにもなった子を背負って歩いた。冬などは寒いからといって、彼女の肌に直接背負い、その上に着物を着、ねんねこを着せていた。こうして春太郎は意気地のない少年として育てられていった。

山一つ越えて向こうの村に三吉が新しい後家を見付けたのは、おますと一緒になってから三年目であった。三吉はおますを捨てて、その村へ移っていった。彼が去ってからおますは女の子を生んだ。みつ子と名がつけられた。

おますは決して淫乱な女ではないのに、彼女のところへ男が寄るのは、彼女の持って生まれた明けっぱなしの性格によるものであろう。

村ではおますのことを馬鹿だとは言わないが、一人前には扱わなかった。安春に死なれた時も愚痴《ぐち》はこぼさない、三吉に逃げられた時にも別に困ったような顔をしない。そういう足りなさに男たちは、なに相手はおますだと気を許して近づいていった。男が決まると、おますは、その男をうちの父ちゃんと言って大事にし、男に逃げられると、しようがないわいと、けろりとして次の男を待っていた。

おますはなまけものであった。少なくとも村ではそう解釈していた。みかけはなまけ者であったが、仕事が嫌いでなまけるのではなく、仕事の中途で、なにか別のことに気を取られると、その仕事を放棄するのであって、骨おしみをしたり、ずるを決め込んでいるのではない。

おますのできる仕事といったら、草取りか子守ぐらいのものであった。おますは畑の草取りをしていて、尺取り虫が、桑の株から、木のてっぺんまで登っていくのを、腰をすえてじっと眺めていたり、石垣の間に小鳥の巣を見付けると、半日突っ立って、小鳥が餌を雛《ひな》に運ぶのを見ていたりするような女であった。

三吉についで、おますと長く同棲した男は鉱山に働く善作であった。無口な、いつも不機嫌な顔をしている男だったが、春太郎とみつ子を可愛がった。終戦と共に鉱山がやめになり、善作が職を探して、他へ移ってからは、音信不通である。

三

あの絵かきの先生が、この村に来たのは、昭和十二年の七月二十五日であったと、おますの記憶の日記には銘記してある。

その画家がこの村へ滞在したのは、村から一キロメートルも離れたところにある滝を描くための二十日間であった。はじめは滝を描くためではなく、材料を探しているうちに偶然その滝に出会ったのである。都会の人にはほとんど知られず、鬱蒼《うっそう》と茂る樹木にかこまれての、十数メートルの懸崖《けんがい》の滝の音は、曇った日の夜などには、村にいても、遠く山鳴りのように聞こえていた。

　画家が春太郎を知ったのは、初めてその滝を見に行く途中であった。鎌《かま》を腰にさし、縄を肩にかけた少年が、画家の先をなにか考えながら、ゆっくりと歩いていった。滝への道を聞くと、少年は黙って、指をさして先に立った。

　滝壺を巡《めぐ》って、山百合《ゆり》が咲いていた。白百合を模様にした花瓶に生けられた巨大な水柱といった豪壮な感じが、その滝の第一印象であった。

　画家は取材をそこに決めた。仕事を始めても少年は帰らなかった。一時間たっても、二時間たっても、少年は画家の手先をみつめたまま動かなかった。翌日は画家が家を出るのを春太郎が待っていた。画家が少年の画才を発見したのは、三日目であった。彼は少年に画用紙と鉛筆を与えた。こういうふうに描けと教えるでもなく、黙ってみているよりお前も描いてみたらどうかと言って与えたのである。

　画家の想像どおり少年は才能があった。描き出すと、画家の方を気にしなくなって、滝と画用紙との間を交互に眼が往復した。

　才能はあるが天分はないと画家は少年の絵を心で批評した。春太郎の絵の構図は、その画家を真似たものであった。上手だが、それはただの上手さで、ひらめきのあるうまさではなかった。山百合を背景とした春太郎の横顔はそのまま絵になった。

画家は、絵を描く少年という構図をとり、春太郎をモデルに山百合と滝を描いた。展覧会に出品された、絵を描く少年の絵葉書が、おますのあばら屋に送られたころから、春太郎はいよいよ絵が好きになった。農事の手伝いを嫌って絵ばかり描くようになった。もっとも、彼の絵も見捨てたものではなく、農閑期に、村でふすまの張り直しなどをする時に、春太郎に一筆依頼に行く者もあるし、祭りの灯籠《とうろう》の絵は春太郎が描いた。おますの変わった性格のどこかが、春太郎に遺伝されたのであろう。春太郎は兵隊になって、終戦の年に戦死した。おますのあばら屋の壁の上に春太郎のかいた絵が貼ってあった。壁がくずれて絵と共に落ちると、おますは、絵を別のところに貼った。そこもくずれ落ちて、いよいよ春太郎の絵の貼り場所がなくなると、天井にはった。

みつ子は親に似ない子であった。小学校も優等だったし、顔もおますの色の白いところと、三吉の鼻の高いところに似ているから、村では縹緻《きりよう》よしの方であった。みつ子は親のおますのたよりなさを身にしみて育った。親のたどった道を再び踏むまいと力んでいるせいか気が強く、働き者であった。

戦争中は町工場で働き、終戦後は村に帰って、農地解放のおかげでいくらか手に入った田と畑を作り、余力は村の誰彼の手伝いに過ごしていた。

「みつ子の養子が見つかったかえ」

と、村の人はおますを見かけると言った。からかい半分だったが、適当な養子さえ見つければ、おますは楽になるだろうという村の人の好意もあった。みつ子は二十歳になった。

おますは子守をしながら、公会堂の下で胡桃の木を眺めていた。

そのころはまだバスが来ていなかったから、腰かけるベンチがなかった。ざっくざっく落ち葉を踏みながら歩き回って、ときどき草履にふれる胡桃があると拾い上げて、黄色い表皮を取り除いてから袋に入れた。拾えるだけ拾わないとみつ子に叱られるから拾うまでのことで、欲しいから拾うのではなかった。

たいして風もないのに、胡桃がばらばら落ちた。木の上で誰かザルに入れた胡桃を撒《ま》きちらすような異様さで落ちた。おますは落ちるのと拾うのに気を取られて数を忘れた。

おますにとって数を忘れたり、間違えたりするようなことはないことだった。彼女は腰を伸ばして、胡桃の木を見上げようとした。

眼の前に男が突っ立っていた。

「おい婆さん、町へ行く道はこれだな」

おますは婆さんと言われても不思議のない年齢だったが、婆さんと呼ばれたことは一度もなかった。

おますは開けていた口許を引き締めて相手をじっと見た。

こういう時おますは馬鹿者のおますの顔ではなく、眼の配り方は尋常であった。

「町へいくのけえ」

おますが一口口をきくと、彼女の顔はたるんで、眼から光が消える。

「町へ行く道はこれかって聞いているんだ」

リュックサックを背負った男は怒ったように言ってからぺっと唾をはいた。おますがそうだと答えると、有難うも言わずに、本道と直角に裏山へ向かっている道に入っていった。

村へ小豆《あずき》か米を買い出しに来た闇屋だな、と思った。上衣は軍服、リュックがふくれていないところを見ると、大して買い込みができなかったと見えた。

近道は真っ直ぐ行ったところの赤土のガレ場の所で左に曲がる。

そこで男は振り返った。百メートルをへだてておますと眼があった。すると男はなにか悪いところでも見られたようにあわてて前を向き、歩度を速めた。

(あのまま行くと山の中でみつ子に出会う時間だな)

おますは、村の人に頼まれて町まで塩を買いに行ったみつ子のことが心配になった。

そういう心配は一度もしたことのないおますがそう感じたのは、男の顔が権助の顔に似ていたからである。眉毛が毛虫のように太く、眼との間隔が狭く、鼻翼が張った大きな顔だった。権助が酒屋に働きに来た日に、おますを見た濁って燃える眼は、おますを本能的に警戒させた。

権助が来て五日もたたない真っ昼間であった。おますがなにかの用で、家の裏に回った時に酒樽のかげから飛び出して来た権助は、いきなりおますの口をふさぎ、横抱きにして、樽のかげへ引き摺り込み、おますが大して抵抗しないと見たのか、おますの口から手をはなし、モンペに手をかけた。おますは金切り声を上げて難をのがれた。

権助とその男が似ていることから、おますは娘のみつ子に危難が降りかからねばいいがと思った。母親としての本能的な心配だったかもしれない。

おますは背中の子を母親に返し、月が出てからも、胡桃の下でみつ子を待っていた。みつ子は帰らなかった。村人によってみつ子の悲惨な姿が発見されたのは翌朝であった。

森の中へ引き摺り込まれて、犯されて殺されていた。激しい抵抗のあとがあって、みつ子の手の中に男の頭髪が数条にぎられていた。

殺した男は分からなかった。男の特徴についても、あまりはっきりしていなかった。村へ来て三軒に立ち寄り、合計五升の小豆を買っただけである。ひどくぶっきらぼうの男で、やたらに庭へ唾をはき散らす癖《くせ》のある二十二、三の、軍隊服を着た男というくらいのものであった。この地方の者でないことは確かだった。おますは刑事に男の人相のことを聞かれると、権助と似ていると答えた。その権助は六十をとっくに過ぎて、町で桶屋をやっていた。

四

おますはなにもかも失った。残ったものといえば、土壁の穴から太陽の見えるあばら屋一軒と、彼女の記憶の日記であった。不思議におますの記憶は数字の根拠を持っていて、彼女が一度背負って、体温を感じ合った子供のことなら、その子がいくつになっても生年月日をちゃんと覚えているし、子守をしなくても、彼女が何らかの恩恵を受けた家の子や、逆に彼女にわるさを働いた子供のことも覚えていた。何月何日に石を投げたじゃないかと、いうようなことを子供に向かって言った。安春や三吉や善作のことは一言も言わなかったが、失《な》くした春太郎とみつ子のことはよく話した。自分の子供のことを話す時だけはせつない顔をするが、それ以外の時、おますの、しょげた顔を見たものはいなかった。

おますはいつも笑いかけたような顔をして村の公会堂の付近をうろついていた。

おますは田畑があっても野良仕事はしないので、せっかく農地解放でおますのものになった土地も、みつ子が死んで数年たたないうちに村で買い上げて学校の農場となった。

彼女はなにもしなかった。若いころには針仕事もできたのに、みつ子が死んでからは自分のモンペのほころびも縫わない。誰かがつくろってやるか、古物を与えるまでは着のみ着のままでいた。おますは子供を可愛がるからおますに子守をさせるのは、いかなる時でも絶対に安心であったが、彼女の不潔さには、この山村の人たちも顔をそむけた。だからおますに子守を頼む前には、おますを風呂に入れてやったり、着物を着せかえてから子供を任せるのであった。

おますは着物を貰うと、それまで着ていた着物を、ぼろ屋の補修に使った。破れ穴に突っ込むのである。彼女の家へ一歩入ると、むっと異様な臭気がした。自分で飯を炊《た》くのを面倒がって、腹がへると、子守をしようかと誰彼の区別なしに出かけていった。冬は三尺も四尺も雪が積もる。農閑期だから子守はいらない。この期間がおますに最もピンチである。炬燵《こたつ》をかけるのを面倒がって、おますはありったけの布団をかぶって一日でも二日でも近所で心配して見に行くまで寝ていた。彼女は村中の厄介者になりかけていた。

だが、村の公会堂までバスが来るようになって、東京からの登山者がぼつぼつ村を訪れるようになると、おますは奇妙な行動を始めた。雪が降ってバスが通じなくなるまではどんなことがあっても、十二時と十八時のバスの時間には必ずその停留所へやって来た。おますにはバスが珍しいだろうと言っている村人も、おますが降りて来る客に配る眼付きがいつものおますと違っていることに気がついて、おますが誰かを待っているぞと一時噂がたった。

「おます、色男でも探しているのか」

彼女の過去を知っている村の者がからかってもおますは、例のとおりの薄馬鹿笑いを浮かべたままで答えなかった。

結局おますは、バスを見るのが好きか、新しい人の顔でも見たいのだろうというのがおちで、それ以上のことは誰も詮索しようとしなかった。

おますがバスの停留所へ来るのは目的があってのことである。必ず来るに違いないと男を待っている一日一日であった。

みつ子が殺された時に村へ来た刑事が、おますに洩らした冗談とも本当ともつかない言葉を信じての行動であった。

「なあおます、人殺しをした奴《やつ》というものは不思議に現場へ来たがるものだ。五年もたって、ほとぼりがさめて、この村へバスでも通ずるようになったころ、ひょっこりやってくるかもしれないぞ、その時はだ、おます、人殺し、人殺しと言ってだ、そいつに食らいついてやるのだぞ」

おますは刑事の言葉を聞きながら、そいつがバスに乗って来る日は、みつ子の殺された時のように風もないのに、数え切れないほどの胡桃が落ちる日であるように空想した。胡桃の落ちるころは、特に気をつけなければならないと思った。みつ子が死んでから五年目にバスが通じた。おますはみつ子を殺した、眉毛の濃い、眉毛と眼との間隔の狭い男は、そのバスに乗って必ず来るものと思い込んだ。

誰を待っているのかと人に訊《き》かれても言わないのは、その秘密が洩れて、犯人が来ないようになっては大変だと思ったからである。

バスが来るようになってから、おますが自分で飯を炊《た》き、針を持って、つぎはぎぐらいするようになったのは大変な変わり方だった。彼女はいくぶん若返ったように見えた。

五

おますの顔から笑いが引っ込んだ。胡桃の落ち方がいつもと違っていた。無風であるのに大風の時よりも落ちた。春先の雹《ひょう》が桑の葉に落ちる時のように激しい音をたてて落実した。

おますは数えていた数を忘れた。こんなことはないはずだと、この異様な現象の原因を空に求めた。秋晴れのよい天気だった。

おますは立ち上がって身ぶるいをした。

こんな日にみつ子を殺したあの男がやって来るのではないかと思った。

彼女はバスの音に耳をすませた。十二時のバスは十五分おくれて着いた。連休のせいかバスは一杯だった。

バスが停車すると、真っ先に飛び降りた男におますは眼をつけた。飛び降りた男は、すぐ振り返って、バスから降りてくる同行の男や女のリュックを受け取って胡桃の落ち葉の上に並べた。

おますは相変わらず背に子供を背負っていた。男がバスから飛び降りるとほとんど同時に、おますは背負った子の尻のあたりに手をやったまま小走りに庭へ回った。彼女にしては機敏すぎる動作であった。突然走ったせいか、おますの背中でせんべいをなめていた子供が泣き出した。せんべいを取り落としたのである。いつものおますならば、すぐせんべいを拾って子供に与え、子供をなだめるのであったが、その時は違っていた。おますの頭は男の顔を確かめたいという気持ちで一杯だった。おますは呼吸《いき》をはずませて、男の前に出ると、顎を突き出して男の顔を凝視した。

太い眉毛、眉毛と眼の間隔が狭く、鼻は平べったく、大きな顔だった。おますの待っている男と違うところは、青々としたひげそりの跡と、着ている服装が軍隊服でないだけだった。

男は、近寄って、彼の顔をのぞき込む異様な女に、ちょっと気をとられたが、バスから降りて来た四人の男と三人の女連れに、荷物はこれだけかと聞いた。

その声はどら声で、みつ子を殺した男が、おますに道を聞いた時のそれとそっくりであった。おますはずっと男に接近した。彼女の両手が自然に上がった。男に向かって、なにか叫びかけようとして、やや躊躇《ちゅうちょ》している顔付きだった。

「なんでえ、この婆さん……」

男はそう言って、顔をそむけて、ぺっと唾をはいた。男が唾をはいたのをみて、おますは間違いなくあいつだときめた。

「人殺しい！　みつ子を殺した人殺しが来たぞう……」

おますの叫び声は、バスから降りた人の足を止めた。走り出そうとしたバスを停めて、運転手と車掌が顔を出した。

「人殺しだ、おめえがみつ子を殺したやつだぞ」

おますは男に向かって飛びかかっていった。男が身体をかわすと、よろけて、落ち葉の上にころんだが、すぐ起き上がり、同じことをさけびながら男にとりつこうとする。

「なんだ気違いか」

男は、彼のグループに言った。相手が気違いであっても、人殺しと言われたことにいい気持ちはしていない顔だった。

男は、おますを無視して、リュックに手をかけた。気違いを相手にせず、さっさと目的地へ行こうとする男の動作が、おますには男が逃げかかったと思われた。

おますは男のジャンパーの裾《すそ》を握って、

「誰か来てくれよう、人殺しが逃げるぞよう」

と、どなった。

男はついに我慢ができなくなったようであった。振り返りざま、おますの胸を突きとばした。おますは一間もうしろに突き飛ばされて背を下にして倒れた。背中でギャッという声がした。おますの背中には子供がいる。子供が火がついたように泣き出した。驚いた声ではなく、どこかを痛めた泣き声だった。

「なにをするんだ……」

村の青年が男に向かって言った。

「俺のことを人殺し、人殺しといやあがって、うるせえから突き飛ばしたんだ」

「相手は年寄りと子供だ」

村の青年は男の前から動かなかった。おますが背負っていた子供の母親が飛んで来て、子供が怪我をしたというけたたましい叫び声を上げると広場の空気はさらに混乱した。

「やい人殺し、てめえは、昭和二十一年十月二十一日に、おらの娘のみつ子を殺したではねえか」

から身になったおますは、村の青年と、リュックをぶらさげて突っ立っている男の間にとび込んで言った。おますが年月日を口にだす癖は村の人にとっては珍しいことではないが、東京から来た若者にとってはいよいよおますが気違いであるという証明になった。

その男は二十二歳、十年前の昭和二十一年には十二歳の少年であった。

「おい野々森《ののもり》、そんな気違いを相手にするな」

都会から来た青年たちは男をうながした。

「ちぇっ、馬鹿にしてやがる」

野々森と呼ばれる男は片手でリュックを肩にかつぐと胡桃の葉をばさばさ踏みながら歩き出した。

「やい待て、子供に怪我をさせて黙っていく気か」

村の青年が言った。村の青年の数がふえて来た。

「ふん、気違い部落の百姓どもめ……」

野々森はそう言って、ぺっと唾をはいた。

おますが、人殺し、人殺しと言って野々森の後を追いかけようとしたが、村の青年が抱きとめて何か言った。子供の泣き声はやまなかった。

母親は野良着のまま、あっけにとられて立っている車掌に「早く医者へやっとくれ」と言いながら、バスに子供を抱いて飛び込んだ。

野々森と、その一行は滝の下で昼食を食べていた。食事が終わると、携帯用のラジオをつけて、妙な足どりでダンスを始めた。いくらかアルコールが入っているせいかダンスは乱れて野卑《やひ》であった。

ダンスに飽《あ》きると、彼らは座り込んで歌い出した。野々森が立ち上がって、滝壺から村へ引き込んである用水の土手に立ってズボンのボタンをはずした。それを見てあとの四人の男が、走って行って放列を敷いた。女たちがげらげら笑ったが、その音は滝の音に消されて、そのグループの動作を百メートルも離れた木の間から監視している村の青年たちには届かなかった。

「畜生め、村の使い水に小便しやあがった」

一番若い村の青年が、前へ出ようとしたが、年長者の五郎が引き留めて、かんで含めるようになにかをみんなに申し渡した。

総員五名、手に手に栗の木の梃子《てこ》を持っていた。相談がまとまると、指導者格の五郎を先頭として、滝への一本道をゆっくり歩き出した。

滝壺から三十メートルも手前に来て、村の青年たちは停止して、申しわけのような焚《たき》火《び》を始めた。用水は急な斜面を切り開いて作ったものである。用水の上の崖は急峻で登れない。

下は深いやぶの沢になっていた。道は一本道、滝壺で終わっていた。

村の青年がなにをしに来たかは野々森たちにすぐ通じた。

歌はやめになり、しばらくの間にらみ合いが続いた後で、野々森の方から、なにしに来たのだと喧嘩の火がつけられた。

てめえたちが、この村の道へ入って来たら一発、性の根をたたき直してやるために、待っているのだと五郎が言った。

野々森たちの間に動揺が起こった。

女たちが身に迫った危険のために逃げ道を探そうとし始めたからである。逃げようとしても逃げる道はなかった。

「やい、百姓共、どうしてもそこを動かねえっていうのか」

野々森がピッケルをかまえて、二、三歩村の青年たちの方へ近寄った。あとの男たち四人も、身構えをした。本気で喧嘩をする気はないが、五人と五人だから、おどかせば、なんとかなると軽率に踏んだことと、連れて来た女たちの手前、強いところを見せようとする気が野々森たちを前へおし出した。

野々森が一歩前へ進むと、焚火をかこんでいた青年たちが立ち上がり、逃げ腰で、梃子をかまえた。誘いであったが、野々森にはそれが見えない。

「この野郎ども！」

野々森はピッケルを振りかざして、突進した。梃子をかついだ五郎を先頭にして、村の青年が逃げた。逃げ切れないと見せかけて四人の青年は、道からそれて、下やぶの中に飛び込んだ。野々森は五郎を追って焚火を飛び越して、二十メートルも走った。

ぴたっと五郎が足を止めたと同時に、軍隊でやった回れ右の動作を正しくとって、向き直った時には、肩にかついでいた梃子棒は銃剣になり、五郎は十一年さかのぼって、歩兵軍曹《ぐんそう》になった。五郎は銃剣の先を、野々森の胸につけて、つっつっと前進した。五郎の姿が銃剣にかくれ、五郎の眼に殺気が光った。

「やあっ」

裂帛《れっぱく》の気合が五郎の口から出た。野々森は夢中で逃げた。背中を五郎の銃剣で刺される痛みを感じながら逃げた。

やぶの中に逃げこんだはずの四人の青年が、やぶの中から蜂起して、逃げる野々森の向こうずねを梃子でなぐった。野々森は前につんのめった。勝負はきまった。

「ピッケルを滝壺に捨てろ、貴様らに二度と村道は踏ませない、動けなくなったこいつを連れて、やぶを下って行け、川にそって二丁《ちょう》も下れば、道がある」

五郎は、四人の男がピッケルを捨てるのを見届けてから、焚火を消して、村の青年の先頭に立って引き返して行った。

六

向こうずねに打撲傷を負った野々森をかついだ一行が、町へ着いたら警察へ訴えるのだと息まいて、やっとのこと、県道へ出たところに警官が待っていた。村の子供に重傷を与えた嫌疑で一行はそのまま町の警察へ引き留められた。

野々森の一行に限らず、最近都会からやってくるハイカーたちには村の人も例外なく反感を持っていた。白樺《しらかば》の皮をはぐ、木を切る、用水をけがす、風紀を乱す、それで村には一銭の利得もない。おますが背負っていた五郎の長男の骨折は重傷であった。悪くすると、びっこになるという医者の診断であった。

町の警察へ参考人として、おますが呼ばれたが、すぐ帰された。

おますの記憶は正確だったが、十年の経過を人相に考慮しないで野々森を人殺しと呼んだことが、警察官を苦笑させた。

ちょうどこの騒ぎの最中に、東京から刑事がこの町の警察に来ていた。詐欺事件の証拠がためであった。刑事がおますという女が眉毛の濃い男を人殺しだと言ったことに心を惹かれた。

東京の郊外で、女子事務員が痴漢《ちかん》に襲われて殺された事件が一ヵ月ほど前にあった。その犯人らしいという男を見たという二、三人からの聞きこみによると、眉毛が非常に太い三十四、五の男ということが人相の手掛かりであった。

刑事は調べ室へ行って野々森の人相を見た。一度見たら忘れられないほど、野々森の毛虫眉毛は太かった。顔を見たついでに調書をのぞくと、野々森は三鷹《みたか》のアパートに住んでいる会社員であった。刑事は三鷹と、一ヵ月前に事件があった場所を頭に描いた。そう遠い距離ではない。

おますを突き飛ばして、背中の子供に重傷を負わせたという、野々森の人相を女子事務員殺しの犯人に引っかけて考えてみたが、年齢の点で、刑事の捜査意欲はそれ以上に発展しなかった。野々森忠夫の人相だけが刑事の頭の隅に置き放しになった。

刑事がその後一ヵ月も経って、野々森忠夫の身辺を洗ってみようかと考えたのは、野々森が、彼とそっくりの毛虫眉毛をした男と新宿《しんじゆく》を歩いているのを見かけた時からである。その男の風体は普通の勤め人ではなかった。風体よりも眼つきが陰惨だった。刑事の直観による犯罪者の濁った眼が光っていた。刑事はおますのことを思い出した。おますの覚えていた人相、十年前のみつ子殺しと、女事務員殺しと事件を連結して、その芯《しん》になる、眉毛の太い男を、野々森と連れ立っている男に引っ掛けた。

改めてその男を見ると、野々森の兄でもあろうかと考えられるほど似ている。

野々森のアパートは酷《ひど》いぼろアパートであった。刑事が調べると、野々森の兄と自称する男は、ときどき小遣銭を弟の忠夫にせびりに来て、最後は必ず喧嘩をし、口ぎたなく忠夫をののしり、廊下に唾を吐いて帰るということがわかった。

刑事は野々森の兄、野々森勝造を追った。勝造と同じ飯場《はんば》にいたことのある男から、勝造が酒の話の上のついでに、女を殺したことがあると洩らした事実をつきとめた。

勝造は女子事務員殺しの犯人として挙げられた。現場に残した手拭が動かすことので きない証拠の一つになった。十年前、山の中でみつ子を殺したという余罪も洗い出され たが、この方は頑強に否定した。証拠はやや不十分であった。

年がかわっての春、おますは村役場の人につきそわれて、証人として法廷へ出頭する ため東京へ来た。生まれて初めての上京であるから、見るもの聞くものことごとく奇異 であった。おますはときどき大声を出して村の人にたしなめられた。

この男を見たことがあるかと検事に聞かれたおますは、勝造を一瞥《いちべつ》して、

「おらあ知らねえ」

と答えた。

おますの記憶に残っている勝造の姿は十年前の勝造の二十五の姿であって、その後、 世の中の日かげばかり歩いて回っている、顔に疵《きず》のある男ではなかった。なにを聞かれ ても、その時の男とは違うのだと答えた。おますは席に座らされた。

おますが傍聴席にいる野々森忠夫を発見して叫び声をあげたのは検事の論告が始まっ た直後であった。

「人殺し、人殺しがいるぞ、みつ子を殺したやつが、あそこにいるぞう！」

おますは席から立ち上がって、野々森忠夫に指をさして叫んだ。

法廷から連れ出される時も、なぜあの人殺しをつかまえてくれないのかと、泣き叫ん

でいた。

十二時のバスが着いても、おますは降りてくる人の顔に注意を払わなかった。みつ子を殺した真犯人は勝造ではなく、忠夫であると信じているおますは、司直の手に忠夫が捕えられないことは情けない世の中だと思っていた。再度、忠夫がバスに乗って来るとは考えられないし、来ても、村人は彼女に協力してくれそうもないことは分かっていた。秋になって、野々森勝造が死刑の判決を受けたと聞いても、おますは、他人《ひと》事《ごと》のような顔をしていた。

村の公会堂の庭の胡桃は、その秋もたくさんの実をつけて、霜がくると、木の葉と共に落ちた。おますは背に子供を背負って、相変わらずの薄笑いを浮かべながら、落ちる胡桃を眺めていたが、数を数えてはいなかった。二十落ちても、三十落ちても、たとえ数え切れないほど落ちたとしても、おますにはもう用のない胡桃であった。

山が見ていた

一

午後から急に暖かくなった。冬としては異常な暖かさであり、その急変もこの冬になってからはじめてのことである。

宮河久男《みやがわひさお》は小型貨客車《ライトバン》に積み込む荷物の数をチェックしながら、背中にむずがゆいものを感じていた。浮き浮きとそのへんを歩き回ってみたい春先のあの感覚だった。

「岩根《いわね》君、三時半までに帰って来てくれ。あのトラックの方の荷物も五時までに届けないとまずいんだ」

あのトラックの方もと言いながら発送係の小林がゆびさす大型トラックにはすでに荷を積み込んであった。

「三時半ですか、無理ですな、どんなに急いでも帰って来るのは四時になりますね」

四時かと小林は口の中で言った。四時に出発したのではトラックが向こうへつく時間が遅くなるという顔である。

「だいたい運転手が足りないんですよこの会社は」

岩根は小林に当てつけながらくわえていた煙草を踏み消した。

「急ぐんでしたら、僕がこっちの方を引き受けましょうかね」

半ばは笑い顔で、宮河久男はライトバンの方を顎《あご》でしゃくって言った。ほんとに運転していくつもりはなかった。ひょいっと、口に出たまでである。

「君に運転できるのか、免許証を持っているのかね」

　小林は意外な顔をした。

「持っております。きのう貰ったばかりです」

　宮河久男は上衣《うわぎ》の内ポケットから真新しい、免許証を出して小林の前に出した。実はその免許証を他人に見せびらかしたかったのである。運転することとは別問題だった。

「君がやってくれるとしたら、あっちの顔もこっちの顔も立つ」

　小林は荷を積んだままにしてあるトラックと、ライトバンの両方に眼を配りながら、

「腕は大丈夫だろうな」

　と言って、宮河久男の腕の検査でもするような顔で、免許証を開いた。

「運転には自信はあります。が、僕でなくても、誰か他にいるでしょう」

　宮河久男は、営業課員であった。発送係とは関係があったが仕事は違っていた。

「やってもらおう、ちょっと営業課の方へ、連絡してくる」

　そう言って走っていく小林に宮河は、この話はやめにしてください、ライトバンは自信がないと言いたかったがもう遅かった。間もなく二階の窓から小林が顔を出した。

「たのむぜ」

そして、小林は岩根運転手にトラックの方をすぐに出すように言った。

宮河久男はライトバンの運転台に座った。陽気のせいなんだと思った。この暖かいばか陽気が、おれにライトバンの運転なんかさせる気を起こさせたのだと思った。

「おい、昭和通りに出るまで気をつけろよ、道が狭い、いきなり、子供が飛び出して来ることがあるんだ」

岩根運転手が先輩顔に言った。

宮河は大きくうなずいて、腕は確かだと、強《し》いて自分の心に言い聞かせてハンドルを握った。昭和通りに出るまでも、昭和通りを出てからも、別に心配するようなことはなかった。

暖かい風が彼のいくらか上気した顔を撫でて通っていった。

「腕は確かなものだ」

彼はひとりごとを言った。自信が出た。彼は前をよたよた走っている三輪車を追い抜いた。

帰りはさらに快調だった。荷物をおろして帰途についてすぐ彼は、ひょっとすると三時半までに会社へ帰れるかもしれないと思った。

岩根運転手がとても無理だといった三時半までに、このまま走れば悠々《ゆうゆう》間に合うような気がした。

その時すでに彼は、免許証を貰ってはじめての運転だというこだわり方から抜けていた。昭和通りを突っ走って、右折して、商店街に入ってすぐであった。狭い通路にとめてある小型トラックを避けようとした時、黒いものが前に飛び出して来た。あぶないっとハンドルを右に切ったが、おそかった。彼の運転しているライトバンの緩衝器《バンパー》が少年をひっかけた。

少年の身体は宙を一回転して、路上にほうり出された。瞬間だったが、少年の白い顔が見えた。

宮河は走り過ぎてからブレーキを踏んだ。ふりかえると、路上に倒れている少年に向かって人が走り寄っていった。

「あれだよ、あの自動車が轢《ひ》いたんですよ」

おかみさんらしい人が宮河の方を指さしながら叫んでいる。おそろしい眼だった。

彼はアクセルを踏んだ。轢き逃げをするつもりはなかったが、そのおかみさんの眼が怖かった。轢き逃げをした結果に気がつくまでにはかなりの距離を走っていた。

引き返そうと思った。引き返してあの子を病院に運んでやらなければと思いながら、意志とは反対の方向に自動車は走っていった。

「えらく早いじゃあないか」

会社へ帰ると小林が宮河の腕を讃《ほ》めた。

「営業の方をやめて、発送の方へかわってもらおうか」

小林が言うのを聞きながら、宮河は自動車の前に回って、緩衝器《バンパー》を調べた。もしかしたら少年の血でもついてはいないかと思ったからである。異常はない。

「どうしたんだ。人でもはねとばして来たのか」

その小林の冗談と真実との適合に、宮河は真っ青になった。

「いや、冗談だよ」

小林は、宮河が顔色を変えたのを、冗談に対してのいかりだと解釈した。小林は、かさかさした頭髪を掻き上げながら、疲れたろう、コーヒーをおごろうと言った。

小林に言おうと思った。いずれそのうち、警察から手が回るだろうから、それまでに心をきめておかねばならない。あれほど多くの人がいるところで少年を轢いたのだから、誰かがきっと、自動車の番号を警察に告げただろうと思った。

「顔が青いな」

と小林が探るような眼を宮河に向けた。やはり、小林には打ち明けたくなかった。だいたい免許証を取ったばかりの俺に運転なんかさせた小林が悪いのだと、筋の通らぬ、恨《うら》み心を小林に向けてから、宮河は、結局この責任は自分ひとりでとるよりほかにないと思った。

(自首するのだ)

その前に少年の安否を確かめたかった。

宮河はそのまま外へ出た。会社の誰とも顔を合わせたくなかった。

彼が少年を轢いた商店街は日暮れ時を前にしてさらに混雑していた。彼は首を垂れて歩いた。罪悪感が彼の身をしめつけた。人のかたまりが見えた。なにかを囲んでいる群衆だった。その場所が少年を轢いたあたりだという彼の記憶と一致した。

彼はそれ以上前進できなかった。群衆の中から、あのこわい眼をしたおかみさんが走り出して、あいつだ、あいつが少年を轢いた男だと一口叫べば、黒い人の群れは竜巻のように彼を襲って来るように思われた。

「可哀そうなことをしたな」

「死んだのか」

「ああ……」

自転車に乗った二人の男が話しながら、ぼんやり突っ立っている宮河の傍《そば》を通り過ぎていった。

もはや、確かめにいく必要はなかった。少年は死んだのだ。

宮河久男はあてもなく歩いていた。自首しよう、自首しようと思いながら、警察を探しているのでもなかった。

彼はひどく咽喉《のど》の渇きを感じて足を止めた。そこは彼のアパートの前であった。いつ電車に乗り、いつ降りたかも覚えてはいなかった。

彼は部屋に入ると、敷きっぱなしの布団の枕許にある薬缶《やかん》に口をあてて水を飲んだ。悲しみが、こみ上げて来た。死んでしまいたいと思った。轢き逃げをするような下劣な自分自身に失望した。自首もできないで、のめのめ、アパートに帰って来た自分の頭を柱にぶっつけてくだいてしまいたかった。

「自首しても、人殺しの汚名は消えない、一生あの少年の白い顔に責められながら暮らすよりもいっそ」

その時すでに彼は自殺について考えていた。

廊下を重い足を引きずるような音がして、東隣りの戸が開いた。東隣りに住んでいる、老会社員が帰って来たのである。女の叫び声がした。また酒を飲んで来たのかと激しく夫を責める声と、それに対して、反撥《はんぱつ》する太い男の声がする。

「十時だな」

宮河久男は隣室で毎夜きまって行なわれる、一幕ものの夫婦劇の時間を知っていた。

東隣りが静かになってから、彼は便所に立った。アパートの誰とも会いたくなかった。階下の暗い廊下の電灯の下で、管理人とひそひそ話している男がいた。見たことのない男だった。オーバーに手を突っ込んだそのハンチングの男は、うなずきながら、眼を四方に配っていた。眼付の鋭い男だった。

来るべき者が来たなと思った。当然、いつかは迎えねばならない警察の人のご入来だと思ったが、彼はその男を歓迎しなかった。

彼は部屋に入ると内側から、鍵をかけた。

（俺は警察の厄介にはならぬ、罪のつぐないは自分でやる）

彼は、布団の上にあぐらをかいた。

間もなく階段を登って来る足音がしたが彼の部屋の前を行ったり来たりしただけでノックはしなかった。足音は去った。

（不在だと思っているらしい）

彼は誰にも会わずにアパートに入ったことを、とんだ儲《もう》けものをしたように考えていた。

西隣りに二人の足音が入り乱れて止まった。

西隣りはバーに勤めている女の部屋だった、ちょっと待っていてねという女の声がした。女が電灯をつけ、男を迎え入れるように部屋をととのえるまで、男は入口に立たされているのである。

コップの触れ合う音がした。ときどき、女の甲高い声に混じって、おしつぶしたような男の声が聞こえる。

深夜である。それに安アパートであるから隣室の音は細部にわたって聞こえる。

「十二時……」

女が男を引っ張りこんで来る時間は十二時である。

いやよ、いやよという声がした。そして間を置いて、女の含み笑いが、長く尾を引いた。

隣室でなにが行なわれているか、分かり切っていた。いつもなら、耐えられない時間だったが、今夜の宮河にはただ、煩《わずら》わしい時間だった。

一時になるといっさい物音は去った。そのころになって彼は風の音を聞いた。窓から覗《のぞ》くと、星が輝いていた。隙間風がつめたかった。異常に暖かかった気団は去って、今までどおり寒い冬に戻ったのだ。

「あの気狂い陽気がいけなかったのだ。あの陽気が、ライトバンを運転しようなどと、俺に言わせてしまったのだ」

死のうとしている者には寝る必要はなかったし、眠いとも思わなかった。彼は、時間の経過と共にいよいよ冴えて来る頭で自殺の方法を考えた。方法はいろいろあったが、自分の醜悪な死にざまが想像されるような死に方はいやだった。特に綺麗な死に方を欲してはいないけれども、誰にも死に顔が見つからないような——静かな死に場所を選びたかった。

（山で死のう）

という考えは、自殺を思い立った時から、彼の頭の隅にあった。それは、彼が山を知っていたからばかりでなく、実際静かに死ぬには、山以外に適当な場所がなかった。

（警察官は夜明けと共に、再びこのアパートに来るだろう、今度は部屋の中を開けてみるに違いない）

その前にアパートを抜け出なければならないと思った。

夜が明けた。彼はすっかり山支度をして、二階の窓から外を見た。アパートの門のところにハンチングをかぶった男が立っていた。身体の血が一度に引いた。観念して、一時間待った。二時間待って、アパートの人がほとんど起き上がっても、誰も彼のところへは来なかった。

おそるおそる外を覗くと、ハンチングの男の姿は消えていた。

彼はリュックサックを担《かつ》いでアパートを出た。通りに出てから、薬局に睡眠剤を買いに入った。

「どれにしましょうか」

薬局の主人が揃えて出す薬の箱を、彼の後ろから入って来た男が覗きこんでいた。宮河がふりかえると、その男は、顔を横に向けて、

「風邪の薬を欲しいのだが」

と薬局の主人に言った。

宮河久男は尾行する者のあることを意識した。

（なぜ尾行するのだろう、少年を轢き殺したという立派な証拠がある以上、文句なしに逮捕できるはずなのに）

尾行されることは変だったが、尾行されているらしいことは確かなようだった。駅で切符を買っている時も、電車に乗る時も、彼につきまとっている眼が感じられた。

二

立川《たちかわ》から氷川《ひかわ》行きの電車に乗った。

（勝手に尾行するがいい、だが山の中へ入ったらこっちのものだ）

宮河久男は、眼をつぶった。どうにでもなれという気持ちの彼を乗せて山へ向かって走っていく電車の座席はつめたかった。

疲労が彼をゆすぶった。彼は首を垂れた。

軍畑《いくさばた》と車掌が呼ぶ声で眼を覚まして顔を上げた。斜め前の席にいた男が、宮河の頭上の棚に投げていた視線をいそいでそらした。宮河に見詰められると眠ったふうをよそおうあたりが、なんとなくわざとらしかった。

（ひょっとしたら、会社のリュックサック事件のことで……）

二週間ばかり前の夜、会社の倉庫に賊が入って、高価な機械部品を盗んだ。盗品をリュックサックに入れて出たのを見た者があった。事情に明るい者の仕業とされていた。リユックサックはまだ新しい濃い黄色であった。

（なるほど、俺のリュックサックも新品だし、濃黄色だ）

尾行されている謎が解けた。

（俺は二つの罪を背負ったまま尾行されている。轢き逃げの罪の方は証拠があるが、リユックサック事件は証拠がないから、追えるだけ追ってこっちがボロを出すのを待っているに違いない）

そこまで気を回して考えると、今までとは違った怒りがこみ上げて来る。

（畜生め、俺は人を轢いた。だが俺は泥棒ではないぞ）

抗議の眼を筋向かいの男に投げた。

男は薄よごれたジャンパーを着こんで、ハンチングをかぶっていた。アパートの門のところに立っていた男のハンチングは白かったが、前に座っている男のは黒い。

（変装用のハンチングは裏と表で色が違うぐらいのことはちゃんと知ってるぞ）

宮河久男は、その男が眼を上げるのを待った。眼を上げたら、こっちから話しかけてもいいと思った。男は眠ったふりをしたままだった。男は、ハイキング用のキャラバンシューズを履《は》いていた。靴だけが新しかった。

（こいつ、山まで従《つ》いて来るつもりなのかな）

電車が御岳《みたけ》についた。宮河久男は氷川まで行くつもりだったが、彼を尾行する男の存在が邪魔だったから、幸い彼の席がプラットフォーム側にあるのを利用して、ドアの閉まる直前に飛びおりた。

ケーブルカーに乗りこんでから宮河久男は、ハンチングの男が、窓側の席に座っているのを見てはっとした。ケーブルはすでに動いている。

おそらくこの男は、御岳の駅で、他の出口からプラットフォームにおりて、前の方のバスに乗ったものと思われた。

ケーブルカーが終点について、宮河久男が改札を出た時にはハンチングの男はもう見えなかった。

彼は、御岳神社の参道を速足で歩いていった。日曜日にもかかわらず、人の数は少なかった。寒いせいだろう。

御岳神社の本殿へ向かう石段の下から大岳山縦走路に入ると、ほとんど人影は見当たらなかった。

雪でも降りそうな暗い空の下に、冬木立が寒風に梢《こずえ》を鳴らしていた。

そこからは奥多摩《おくたま》の山々が限りなく続いていた。道をそれて、やぶの中を百メートルも歩けば、もう誰にも見つからないで済むような死に場所がいくらでもあったが、彼はやぶへは入らず、道を歩いていた。

死ぬにしても、この縦走路の中で、最もいい場所を探そうと考えていた。死をおそれているのではなく、死に近づこうとしている努力だと考えていた。

雪が日陰の沢に積もったまま凍っていた。雪の中を鋭い刃物で切ったように渓流が音を立てて流れていた。川ぶちの笹《ささ》の葉につららが下がっていた。

水の音を聞くと、彼は今朝からまだなにも食べていないことに気がついた。

彼は渓流の傍に腰をおろした。おそらく、この食事が、生涯での最後のものだと思いながらリュックサックのひもを解いた。

彼の座っているすぐ前のやぶのかげで物音がした。野兎の音ではなし、熊がいるはずはない。人に違いないと待っていると、両手に、枯れ枝をかかえこんだ男がのそっと現われた。

「おおっ！」

宮河は思わず声を上げたが、電車で会ったハンチングの男は持っていた枯れ枝をほうり出すほど驚いたようだった。

「とうとう、正面衝突したな……」

宮河の方から声をかけた。こうなったら当たってみるよりしようがなかった。

「お目触りのことで、私はひとりの山歩きが好きなので、つい……」

男は図体に似ず、おどおどした物の言い方をした。宮河の想像していた男とは言葉使いが違う。

「立川からずっと一緒だったな」

「偶然ですよ旦那」

旦那と言われて、宮河は改めて、男を見直した。年は宮河よりその男の方が五つか六つは上である。

「御岳で電車を飛びおりたじゃあないか」

「すみませんでした。旦那の眼がこわかったもので、でも私はなにもやってはいません、ただもう、長いこと旦那たちの眼ばかり気にしていましたので、足を洗った今になっても旦那たちの眼に会うと、つい逃げたくなるのでございます」

そう言いながら、男は落ち葉の上へ膝《ひざ》をそろえて、座った、弱い者のかまえだった。弱い者が権力の前に膝を屈した態度だった。

「山が好きか」

「へえ、死ぬなら山の中で死にたいと思っています」

「だが変だな」

刑事だと思っていた相手の男が、どうやら宮河を刑事だと思いこんでいるらしいあたりが、変だった。変を通りこして滑稽《こっけい》だった。

「変ではございません、本当に私はなにひとつ、悪いことなんかしておりません、私は山へ来たくて来ただけですから」

そして男は、急に言葉の調子を変えて、

「焚火《たきび》をたきましょう、私は山へ来て火を焚くのが大好きでしてね、山の煙のにおいを嗅ぐと、たまらなく故郷が恋しくなるんです。故郷があっても、故郷へは帰れない身にはねえ旦那――これも結局は身から出た錆《さび》ですが……」

語尾が震《ふる》えて聞こえるので男の方をちらっと見ると、ハンチングのひさしの下から食いつきそうな鋭い眼が覗いていた。

「旦那大丈夫ですよ、この雪の上なら山火事になる心配はない」

男が火をつけると、枯れ技が一斉に燃え上がった。

「もっと、枯れ枝を探して来ましょう。火を消さないでくださいよ旦那」

男は山の中へ消えた。そして、火が消えそうになっても男は二度と姿を見せなかった。

逃げた男は刑事に追われている、こそ泥かすりだろうと思った。

彼は雪を焚火の上にかけた。白い煙が上がって消える。

「可哀そうなことをしたな」

「死んだのか」

「ああ……」

彼の耳許で、きのうの声が聞こえた。白い少年の顔が眼の前に浮かび上がる。

彼はリュックサックを背負って歩き出した。雪がちらちら舞いはじめていた。

三

雪は大岳山への急斜面にかかってから本降りになった。雪片の大きい雪だった。降り方にむらがなく、大地を圧するような感じで、みるみるうちに、路面を白くおおっていった。

奥多摩としては異例な、大雪になりそうな降り方だった。

「降るがいいさ、俺には降っても降らなくてもどっちだっていいんだ」

宮河久男はひとりごとを言った。

死ぬことを前提に考えれば、天気はどうなったっていい。ただ死に場所をきめるまでに大荒れにならなければいいと思っていた。

「雪の中で眠るか」

それもいい。雪が、すべてをおおいかくしてくれることは、死に向かう者として、かえって幸福かもしれない。

彼は一歩一歩拾うようにして歩いた。一歩道をそれれば、人に見つからないで死ねる場所はいくらでもあったが、彼は道をそらさず前向きに歩いていた。

（一応、このコースの最高峰大岳山まで登ろう、それから死に場所を考えてもいい）

大岳山までの目的がはっきりすると、途中で、もう気が迷うことはなかった。

大岳山の頂上に出ると、風が出た。

横なぐりに雪が吹きつけて来て長いことそこに立ってはおられなかった。

彼は下り坂を背を丸めて下った。鞍部《あんぶ》に出て、風が静まるとほっと一息ついた。

死のうとしている者が、寒さをおそれている矛盾が彼を責めた。

（こんなことをしていると結局、死ねずに氷川まで行ってしまうかもしれない）

そうなる虞《おそ》れは十分あった。

「死なねばならない」

彼はポケットに持っている薬の箱を手で握りしめて言った。

登ったり、下ったりの起伏が連続して、道は松林の中に入った。松の枝のひろがりの下は夜のように暗かったが、松の枝にさえぎられて、雪の降り方は少なかった。

彼は松林の中へ足を向けた。どこか松の根元の格好な場所を選ぼうと思った。

（ぐずぐずするな、この意気地なし）

と心の声が聞こえる。

道から相当の距離をへだてたところに、周囲がやぶにかこまれたどこからも見えないで静かに眠れそうな場所があった。

薬の箱を出した。ガラスの罎《びん》はひやりとつめたかった。

リュックサックの中から水筒を出した。あとは罎のふたをあけて、錠剤の幾粒かを口の中へほうりこんで水を飲めばいいだけだった。

彼は、その簡単な最後の行為に移る前に、もう一度、死なねばならない理由を考えた。どう考え直しても、生きていていいことは一つもなかった。

彼はガラス罎のふたをねじった。固かったから、身体を折り曲げるようにしてねじると開いた。それは白い錠剤だった。彼は錠剤を手の平にあけた。幾粒あるか数える必要はない。要するに絶対に覚めないだけの量を飲めばいいのだ。

おそろしいほど静かな瞬間が彼の前を経過していった。

(ためらうな、一息に飲みほせばいいのだ)

彼は自分自身に声をかけながら、左手の薬を口に投げこもうとした。

ばさりと雪が前に落ちた。枝につもった雪が落ちたのである。落ちた雪に当たって、彼の座っている前の灌木《かんぼく》の枝が大きくゆれた。

その灌木の枝に奇妙なものがゆらゆら動いていた。

(なんだろう)

死に神はよそ見をした。なんだろうと考えた以上、その奇妙な物の正体を確かめたかった。わざわざ彼が立つまでもなかった。ぶらぶら揺れている白い物は、性行為の際に使用されたゴム製品だった。

彼はほとんど反射的に錠剤を鑵に戻すと立ち上がっていた。彼が永遠の眠りの場と考えたところはすでにけがされた場所だった。

気がついてよかったと思った。もし、あれに気がつかずに死んで、彼の死体と共にあれが発見されたら、恥の上塗《うわぬ》りをしなければならなくなる。

彼が死に場所を鋸山《のこぎりやま》頂上付近と決めたのは、縦走路の分岐点に来た時だった。鋸山がこの縦走路の最後の難関であり、鋸山を越えたら、もう適当な死に場所は得られないだろうと考えたからである。

風がずっと強くなった。雪の降り方も前よりも激しかった。

鋸山の頂上に女三人に男二人の中学生らしい一団が立っていた。どの足も運動靴に軽装、防風衣《ウインド・ヤッケ》を着ている者は一人もいない。

「おじさん、御岳から来たんですか」

おじさんと呼ばれて宮河は年齢の相違を感じた。

「この道を行けば御岳へ出られるでしょう……」

もう一人の男の方が言った。

「これから御岳まで行こうってのかね」

宮河は時計を見た。三時半である。

「一度来たことがあるんです」

リーダーらしき丸顔の男が言った。少年と青年の境目の顔つきをしていた。頰《ほお》が赤い。

「来たことがあるなら、ここからどのくらいかかるか分かるだろう。ここから大岳山の頂上まで二時間はかかる。五時半になる。大岳山から御岳まで急いでも三時間はかかる。吹雪の夜道だ、その格好で歩けるのかね」

「懐中電灯はちゃんと用意しています」

五人の中学生はいささかも雪を気にかけていなかった。

「さあ飛ばそうぜ、じっとしていると寒くなる」

リーダーが言うと、元気な声がそれに応じて、雪の中をころがるように消えていった。

「死にたい奴《やつ》は死ぬがいいさ」

宮河は中学生たちの消えていった方を向いてつぶやいた。人のことよりも自分の方が大事だ。

(俺はもう最後のどたん場まで来ているのだ)

彼は杉の林の中へ入った。どこでもいいから、さっさと決着をつけてしまいたい気持ちだった。

ヤッホーが聞こえた。

一声、二声、女の声も混じっていた。あの中学生たちが呼びかけているのだ。

彼は両手を口に当てて彼の生涯の最後の声をヤッホーにかえた。これが人世とのおさらばの声だと思った。

声は雪の中で震えて消えた。

宮河の声を聞いて安心したのか、中学生たちは再び呼びかけては来なかった。

「行っちまった」

彼は吹雪の中へ吐き出すように言った。

「行った、とうとう行ってしまった」

ひとりごとと共に彼ら五人が雪の中で抱き合ったまま凍《こご》え死んでいる情景が浮かび上がった。

（このまま、御岳神社への道を前進するかぎり、彼らはきっと吹雪の中で道を失って死ぬ）

それはもはや確実のことに思われた。

奥多摩を甘く見て、この縦走路で遭難した例は幾つもある。

（五人に一人だ）

彼の頭の中で、死に神が言った。

（一人より五人の数は五倍だぜ）

死に神がうれしそうに笑った。

彼は背筋の寒くなるのを感じた。

「一人に五人……」

それを口に出して言った時、彼の眼がきらりと光った。

「五人を死に追いやってはいけない、あいつらは腕ずくでも引き戻さねばならない。あいつらを生かしてから、こっちが死んでも遅くはない」

(臆病者め、死ぬのがこわいのだろう、なんとか理屈をつけて、死ぬのを延ばそうとしているのだな。しかし、お前はどっちみち、この山の中で死なねばならないのだ)

死に神が哄笑《こうしょう》した。

(いや俺は死をおそれてはいない、死ぬ前に、人間として、当然なすべきことをやらねばならないのだ)

彼は手を口に当てて、少年たちにヤッホーをかけた。間隔を短くして、続けざまに何回もかけたが、応答はない。彼らは遠くに去ったのだ。それに、風が強くなって、声を吹きとばしたのだ。

彼は防風衣《ウインド・ヤッケ》の頭巾をおろして、もと来た道を、少年たちの跡を追った。彼らの足跡はまだ消えないで残っている。

四

宮河久男が大岳山の頂上に引き返した時にはすでに暗かった。彼は夜の準備をした。防風衣《ウインド・ヤッケ》のひもをきつくしめ、懐中電灯のひもを首にかけた。死ぬつもりでアパートを出たにもかかわらず、彼のリュックサックには、懐中電灯、飯盒《はんごう》、固型燃料、非常食などがちゃんと入っていた。

彼はリュックサックの中身に光を当てながら、不思議なものを見るように考えこんだ。記憶にはなかったが、たしかにものはあった。山へ行く場合の習慣がさせた業だった。死ぬこととは別に、彼の手は無意識に、彼のリュックサックの中に山登りの必要品をつめこんでいたものと思われる。

「さて、あいつらは……」

彼は懐中電灯で、彼らの足跡を探した。頂上は一様に雪におおわれていて、足跡はどこにもなかった。

「確か、この山の登り口まではあったけれども」

風と雪のせいだと思った。大岳山の頂上はじっとしていることに耐えられないほどの強さで風が吹いていた。吹雪が五人の足跡を消したのだ。

彼はさらに先に進んだ。大岳山をおりて、道が杉の大木の中に入ると、風はずっと静かになった。そこならば足跡はあるはずだった。

彼は丁寧に懐中電灯で雪の上を照らした。五人の足跡はなかったが、彼自身が何時間か前に歩いた跡が、ところどころにまだ残っていた。

「あいつらは道を迷ったのだ、道を迷ったとすると――」

すぐ彼は、彼らが道を迷った場所は大岳山直下であろうと考えた。大岳山直下の分岐点から馬頭刈《まずかり》尾根へ踏みこんだに違いない。

彼は雪の上に座りこんでパンを食べた。死に神は、彼の心の隅で、細い眼を開いて彼を見詰めていたが、なにごとも言わなかった。

彼は五人の跡を追った。

馬頭刈尾根に入ってから、間もなく、彼ら五人の足跡を発見した時、彼は思わず声を上げた。

しばしば彼は道を踏みはずして、やぶの中へ迷いこむことがあった。吹雪は夜と共に、その勢力を増した。

「死ぬのにおあつらえの夜になったな」

彼の心の隅でじっとしていた死に神が何時間ぶりかで口を利《き》いた。

「五人の少年たちに追いつくまでに、お前の方が、雪の中に倒れるだろうぜ、見ろ、足も手も、そろそろ感覚を失って来たろう、とても、その服装ではこの寒さには耐えられない」

そういう死に神に彼は言いかえしてやった。

「どうせ死ぬつもりでいるんだ。死ぬことなんかこわくはない」

しかし、暗さには参った。

懐中電灯なしでは一歩も動けはしない。懐中電灯が大丈夫のうちに、彼ら五人を救出しなければならないということが宮河の頭に重くのしかかっていた。

足跡が次第にはっきりして来たことは、彼らとの距離が縮まって来たことを意味していた。

呼びかけることはやめた。足跡を追尾するかぎり、間もなく五人とぶつかることは確実だった。

いくつかの起伏を登ったりおりたりした。

足跡が乱れてあった。やぶに入ったり出たりしたあとがある。

(変だぞ)

と思って、懐中電灯の光をさしのべると一団の黒い物が一塊りになってうずくまっていた。

光に向かってなにか叫びかけて来たが、それは言葉になってはいなかった。

予想したとおりだった。彼らは疲労と寒さと暗さのために動けなくなっていた。懐中電灯の電池の寿命が尽きたのである。

時計は十一時を過ぎていた。

宮河はひとりひとりの顔に光を当てた。疲労してはいるが、まだまだどうにかなる顔だった。

「お前たちは死にたいのか」

宮河は五人に聞こえるように言った。

「誰も死にたくはないだろう。死にたくなければ、もうひとふんばり頑張るのだ」

彼はリュックサックの中から固形燃料を出して、缶のふたをあけて火を点じた。火を見て少年たちはその周囲に集まった。誰もものを言わずに慄《ふる》えている。

宮河はそのへんの石を集めて、簡単な、かまどを作ると、彼が持って来た飯盒をその上に置いた。

「おい、持っている水を全部、この飯盒の中へあけるのだ」

宮河は彼の水筒の水を真っ先に、飯盒の中へあけた。死ぬために持っていた水だったが、この場合はどうにもしようがなかった。

飯盒の水は五人が飲むには不足だった。宮河は雪をすくって入れた。湯が沸くと、宮河は、彼のリュックサックの中から、ココアの缶を出してその中にあけた。

「コップを出すのだ」

宮河は、火を見つめている中学生たちに言った。

熱いココアは五人の弱り切った身体に生気をよみがえらせたようだった。

宮河は彼の持っていた食糧の全部を等分に分けて与えた。

「おじさん、すみませんでした」

リーダーらしい中学生がはじめて口を利いた、震えはとまったが、相変わらず、じだんだは踏み続けていた。足ゆびの先が凍傷になりかかっているに違いない。

宮河久男は地面に懐中電灯を当てた。

歩いて来た感じでその場所が、鶴脚山《つるあしやま》と馬頭刈山の中間のように思われた。

「いいか、この雪の中で死にたくない奴はついて来るのだ。ついて来られない奴は置いていくぞ」

苛酷《かこく》な言葉のようだったが、この場合少年たちに安心させるのは危険だった。

彼はそう言ってから、順番をきめた。少女たち三人を前にして男たち二人を後尾につけて出発した。懐中電灯は一つだから、光は最後尾には見えない。六人は一列になって、前の人のリュックサックに手をかけて歩いていった。

「元気を出せ、もうすぐだぞ、もう二十分で十里木の村へいく」

宮河は同じような言葉を何度か言った。もうすぐ着くはずの十里木村にはなかなか出なかった。

急に前が広がったような気がした。彼らの歩く道々つきまとっていた疎林がない。間もなく彼らは民家の灯を見た。

夜半を過ぎていた。五人の中学生たちを助けることができたと思うと同時に宮河は、彼自身の死に場所を失ったことを知った。

五

翌朝宮河は、死んだように眠っている中学生たちを民家にあずけたままバスに乗った。家を出るとき、その家の主人から住所と名前を聞かれた。彼は名刺を置いた。何時間かすると、もう一度住所と名前を訊《き》かれるのだ。その時は名刺を出すわけにはいかない。

彼は警察に自首して出た場合のことを考えていた。

五日市《いつかいち》町でバスをおりて電車に乗った。それまでに彼の気持ちははっきりしていた。警察に自首する前に、誤って轢き殺した少年の両親にお詫《わ》びを言いたい。少年の両親は彼の告白を聞いて口も利けないほど怒るだろう。それでも一言お詫びを言ってから警察へ行きたいと思った。

都内にも、日陰にところどころ雪が残っていた。

「このへんできのう子供さんが自動車に轢かれたでしょう」

彼は靴屋の店先で女店員に聞いた。

「きのう？」

「いいえ、おとといの夕方です」

「ああ、敏《とし》ちゃんのこと……敏ちゃんの家なら、お隣りよ、お隣りの洋品店ですわ」

宮河久男は隣りの洋品店に行って、ご主人に会いたいと店員に言った。

主人は頭の禿《は》げた男だった。リュックサックを担いだまましょんぼり立っている宮河に不審の眼を向けた。

「なんと申し上げたらよいか……」

宮河はそれ以上言えなかった。

「なんの話でしょうか」

「敏ちゃんのことです」

「敏男の？」

主人の眼が光った。

「私が敏男さんを轢き殺して逃げたんです」

宮河久男は、いきなり、土間に手をついて頭を下げた。

「ちょ、ちょっと待ってください」

主人の方がひどくあわてたようだった。

「あなたはなにかかん違いをされているようですな、敏男は学校へ行っていますが」

「では死んではいない」

そう言って、今度は宮河の方で驚いている顔を主人は覗きこむように眺めながら、

「すると、あなたは、おとといの夕方、敏男をはねとばして逃げたライトバンの運転手ですね」

「そうです。私がその犯人です、敏男さんは死んだと思いました。人を轢き殺して、生きてはいられないと思って……」

主人は複雑な表情で彼の顔を見ていたが、店員たちや、店の客が、不思議そうな顔をして寄って来るのに気がつくと、宮河を奥に誘って事情を聞いた。

「死のうとまで思いつめたのですか、でも死なないでよかったですね」

主人は言った。

「敏男は運がよかったんです。その時のショックでしばらくは口も利けませんでしたが、すぐ元気になりました。お尻から落ちたのがよかったのだと医者が言っていました」

宮河の頭をおさえつけていた重量物が一度に去った。が、相変わらず、彼の身体は罪の観念で緊縛されていた。

「では……」

と宮河は洋品店主の前に深く首を垂れた。入って来た時とそう変わった顔ではなかった。

「これからどうするのです」

「やはり警察に自首して出ます」

「やめなさい、問題はあなたと私の間で解決しています、そりゃあ私も腹を立てていましたよ、だが、よく考えてみると、いきなり飛び出したうちの子も悪い」

「でも自動車の番号が警察へ」

「誰も知らせてはいませんよ、だって、うちの子はどうもない」

宮河久男は洋品店を出た。生き返ったような気持ちだった。彼は通りの中ほどまで来て一昨日《おととい》の夕方、彼の傍を話しながら通り過ぎていった二人の男の会話を思い出していた。可哀そうなことをしたな、死んだのか、ああという会話は全然別のことを話していたのかと思うと腹が立った。

会社の門の前で発送係長の小林に会った。

「おい君、大変なことをやったな」

「大変なこと？」

「そうだよ、奥多摩で遭難しかけた五人の中学生を助けたそうじゃあないか」

営業課へ入っていく宮河久男を新聞社のカメラが待ちかまえていた。

「中学生五人を助けた感想をどうぞ」

「山の遭難についてひとこと……」

「日曜日ごとに奥多摩へ行かれるそうですが」

新聞記者が去ってからも、ひどくつまらなそうな顔をして立っている宮河に、営業課長が話しかけた。

「今日は、この会社へ新聞記者が三度来たんだぜ、九時ごろ来た新聞記者は会社に入った泥棒のことで来たのだ。犯人はもとうちの会社にいた男だ。十一時ごろ来た新聞記者は君をたずねて来たんだぜ、君の隣室の女の前夫が、嫉妬のあげく、きのうの夜、女と情夫に斬りつけたのだそうだ。隣室の君には関係がないことだが、どうやら女の素行について聞き込みに来たらしい」

そうかという顔で宮河はうなずいた。きのうの朝、アパートの門のところに立っていたハンチングをかぶったあの男は隣室の女の前夫だったに違いない。

「おかしなものだな、新聞記者が、三様の目的で三度もこの会社へ来るなどということは全くおかしなことだ」

営業課長は眼鏡をはずしてふきながら言った。こういう時は彼の機嫌のいい証拠である。無断で会社を半日以上も遅刻したことについては一言も触れなかった。

発送係長の小林がいそがしそうに入って来て営業課長に向かって、

「すみませんが、宮河君にちょっと手伝ってもらいたいのです。どうしても今日中に届けないと困る荷があるので」

これだろうと営業課長はハンドルを切る真似をした。小林の申し出に応ずる顔だった。

「そうです、宮河君に小型貨客車《ライトバン》を運転してもらいたいのです」

「いやですよ」

大きな声ではなかったが鋭い声でそう叫ぶと宮河は小林の前に行って、

「絶対にいやですよ、死んだってライトバンの運転なんかするものか」

怒りを含んだ声だった。

「でも君は小型の免許証を持っているし……」

小林がなだめにかかろうとすると、宮河は、いきなり上衣の内ポケットから自動車の免許証を出して、小林の眼の前で引き割《さ》いた。

「僕はもう二度と死に神に追われたくはないのです」

それは彼だけに分かっていて、発送係長の小林にも営業課長にも了解できないことだった。

解説

武蔵野次郎

今年（一九八二）は第一回・新田次郎文学賞（財団法人・新田次郎記念会）の決定発表（「小説新潮」'82・11月号、受賞作・沢木耕太郎「一瞬の夏」）があったことが注目された。というのも、同賞が「故新田次郎氏の遺志により設定されたもので、……」云々という発表記事にも見られるように、幅広い大衆文芸（中間小説）界で活躍し、偉大な実績を遺した新田氏の遺志として、後進作家を励ますために新しい文学賞としての同賞が設定され、いよいよ'82年度よりスタートしたことは、大衆文芸界にとって、何といってもひじょうに欣《よろこ》ばしいことと云わねばならない。

新人作家育成のための文学賞は数多いほうが良いと思われるし、すでに新人作家登竜門として高い評価を得ている「直木賞」と並んで「新田次郎文学賞」がこれからますますその価値（新人作家育成のための意義ある文学賞としての）を高めてゆくことが、大いに期待されるのである。

本篇「山が見ていた」の著者である新田次郎氏が惜しくも急逝したのは、一九八〇

（昭和五十五）年二月のことであった。その文壇デビューが第三十四回〈昭30下〉直木賞受賞（受賞作「強力伝」）をもって始まっているとすると、二十余年に亘る作家活動であったことになるが、その文学的業績にはまことに多彩なものがあったことでもよく知られ、戦後の大衆文芸史上に鮮やかな実績を刻みつけている。

昭和二十年代末期には、現在、第一線作家として大成している作家が多数輩出したということでも、甚だ印象深いものがあり、当時の各誌新人原稿募集に応募入選からスタートという例が多く見られたのである。新田氏の出世作となった短篇「強力伝」も、その初出発表は「サンデー毎日・大衆文芸賞」の入選作であったという具合に、当時の新人懸賞原稿に応募した新人作家連の顔ぶれには錚々《そうそう》たる実力派がそろい、充実感があったことが想起される。ついでにふれておくと、新田氏の次の回、第三十五回〈昭31上〉直木賞を受賞しているのが南條範夫氏（受賞作「燈台鬼」）であり、南條氏は又、第一回〈昭28上〉オール讀物新人賞（当時は新人杯と称された）の受賞者でもあった（受賞作「子守の殿」）。そういうふうに当時の各誌新人原稿応募作品には質の高いものがあったのである。デビュー以後、新田氏も南條氏も共に、戦後の大衆文壇を代表する人気作家として旺盛な創作活動を示していることもそのことを如実に証明するものであり、その実力派ぶりは衆目の認めるところであろう。

新田次郎作品の主流を形成しているのは現代小説であるが、その中に他の追随を許さぬ独特の小説作法による山岳小説の分野がある。前記の出世作である秀作短篇「強力伝」を始めとして、数多くの山岳ものの長・短篇が書かれている。それに加えて、時代〈歴史〉小説の執筆もあり、時代物作家としての新田氏の位置にも確乎たるものがある。第八回〈昭49〉吉川英治文学賞を長篇歴史小説「武田信玄」をもって受賞していることも、時代物の創作分野での輝やかしい実績になっている。

さらに本書に見られるように推理小説も書いているという多才ぶりには、改めて読者を驚嘆させるものがある。現在の大衆文芸（中間小説）とよばれる創作分野を構成している三大主柱として、現代小説・時代小説・推理小説の各ジャンルがあることは一般にもよく知られているところだが、普通よく見られる作家の専門分野としては、大体、一人の作家は一つの分野に限定される（すなわち、現代小説作家ならば現代小説のみを執筆する。あるいは時代物専門作家、ミステリー専門作家という具合に）というパターンが通常の作家のありかたと思われる。ところが新田氏の場合は、これら三分野に属する小説をすべて執筆可能であったという多彩な文学的資質に強い感銘を受けるのであるが、残念ながら新田氏なきあと、こうした文学上の多才ぶりを見せてくれる作家は、ちょっと容易には現われないのではなかろうかと思われる。そういう意味でも新田氏の存在には偉大なものがあったといわざるをえないのである。

さて、本書「山が見ていた」には全十五篇の佳作短篇が収められており、その初出刊行（一九七六、光文社カッパ・ノベルス版）時の表題サブタイトルには「ミステリー小説」と銘うたれている。そのことでも判るように本書には、新田作品中のミステリー短篇が、著者自選によって集められているというあたりにも興味津々たるものがある。

ひとくちに推理小説といっても、そこにはいろいろの創作パターンがあることはいうまでもない。戦前の探偵小説とよばれていた時代には、本格派、いわゆる、謎解き主題のパズル的興趣を盛りこんだ小説が主流を占めていたけれども、戦後の推理小説とその呼称が変ってからは、作調にもバラエティに富んだ小説が増え、'50〜'60年代を風靡した社会派推理という創作形式が、この分野での主流を占めるにいたっている。サスペンスを意図するミステリー、あるいは心理的ミステリー等々、戦前の本格派に対するに変格派といった推理小説も多数書かれるように今ではなっている。そうした戦後のミステリー界における作品傾向を鮮明にうかがえるという意味で、本書収録の新田作品のミステリー小説を鑑賞してみることも面白いと思われる。

著者の新田氏自身、次のようにのべていることも興味深い。

〈……私は推理小説を書く場合、特に他の小説と区別して書かないことにしている。推理小説だということを特に意識すると失敗する場合が多い。だが、ぜんぜんそのことを無視したらよいものはできない。このあたりの塩梅が、推理小説作法上、もっとも苦労するところである。〉（前記初版本所収「著者のことば」より）

というふうに自己のミステリー作法を明快に分析してのべている。その著者のことばどおりに、本書収録の諸短篇には、あえてミステリーとして分類する要もない、普通の現代小説としてみても甚だよくできている佳篇も数篇含まれているのだが、その辺の機微（小説創作上における）について、この著者のことばは何よりの至言であると思われる。

短篇集（本書には全十五篇が収められているのだが）の場合、読者をそれぞれの好みに従って、とくに面白い作品、あるいは好きな作品というものが、いろいろと分れるのは当然のことだから、本書においても、読者の好みによって、どの短篇が一番好きな作品であるかを自分で評価してみることも、興味をそそられる鑑賞法であるにちがいない。

小説作りに優れた、つまり小説巧者の新田氏の小説の場合には、たとえば本書収録の全十五篇のどれをとってみても面白い短篇がそろっていることもあって、甲乙つけがたいものがあるというあたりも、新田作品ならではの特長ということができるようである。

表題作の「山が見ていた」では、主人公の宮河久男という青年が遭遇した皮肉な運命（幸運のほうの）の物語が巧みに描かれている。営業課員の宮河久男は運転免許証を貰って早々に、会社の小型貨客車に乗って出かけることになるが、不運にも少年をひっかけてしまうという事故を起こしてしまう。このプロローグの描写が、実は巧妙な伏線になっており、ラストで効果（たとえば、運転免許証の扱いなど）を上げている作りのうまさがとくに光っている。

物語の進行につれて中段は、御岳山から奥多摩の縦走路が主要舞台に設定されているのだが、この場面には、山岳小説の第一人者である著者の才腕が遺憾なく発揮されていることなども見どころになっている。

〈風と雪のせいだと思った。大岳山の頂上はじっとしていることに耐えられないほどの強さで風が吹いていた。吹雪が五人の足跡を消したのだ。

彼はさらに先に進んだ。大岳山をおりて、道が杉の大木の中に入ると、風はずっと静かになった。そこならば足跡はあるはずだった。〉(「山が見ていた」の四の章)

というような描写に見られる山岳小説としてのダイゴ味も本篇には盛られている。

危うく遭難しそうになっていた五人の中学生を思わぬことから救助することになった宮河青年を待っていたもの、後半部で展開することになる場面、すなわち、どんでん返し手法が巧みに使われている終結部の明るさも、本篇を極めて爽やかな物語にしている新しいタイプのミステリーである。

ミステリーというものはラストの意外性(読者の端倪《たんげい》を許さざるような)も重視される小説であるが、その意外性で読者をアッといわせる第一話「山靴」も面白い。という具合に一篇ずつふれてゆく余裕がないが、とくに注目しておきたい小説手法として、プロローグの書き出しが、すべて主人公の固有名詞で始まっている小説が目につく。〈保

〈「十六歳の俳句」〉、〈春村八郎はＰ新聞に出た彼の……〉（「ノブコの電話」）、〈田塚利七は六十をいくつか越えた……〉（「死亡勧誘員」）、〈孤山芳雄は毎朝八時三分前に……〉（「情事の記録」）、〈鈴木利造は背負っていた……〉（「黒い顔の男」）等々、最初から早くも主人公像のイメージを明確鮮明に読者に与える手法として、この固有名詞の主人公名の叙述から始まる新田作品のかずかずに印象深いものがあることも特筆される。

今は亡き新田次郎という優れた作家の独自の持ち味を味わえる、そして面白さも第一級の小説として、繰り返し何度も鑑賞してみたいと思わせる好作品集である。

（文芸評論家）

単行本は光文社より昭和五十一年十月に刊行されました。

本書には、今日の人権意識に照らして、不適切とされる表現が含まれていますが、著者が故人であること、作品の歴史的価値等を鑑み、底本を尊重しました。ご理解賜りますようお願い申し上げます。

ＤＴＰ制作　エヴリ・シンク

文春文庫

山《やま》が見《み》ていた

定価はカバーに
表示してあります

2021年12月10日　新装版第1刷

著　者　新《にっ》田《た》次《じ》郎《ろう》
発行者　花田朋子
発行所　株式会社 文藝春秋

東京都千代田区紀尾井町 3-23　〒102-8008
TEL 03・3265・1211㈹
文藝春秋ホームページ　http://www.bunshun.co.jp

落丁、乱丁本は、お手数ですが小社製作部宛お送り下さい。送料小社負担でお取替致します。

印刷製本・凸版印刷

Printed in Japan
ISBN978-4-16-791804-0

（　）内は解説者。品切の節はご容赦下さい。

新田次郎
武田信玄（全四冊）
父・信虎を追放し、甲斐の国主となった信玄は天下統一を夢みる（風の巻）。信州に出た信玄は上杉謙信と川中島で戦う（林の巻）。長男・義信の離反（火の巻）。上洛の途上に死す（山の巻）。

に-1-30

新田次郎
劒岳〈点の記〉
日露戦争直後、前人未踏といわれた北アルプス、立山連峰の劒岳山頂に、三角点埋設の命を受けた測量官・柴崎芳太郎。幾多の困難を乗り越えて山頂に挑んだ苦戦の軌跡を描く山岳小説。

に-1-34

新田次郎
富士山頂
富士頂上に気象レーダーを建設せよ！　昭和38年に始動した国家プロジェクトにのぞむ気象庁職員を始めとした男達の苦闘を、新田自身の体験を元に描き出した傑作長篇。（尾崎秀樹）
に-1-41

新田次郎
冬山の掟
冬山の峻厳さを描く表題作のほか、「地獄への滑降」『遭難者』『遺書』「霧迷い」など遭難を材にした全十編。山を前に表出する人間の本質を鋭く抉り出した山岳短編集。（角幡唯介）
に-1-42

新田次郎
芙蓉の人
明治期、天気予報を正確にするには、富士山頂に観測所が必要だ、との信念に燃え厳冬の山頂にこもる野中到と、命がけで夫の後を追った妻・千代子の行動と心情を感動的に描く。

に-1-43

新田次郎・藤原正彦
孤愁〈サウダーデ〉
新田次郎の絶筆を息子・藤原正彦が書き継いだポルトガルの外交官モラエスの評伝。新田の精緻な自然描写に、藤原が描く男女の機微。モラエスが見た明治の日本人の誇りと美とは。（縄田一男）
に-1-44

新田次郎
ある町の高い煙突
日立市の「大煙突」は百年前、いかにして誕生したか。煙害撲滅のために立ち上がる若者と、住民との共存共栄を目指す企業。今日のＣＳＲ（企業の社会的責任）の原点に迫る力作長篇。

に-1-45

松本清張
風の視線（上下）
津軽の砂の村、十三潟の荒涼たる風景は都会にうごめく人間の心を映していた。愛のない結婚から愛のある結びつきへ。〝美しき囚人〟亜矢子をめぐる男女の憂愁のロマン。（権田萬治）
ま-1-17

松本清張
事故 別冊黒い画集(1)
村の断崖で発見された血まみれの死体。五日前の東京のトラック事故。事件と事故をつなぐものは？　併録の「熱い空気」はTVドラマ「家政婦は見た！」第一回の原作。（酒井順子）
ま-1-109

松本清張
強き蟻
三十歳年上の夫の遺産を狙う沢田伊佐子のまわりには、欲望にとりつかれ蟻のようにうごめきまわる人物たちがいる。男女入り乱れ欲望が犯罪を生み出すスリラー長篇。（似鳥　鶏）
ま-1-132

松本清張
疑惑
海中に転落した車から妻は脱出し、夫は死んだ。妻・鬼塚球磨子が殺ったと事件を扇情的に書き立てる記者と、国選弁護人の闘いをスリリングに描く。「不運な名前」収録。（白井佳夫）
ま-1-133

松本清張
遠い接近
赤紙一枚で家族と自分の人生を狂わされた山尾信治。その裏に隠されたカラクリを知った彼は、復員後、召集令状を作成した兵事係を見つけ出し、ある計画に着手した。（藤井康榮）
ま-1-135

麻耶雄嵩
隻眼の少女
隻眼の少女探偵・御陵みかげは連続殺人事件を解決するが、18年後に再び悪夢が襲う。日本推理作家協会賞と本格ミステリ大賞をダブル受賞した、超絶ミステリの決定版！（巽　昌章）
ま-32-1

麻耶雄嵩
さよなら神様
「犯人は○○だよ」。鈴木の情報は絶対に正しい。やつは神様なのだから。冒頭で真犯人の名を明かす衝撃的な展開と後味の悪さが話題の超問題作。本格ミステリ大賞受賞！（福井健太）
ま-32-2